СТО ОТТЕНКОВ ЛЮБВИ

D1662343

Аббатство Саммерсет

Т. ДЖ. БРАУН

АББАТСТВО САММЕРСЕТ

Книга 2
ЗИМНИЙ ЦВЕТОК

АЗБУКА

Санкт-Петербург

УДК 821.111(73)
ББК 84(7Сое)-44
Б 87

Summerset Abbey. A Bloom in Winter
by T. J. Brown

Перевод с английского Ирины Колесниковой

Оформление обложки Виктории Манацковой

ISBN 978-5-389-09682-0

ГЛАВА ПЕРВАЯ

Виктория нетерпеливыми шагами мерила внушительный Главный зал Саммерсета. В Лондоне почта приходила каждый день, в одно и то же время, по ней можно было сверять часы. Но в огромном деревенском поместье, которое сестры Бакстон поневоле теперь называли домом, время прибытия писем отличалось непредсказуемостью и зависело от оставленных дядей указаний. А когда граф Конрад уезжал по делам, за почтой ездили от случая к случаю, если только графиня не ждала важного приглашения на светский раут или не рассылала свои.

В конце зала девушка разворачивалась и упрямо направлялась в обратную сторону. Лишь краем глаза она отмечала фривольные пятна света, танцующие меж мраморных колонн, и поразительной красоты фрески на потолке с парящими над полем битвы ангелами, хотя обычно с удовольствием их разглядывала. А все из-за никуда не годной доставки почты, что уходила корнями в дряхлое Средневековье. Виктория выскочила бы на подъездную аллею, но опасалась возбудить подозрения — тетя Шарлотта, она же леди Амброзия Хаксли Бакстон, знала обо всем, что происходит в Саммерсете.

Или почти обо всем. Виктория довольно улыбнулась. Тетя и не представляла, как часто племянница запирается в облюбованной комнате заброшенного крыла и оттачивает мастерство печати на машинке и скорописи, изучает ботанику и даже пишет собственные статьи об особенностях тех или иных видов растений. Графиня не подозревала, что ее собственная дочь Элейн за считаные секунды способна смешать крепкий коктейль с джином. Или что старшая сестра Виктории Ровена летала на настоящем аэроплане и целовалась с пилотом. Так что суровая тетя Шарлотта не такая уж вездесущая.

Зато леди Саммерсет знала, как избавиться от Пруденс. Девушка нахмурилась, от грустных воспоминаний сдавило грудь.

На парадной дорожке зашуршали автомобильные шины, и Виктория ринулась к черному ходу под лестницей. Сейчас ее не заботило, как отнесутся к вторжению в свое царство слуги. Почту доставляли мистеру Кэрнсу, дворецкому, а тот уже сортировал ее по адресатам и разносил тете Шарлотте, дяде Конраду и другим обитателям особняка. Но сейчас девушка не могла ждать, пока драгоценное письмо доберется до нее. Она тщательно считала дни и совершенно точно знала, что ответ придет именно сегодня.

Встреченные по дороге слуги почтительно склоняли головы. Без сомнения, графиня Саммерсет уже слышала о внезапном интересе к почте, проявляемом младшей племянницей. На случай расспросов Виктория заготовила объяснение, что ждет весточку от подруги, и собиралась сопроводить его нытьем об удручающей скуке деревенской жизни. Тетя Шарлотта не выносила жалоб.

— Для меня есть что-нибудь? — С таким вопросом девушка сунула голову в дверь кабинета Кэрнса.

Дворецкий вздрогнул, и Виктория подавила улыбку. Она не оставляла попыток застигнуть этого в высшей степени сдержанного мужчину врасплох, и пару раз даже добилась успеха. Сестры Бакстон проводили в Саммерсете почти каждое лето, и Виктория еще в детстве поставила себе целью растормошить лишенного, казалось, человеческих чувств невозмутимого дворецкого. Она знала, что Кэрнс терпеть ее не может, и обычно сестры смеялись над его тактично сдерживаемой неприязнью.

Сейчас было бы разумнее задобрить сурового слугу, но старая привычка снова взяла верх.

— Я только начал просматривать почту, мисс Виктория, — поджал губы Кэрнс.

Девушке ничего не оставалось, как ждать, хотя от нетерпения трепетало все ее существо. Слуга нарочито медленно раскладывал письма по безупречно аккуратным стопкам. Заметив, как внезапно раздулись его ноздри, Виктория сразу поняла, что в адресной строке значится ее имя. Дворецкий протянул письмо, и девушка выхватила конверт у него из рук, будто боялась, что он передумает.

— Спасибо, Кэрнс!

Она пулей вылетела из кабинета и понеслась в свою комнату. По дороге Виктория вознесла отчаянную мольбу о том, чтобы избежать встречи с кузиной. Не дай бог, та захочет тайком поиграть в бильярд или выкурить парочку сигарет, чтобы развеять скуку. Еще хуже было бы столкнуться с Ровеной. Старшая сестра в последнее время только и делала, что гуляла и каталась верхом. Так она избавлялась от чувства вины за изгнание Пруденс. Виктория сочувствовала и сестре, и кузине, но сейчас ее ждали более важные вещи.

В своих покоях она положила письмо на белый, с золотой инкрустацией, туалетный столик в стиле ампир и уставилась на конверт. Она так долго ждала ответа, что сейчас боялась на него взглянуть — а вдруг он окажется совсем иным, чем мечталось? В конце концов девушка собралась с духом, прошла по мягкому аксминстерскому ковру и уселась с письмом в руках на полосатую бело-голубую софу у небольшого камина.

Не так давно няня Айрис, подруга и наставница Виктории, а также выдающаяся травница, вдохновила ее на написание статьи об *Althea officinalis,* или алтее, как его называли в простонародье. В работе девушка сделала акцент на лечебные свойства и применение алтея в народной медицине, особенно среди бедняков. Статью она отправила в свой любимый ботанический журнал, и, к немалому удивлению, редактор откликнулся, похвально отозвался о содержании и дал несколько советов, как улучшить слог. И самое главное, выразил готовность рассмотреть статью еще раз после правок. Виктория десять раз тщательнейшим образом перепечатала ее на новой пишущей машинке, спрятанной в тайной комнате. Затем отослала обратно с молитвой, чтобы работа понравилась редактору и вышла в печать.

От страха ее била нервная дрожь. Ответ она держала в руках. Не в силах больше оттягивать, Виктория принялась рыться в ящиках столика, пока не нашла нож для бумаги. Из конверта выпал клочок и легко порхнул на пол. Виктория смотрела на него, не веря своим глазам. На полу лежал чек.

Следом выскользнул лист бумаги; на верхнем поле красовалась монограмма журнала: *«Ежеквартальный ботанический вестник», 197, Лексингтон-плейс, Лондон.* Виктория с трепетом очертила тисненые буквы пальцем. Они с отцом, известным ученым, взахлеб читали каждый номер, как только тот выходил из печати. Сэр Филип сумел привить дочери интерес и любовь к растениям. Общая страсть заметно сблизила их в последние годы. Девушка всегда считала ее особой, принадлежащей только ей одной, связью с отцом.

Сэр Филип гордился бы сейчас дочерью.

Виктория недовольно смахнула набежавшие слезы.

Многоуважаемый В. Бакстон!

Благодарим за правки, проделанные в статье «Althea officinalis и его лечебные свойства, известные среди низшего сословия». Рад сообщить, что Ваша работа выйдет в печать в летнем издании «Вестника». Ждем следующих статей на ту же тему. Скажите, не рассматривали ли Вы возможность провести исследование о применении лекарственных растений среди обездоленных слоев населения? В любом случае благодарим за вклад в науку. Если в ближайшее время в Ваши планы входит посещение Лондона, буду рад личной встрече в издательстве.

С уважением,

Гарольд Л. Герберт, выпускающий редактор
«Ежеквартального ботанического вестника»

Виктория перечитала письмо и наклонилась за чеком. Десять фунтов. Мало того что статью опубликуют, работа получила похвальную оценку и достойное вознаграждение.

Со счастливым вздохом она откинулась на спинку софы. Кому бы рассказать? Кто способен понять ее радость? Только не Ровена — в последнее время сестра полностью потеряла вкус к жизни, непрестанно грустила и весь день бродила по своей комнате в утреннем платье. Да и кузине Элейн не стоит говорить. После смерти сэра Филипа девушки сблизились, но не настолько, чтобы доверять друг другу секреты. Можно поделиться с Китом, но тот приедет лишь в выходные — если вообще приедет. Обычно молодой лорд

Киттредж посещал особняк вместе с сыном хозяев Саммерсета Колином, когда юношам удавалось вырваться из университета. Кит поймет ее радость, даже восхитится успехами, но, конечно, он не упустит случая выдать гадкую шуточку.

Но единственный человек, к кому Виктория обратилась бы в первую очередь, потерян для нее уже больше месяца. Она так давно не видела Пруденс. Боль от внезапного отъезда названой сестры не утихла со временем, однако, как бы Виктория ни скучала, она понимала, почему Пру не могла оставаться в Саммерсете. Виктория и сама бы сбежала в подобной ситуации. А что еще делать, если внезапно обнаружить, что замешана в семейном скандале, который хозяйка дома много лет хранила за семью печатями?

Повинуясь порыву, Виктория дернула колокольчик и принялась ждать Сюзи. Девушка не могла вынести мысль, что тетя просто заменит Пру, будто обычную, ничем не примечательную горничную, и попросила приставить к ней маленькую посудомойку. Теперь Сюзи не только следила за ее туалетом, но и составляла компанию в минуты одиночества. В свое время Сюзи, единственная из слуг, отнеслась к новенькой камеристке с добротой, и, хотя девочка не могла полностью заменить потерянную подругу, в ее присутствии Виктория не так тосковала по Пруденс.

В комнату ворвалась Сюзи; чепец сидел на ней набекрень.

— Прошу прощения, мисс. Вы позвонили, когда я мыла посуду, а Стряпуха никак не могла найти мой чепец... — Девочка смолкла и внимательно оглядела Викторию. — Мисс, у вас такой вид, будто вы получили лучший подарок на свете!

Виктория улыбнулась и помахала чеком:

— Так и есть. Правда, это не подарок, но только взгляни, что принес мне почтальон!

Сюзи прищурилась и подошла ближе:

— Похоже на чек, мисс. Десять фунтов?

Виктория кивнула и закружилась по комнате:

— Да! Мне заплатили за статью об алтее! Представляешь?

Посудомойка распахнула глаза и затрясла головой:

— Да вы что! За статью в газете?

— В журнале.

— Ой, это просто замечательно, мисс! Помню, как-то в «Саммерсет уикли» напечатали один рецепт моей матери, мы так ею гордились. Хотя вы, видно, о чем-то другом говорите?

— Немного. — Виктория закусила губу от смеха. — Думаю, твоя матушка была счастлива.

— Еще бы, да и вся семья радовалась. Вы хотели что-то еще, мисс?

Виктория отрицательно покачала головой. В груди медленно оседало разочарование. Пруденс отреагировала бы совсем по-иному. Даже Кейти, горничная в лондонском доме Бакстонов, поняла бы значимость события. Виктория всегда считала смышленую служанку подругой; к тому же они вместе обучались машинописи в Школе секретарей для юных леди мисс Фистер. Наверное, все потому, что Виктория совсем не знает Сюзи, ведь та была подругой Пруденс, а не ее.

Посудомойка направилась к двери.

— Подожди.

Сюзи повернулась, и Виктория заметила, что чепчик, который по требованиям этикета следовало надевать при посещении господских покоев, все еще сидит криво на ее голове.

— Ты получала новости от Пруденс?

— Да, мисс. — По невзрачному лицу Сюзи расползлась широкая улыбка. — Как раз на днях пришла весточка. Ой, у нее все отлично! Пруденс написала, что сначала, пока подыскивали жилье, они с Эндрю остановились в шикарном отеле и обедали в самых дорогих ресторанах. Недавно они сняли очень хорошую квартиру рядом с колледжем, где Эндрю учится на звериного доктора. Когда он выучится, они переедут в просторный деревенский дом. Наша барышня даже обзавелась собственными слугами.

Виктория грустно улыбнулась. Ее радовало, что вдали от Саммерсета названая сестра сумела обрести счастье. Но радость омрачалась чувством вины и печалью.

— Ты уже отправила ответ?

— Как раз вечером собиралась написать ей, — покачала головой Сюзи.

— Я дам тебе записку, приложишь к своему письму, хорошо? У меня еще не набралось новостей на полное письмо... — Виктория замолчала. Ей не хотелось признаваться, что Пруденс ни разу не написала ей после отъезда и у нее нет даже адреса беглянки.

— Конечно, мисс, — закивала Сюзи. — Пишите, я перед сном отнесу письмо мистеру Кэрнсу для отправки.

Виктория поспешила к столу. Взяла лист бумаги, обмакнула в чернильницу перьевую ручку из слоновой кости.

«*Дорогая Пруденс*», — вывела она, и тут на бумагу капнула огромная клякса. Что сказать? Попросить прощения? Но за что? За то, что ее отвратительный дед, не умеющий отказывать себе в утехах патриарх семьи Бакстонов, прельстился матерью Пруденс, тогда еще молоденькой служанкой в особняке? Или за невыносимое ханжество собственной семьи? А может, Виктория виновата в том, что не сумела заступиться за подругу, когда ту отправили в крыло для прислуги, стоило сестрам Бакстон ступить на землю Саммерсета? Или выразить обиду на поведение Пруденс после отъезда? Почему она не давала о себе знать со дня свадьбы с тем милым лакеем? Писала Сюзи, но холодно игнорировала Викторию, а ведь они выросли вместе и считали себя сестрами.

Девушка бессильно откинулась на спинку стула. На нее заново нахлынула тяжесть непоправимой трагедии. Может, если сделать вид, что ничего не произошло, она сумеет что-то написать... но нет. Ровена долго закрывала глаза на невыносимую ситуацию, пока события не подошли к логическому концу. Одного лишь желания, чтобы все сложилось иначе, недостаточно.

Виктория сделала глубокий вдох, достала чистый лист и начала заново.

Моя дорогая Пруденс!
Надеюсь, письмо найдет тебя в добром здравии и хорошем настроении. Сюзи говорит, что вы обживаетесь в новом доме и Эндрю готовится к экзаменам. Позволь пожелать ему удачи. Уверена, все обернется в лучшую сторону.

Она остановилась и задумчиво прикусила большой палец. Вдруг Пруденс решит, что письмо написано чересчур покровительственно. Будто Виктория не верит в способности Эндрю. Вот проклятье! Она решительно потрясла головой и продолжала:

Хочу поделиться с тобой приятными новостями. Я написала статью об алтее — из тех самых научных статей, что так занимали нас с отцом, а на вас с Ровеной наводили смертельную скуку, помнишь? Так вот, я отправила работу в «Бо-

танический вестник». И что ты думаешь? Она понравилась редактору! Мне даже прислали чек на десять фунтов, а редактор выразил интерес к последующим статьям! Видишь, отец не зря брал меня с собой на лекции. Возможно, когда-нибудь я тоже стану известным ученым, поскольку теперь понимаю, что ботаника — мое призвание. Я не стала никому говорить, милая Пруденс, все равно они не поймут...

Виктория остановилась и со всхлипом втянула воздух. Горе по отцу грозило перелиться через край, но она взяла себя в руки и закончила письмо:

Скучаю по тебе так сильно, что не выразить словами.

Она снова запнулась, не зная, стоит ли упоминать Ровену, но потом передумала. Пусть старшая сестра сама ищет пути примирения. Виктория твердо знала одно: для нее жизнь без лучшей подруги становится невыносимой.

С нетерпением жду ответа.

Целую, Вик

Затем пожевала кончик вечного пера и добавила строфу из поэмы Элизабет Браунинг «Мое сердце и я»:

Так чем я отплатить тебе могу —
Затворница печали? Чем любовней
Слова мои, тем глуше и бескровней.
Слезами, что я в сердце берегу —
Иль вздохами? Их на любом торгу
Возы, и вороха — в любой часовне.

Вот так. Теперь письмо закончено. Виктория убрала ручку с чернильницей и оставила листок сохнуть на столе. Затем встала и потянулась. Ей хотелось ринуться в заброшенное крыло и без промедления приступить к работе над следующей статьей, но Виктория понимала, что слишком взбудоражена. И тут она вспомнила о человеке, которого новости наверняка приведут в восторг. Надо рассказать няне Айрис — ведь именно она подала идею написать о лекарственных свойствах растений.

Часом позже Виктория сидела за столом в кухне пожилой женщины и с аппетитом уплетала сдобные булочки с кремом. Даже повариха тети Шарлотты, которую все звали просто Стряпуха и которая славилась своими талантами, не могла превзойти выпечку няни Айрис.

Крохотные окошки теплой, уютной кухни закрывали клетчатые занавески, а над раковиной в ряд висели кастрюли и ковшики. Тщательно вымытый каменный пол местами потрескался и истерся, но в целом небольшой дом был очаровательным. На Викторию тут всегда снисходило умиротворение.

— Чудесная новость, моя дорогая. Отец гордился бы тобой, — улыбнулась старая женщина.

Она стояла у плиты и помешивала отвратительно пахнущее варево. Тем не менее няня Айрис уверяла, что настойка поможет при трудностях с дыханием.

Виктория молча кивнула, у нее перехватило горло. Няня Айрис с пеленок растила ее отца и заодно научила всему, что сама знала о растениях, — так же как сейчас обучала его дочь.

Няня Айрис подошла к столу и погладила ее по голове. Хотя в ее присутствии девушка всегда ощущала себя ребенком, а не уверенной в себе молодой женщиной — образ, к которому Виктория стремилась изо всех сил, — от ласки няни Айрис неизменно становилось тепло на душе. Когда с ней носились Ро и Пру, она, как правило, обижалась на покровительственное отношение.

Вытерев руки о накрахмаленный белый передник, няня принялась перечитывать письмо, хотя просмотрела его уже трижды. Виктория сияла от счастья. Правильно она сделала, что пришла сюда.

Неожиданно пожилая женщина нахмурилась:

— А почему ответ адресован В. Бакстон, а не Виктории? Да еще и с припиской «многоуважаемый»?

Девушка запила последний кусочек булочки чаем.

— Хм? А, да. Я подумала, если подписаться полным именем, кто-нибудь меня вспомнит или догадается, что я дочь сэра Филипа. Я горжусь работами отца, но все же хочу добиться признания благодаря собственным заслугам.

— Весьма похвально, — пробормотала няня Айрис. — А других причин не было?

— Ну, я подумала, что так подпись выглядит солиднее. В. Бакстон. Разве нет? — Виктория широко улыбнулась, но при взгляде на лицо старшей подруги улыбка растаяла. — Что-то не так?

— Значит, этот редактор, Гарольд Л. Герберт, не знает, что ты женщина?

— Видимо, нет, — признала Виктория. — Но разве это имеет значение?

— Нет, конечно нет, — твердо согласилась няня Айрис и потрепала девушку по руке.

Тем не менее у Виктории зародились сомнения. Если разницы быть не должно, это не значит, что ее нет.

❖ ❖ ❖

Над Саммерсетом нависло тяжелое зимнее небо — такое же унылое и тусклое, как настроение Ровены. За несколько недель после отъезда Пру старшая сестра выработала для себя целый набор привычек, призванных как можно меньше занимать ум и сердце. В последние четыре месяца столько всего произошло: умер отец, сестры лишились дома, где провели детство, сбежала Пруденс. Пустота казалась намного предпочтительнее безустанного хора сомнений и поисков своих ошибок.

Ровена снова подняла глаза к небу. При воспоминании о поцелуе на замерзшем озере пальцы бессознательно коснулись губ. Она не видела Джонатона уже несколько недель. Даже небо над аббатством Саммерсет казалось пустым и тихим без рева аэроплана. После разговора на катке пилот без объяснений забросил еженедельный ритуал. Ровена гадала, не обернулись ли попытки Джорджа положить конец ее дружбе с братом неожиданным успехом. Старший сын Уэллсов, казалось, возненавидел девушку, стоило ему узнать, что она носит фамилию Бакстон.

Она прикрыла глаза и выдохнула имя: «Джон».

Попыталась вспомнить небывалую синеву его глаз или то, как растягивались тонкие, четко очерченные губы в адресованной ей одной улыбке, но видела лишь расплывчатые образы. Их тут же вытесняло воспоминание о полете. Оно сохранилось в памяти во всей полноте: трепет при отрыве от земли и парящая легкость над облаками. В небе Ровена чувствовала себя свободной, не связанной никакими обязательствами, словно оставила все проблемы внизу. Воспоминание всплыло так отчетливо, что ей даже почудился порыв холодного ветра.

Не находя себе места, она захлопнула лежащую на коленях книгу.

Даже в детстве Ровена не воспринимала жизнь настолько захватывающей и удивительной, какой ее считала младшая сестра, но дни, по крайней мере, протекали интересно и приносили удовольствие. Теперь же Виктория кружилась вокруг нее взволнованной пчелой, то уговаривала, то обвиняла, но слова не достигали цели. Будто их разделяла стена из полупрозрачного желе. Все, из чего состояла жизнь Ровены сейчас — смена нарядов к завтраку, обеду и ужину, прием гостей леди Шарлотты, даже редкие поездки в городок, — все это воспринималось как бессмысленная и утомительная трата времени.

Поэтому Ровена только и делала, что взахлеб читала. Библиотека в Саммерсете насчитывала тысячи томов. Девушка вытягивала книги с полок наугад и редко помнила их содержание, но во время чтения в голове не оставалось места для незваных мыслей. Когда книги надоедали, она велела седлать лошадь и неслась как одержимая по холмам, оглядывая долину внизу. Ровена не хотела признаваться даже себе, что ее не покидает надежда заметить летящий высоко в небе аэроплан.

— Да, пожалуй, хватит.

Она вздрогнула от неожиданности. Подняла голову и выглянула из ниши у окна гостиной, где сидела. С целеустремленностью разъяренной гусыни на нее надвигалась тетя Шарлотта. Графиня правила Саммерсетом уже двадцать пять лет, и титул давно отпечатался в величественной осанке и горделивой посадке головы на длинной, изящной шее. Голубые глаза и темные волосы, что в свое время покорили даже двор принца Уэльского, до сих пор не утратили привлекательности, но кожа с возрастом потеряла упругость, а черты лица — высеченную резцом скульптора четкость.

Если когда-то появление ее светлости зажигало страстью сердца, то сейчас Ровена испытывала откровенный страх. Графиня редко повышала голос, ее гнев проявлялся в ледяном тоне и больно жалящих словах.

Несмотря на испуг, девушка вытянулась в струнку:

— Доброе утро, тетя Шарлотта. Чем вы недовольны?

Графиня выхватила из рук Ровены книгу:

— Хватит читать. Хватит дуться. — Голос ее на йоту смягчился. — Хватит горевать.

— Но я люблю книги, — сумела выдавить сквозь ком в горле Ровена.

— Глупости. Вернее, совершенно не важно, любишь ты их или нет. Чтение портит глаза, а если начнешь щуриться, появятся морщины. А еще тебе грозит сутулая спина и уродство. Ты же видела Джейн Ворт, не так ли?

— Вы о той невысокой даме с... — Ровена взмахнула рукой, очерчивая невидимый горб.

— Она с детства читала как одержимая, — сурово закивала тетя.

Ровене хотелось поспорить. Наверняка существовала другая причина. Но графиня продолжила:

— И, откровенно говоря, дитя мое, ты выглядишь ужасно. Посмотри на себя: лоб жирный, волосы висят космами, и даже боюсь предположить, когда ты в последний раз принимала ванну. Ты одна из самых красивых девушек, что мне доводилось видеть на своем веку, но сейчас тебя и мимолетным взглядом никто не удостоит. Так что хватит.

Ровена потрясенно заморгала. Тетя считала ее красавицей? Но никогда раньше она не была щедра на комплименты.

К удивлению девушки, графиня присела рядом на обитую шелком софу и стиснула ее руку. Ровена попыталась припомнить, когда в последний раз тетя ласково к ней прикасалась, но на ум не приходило ни единого случая. Даже в раннем детстве, когда сестры Бакстон проводили в Саммерсете каждое лето, графиня вела себя отстраненно.

— Понимаю твою потерю. Я тоже рано лишилась отца. Но ты молода, и если бы Филип мог видеть тебя сейчас, у него разорвалось бы сердце.

Грудь свело болью. Не важно, какие мотивы преследует леди Саммерсет. Ровена без тени сомнения знала, что отец не одобрил бы ни хандру, ни потерю интереса к жизни. Она часто представляла его разочарование в старшей дочери из-за предательства по отношению к Пруденс. Но Ровене и в голову не приходило, что в равной степени сэра Филипа огорчило бы и то, как она обращается с собой.

— Вы правы, — покорно кивнула Ровена. — Пойду приму ванну.

Тетя Шарлотта легонько сжала ее руку и отпустила.

— Будь добра. Я сказала Элейн, что ей не придется сопровождать меня сегодня к соседям. Ты поедешь вместо нее. — Ровена открыла от удивления рот, и графиня довольно улыбнулась. — Так что оденься соответственно.

И в триумфальном шелесте юбок леди Саммерсет удалилась.

Через час, после ванны, Ровена сидела перед зеркалом, а Сюзи все еще пыталась высушить ее волосы.

— Будь у вас поменьше волос, было бы легче, — пожаловалась она, отделяя прядь, расчесывая и снова вытирая полотенцем.

— Если остричь волосы покороче и отказаться от корсетов, я смогла бы одеваться сама, причем вдвое быстрее, — согласилась Ровена.

— Эти дни не за горами. Помяните мои слова.

Ровена слабо улыбнулась: хотела бы она обладать подобным оптимизмом. Если подумать, то она мечтала ощутить что-нибудь, помимо грусти.

— Ее милость заходили, пока вы были в ванной, и подобрали наряд для визита. Чудесное платье, мисс, вы в нем будете настоящей красавицей. То есть... Я имела в виду, вы и так... — Сюзи со вздохом прикрыла глаза. — Прошу прощения, мисс. Боюсь, для камеристки у меня слишком длинный язык.

Поступок тети настолько поразил Ровену, что смущение Сюзи она пропустила мимо ушей.

— Заходила? И что она выбрала?

Ровена встала из-за туалетного столика.

— Темно-синий костюм для прогулок, мисс.

Сюзи помогла надеть сорочку, камисоль, корсет и нижнюю юбку, а затем принесла шерстяной костюм. Ровена никогда его раньше не видела и чуть не выразила удивление вслух, но вовремя сдержалась. Очевидно, тетя решила сделать ей подарок, причем без лишней суматохи. Безупречного покроя жакет украшала черная тесьма на лацканах и манжетах, и такая же отделка обрамляла подол юбки. Присборенная талия придавала фигуре мягкость и элегантность. Девушка задумчиво провела пальцем по ряду затейливых пуговок из черного дерева. Вызывающая, современного покроя юбка не доставала до земли на целых четыре дюйма. Либо ее шили для кого-то ниже ростом, либо графиня Саммерсет питала тайное пристрастие к последним веяниям моды.

Поскольку Сюзи не имела опыта с прическами, волосами Ровены занялась Гортензия, личная камеристка графини. Заодно француженка поучала молодую горничную. Вызванное дополнительными обязанностями и необходимостью давать уроки обычной посудомойке недовольство Гортензии явственно читалось в поджатых губах.

— *Pourquoi dois-je enseigner cette idiote?*[1] — бормотала себе под нос камеристка.

— *Soyez prudente, je parle bien le français*[2], — не выдержала Ровена.

Сюзи уставилась на француженку яростным взглядом. Девочка не поняла, о чем идет речь, но тон ей не понравился. Гортензия обиженно замолчала, но без возражений показала, как сделать простой низкий пучок — любимую причёску Ровены. В конце камеристка протянула Сюзи расчески и щетки:

— Не забывай их мыть, когда заканчиваешь причесывать госпожу.

С поверхностным, граничащим с дерзостью реверансом француженка вышла из комнаты.

После ее ухода лицо Сюзи сморщилось от неприязни, но она смолчала. Ровена вспомнила жалобы Вик — по словам сестры, личная горничная леди Саммерсет вела себя с Пруденс особенно грубо — и подавила желание тоже скорчить гримасу.

Для завершения наряда Ровена выбрала круглую голубую шляпку, отделанную кружевом и черными розами, со свисающим над ухом страусовым пером.

Графиня встретила появление племянницы в нижнем зале одобрительным кивком, но ничего не сказала. Элейн, в простом платье для чая, чмокнула кузину в щеку.

— Спасибо, что согласилась поехать вместо меня, — прошептала она. — Удачи.

---

[1] И почему мне приходится учить эту дурочку? *(фр.)*
[2] Выбирайте выражения, я-то говорю по-французски *(фр.)*.

Ровена улыбнулась в ответ. Она никак не могла привыкнуть, что застенчивая, затюканная пухлая девочка выросла в красивую, жизнерадостную женщину. Должно быть, в швейцарском пансионе для благородных девиц умели творить чудеса. Или же год, проведенный вдали от матери, подарил Элейн возможность расцвести и поверить в себя.

— Я все слышала, — заявила графиня, выходя за дверь.

Элейн подмигнула и помахала рукой. Ровена последовала за тетей.

— Автомобили — лучшее изобретение в истории человечества, — заявила тетя, когда обе устроились на просторном заднем сиденье. — Раньше, в экипаже, я могла объехать лишь ближайших соседей. Теперь же каждый визит занимает намного меньше времени, так что я могу отделаться от них одним махом.

Неожиданно для себя Ровена почувствовала прилив любопытства. Оказывается, она совсем не знала эту величественную, устрашающую в своей элегантности женщину.

— Но, тетя Шарлотта, я думала, вам нравится наносить визиты?

— Избави бог, — фыркнула леди Саммерсет. — По крайней мере, в последние годы. Были времена, когда посещение соседей приносило мне удовольствие, не скрою. Но все недельные сплетни пересказывают уже в первом доме, а во всех остальных их только повторяют. Представь, как скоро это надоедает.

У Ровены против воли вырвался удивленный смех.

— А в Лондоне разве не так?

— О нет. В столице все гораздо интереснее, поскольку сплетни там бесконечные.

— И куда мы едем? — поинтересовалась Ровена, откидываясь на обитую кожей спинку сиденья.

— Сначала остановимся у Эндикоттов. Их наверняка нет дома. Затем поедем к Кинкэйдам. Вот они точно дома, к тому же мне нравится новая жена Дональда, и она будет польщена визитом. После заедем к Биллингсли. Дорога до них неблизкая, но Эдит — моя подруга, и нам нужно многое обсудить.

— Я не знала, что лорд Биллингсли живет по соседству.

— На самом деле нет. В карете пришлось бы добираться полдня. Даже на автомобиле поездка займет два часа, но по дороге мы сделаем еще несколько остановок, так что скука нам не грозит.

Тетя Шарлотта рассчитала все до мелочей. Эндикотты действительно отсутствовали, так что графиня оставила карточку, и автомобиль тронулся к особняку Кинкэйдов. Молодая миссис Кинкэйд обладала чувством юмора, приятной внешностью и почтительно робела в присутствии леди Саммерсет, так как была моложе прежней супруги Дональда Кинкэйда лет на двадцать. В машине тетя Шарлотта пожаловалась, что покойная жена лорда отличалась несколько воинственным нравом, и Ровена не удержалась от хихиканья. Графиня наградила ее редкой улыбкой:

— Я не шучу. Из молодой миссис Кинкэйд получится хорошая жена для Дональда, к тому же она наконец-то сможет подарить ему детей. — Леди Саммерсет поискала под сиденьем и достала красную бархатную подушечку с золотыми кисточками. — Советую тебе отдохнуть, милая. До Эддельсон-Холла еще час езды.

Ровена подложила подушку под голову. Ее смущало поведение тети. Никогда еще она не находила общество величественной леди Саммерсет настолько приятным и интересным. Девушка гадала, почему тетя выбрала в сопровождающие ее, а не родную дочь. Неужели она искренне переживает за племянницу? Или же, как часто случалось с тетей Шарлоттой, ею руководят скрытые мотивы?

Видимо, Ровена задремала, поскольку, когда открыла глаза, автомобиль уже стоял перед пышным особняком. По величине Эддельсон-Холл не шел в сравнение с Саммерсетом, но вполне мог соперничать с ним в очаровании. Две круглые башни по краям полностью заросли плющом, а с фасада глядело столько окошек с мелким переплетом, что казалось, будто стены сделаны из стекла.

Дворецкий встретил гостей и взял их визитную карточку, затем попросил обождать и направился в гостиную, где, очевидно, ожидала его госпожа. Ровена хотела поинтересоваться у тети, не находит ли она подобные формальности в высшей степени глупыми, но побоялась переступить границы дозволенного и разрушить зарождающуюся теплоту.

Слуга вернулся в мгновение ока, и гостьи проследовали за ним через анфиладу изысканных покоев, отделанных во французском провинциальном стиле. Как ни странно, Ровена подозревала, что жить в них не настолько уютно, как кажется на первый взгляд. Прозвучало представление, и Ровену закружил поток приветствий. Помимо леди Биллингсли, в гостиной присутствовали еще четыре дамы — светские львицы, смысл жизни которых заключался в приглашении сюда на чай по вторникам. Девушка всегда недолюбливала поверхностную болтовню высшего общества и сейчас начала жалеть, что согласилась отправиться с тетей. Хотя, если не обманывать себя, ее согласия никто и не спрашивал.

— Мисс Бакстон!

Ровена с облегчением повернулась на знакомый голос:

— Лорд Биллингсли, рада вас видеть.

Себастьян взял протянутую для поцелуя руку и склонился над ней.

— Как поживают ваша сестрица и Элейн? — спросил он.

— Хорошо, благодарю вас.

Леди Биллингсли одобрительно закивала:

— Почему бы молодежи не прогуляться по саду, пока мы перемываем косточки? Дождя вроде нет.

Она воинственно огляделась, будто высматривая бунтарей, осмелившихся возразить, что погода не благоприятствует прогулкам. Таковых не нашлось.

Себастьян протянул руку, и Ровена с облегчением взяла его под локоть. Хватит с нее на сегодня светской беседы. Если еще одна матрона с поджатыми губами спросит, как они с сестрой переносят смерть отца, истерического крика не сдержать.

Эддельсон-Холл обладал выдержанным шармом, которого был напрочь лишен Саммерсет, несмотря на все его великолепие. Молодые люди прошли мимо раздвижных дверей роскошной библиотеки с потрескивающим камином, небрежно расставленными по полкам книгами и вместительными кожаными креслами.

— Отец в детстве проводил лето в охотничьем домике деда, в Шотландии, — заметив ее интерес, улыбнулся Себастьян. — Мне говорили, что он воссоздал тамошнюю библиотеку, начиная с книг и заканчивая кочергой у камина. Моя любимая комната.

Ровена улыбнулась и прошла за спутником в огромный сад рядом с особняком. Она помнила, какими взглядами украдкой обменивались Себастьян и Пруденс, и часто гадала об их чувствах друг к другу. Но названая сестра сбежала после поспешного венчания с лакеем, так что все догадки потеряли смысл.

Хотя лорд Биллингсли по-прежнему время от времени навещал Саммерсет, он мало походил на беспечного юношу, с каким Ровена познакомилась осенью.

— Я скучаю по ней, — произнес Себастьян.

Ровена вздрогнула от неожиданности и бросила на него удивленный взгляд. Он кивком указал на посыпанную гравием дорожку, что извивалась между елей. Девушка последовала за ним. Видимо, он хочет поговорить в укромном уголке. Возможно, ему нужно излить перед кем-то душу.

Они обогнули небольшую рощу, где между серебристых сосен притаились вырезанные из гранита парковые скульптуры. Если Себастьян и желал беседы, он не торопился и заговорил только у небольшого замерзшего фонтана:

— Вы часто получаете от нее весточки?

У Ровены сжалось сердце. Она ясно расслышала сквозящее в вопросе одиночество.

— Не очень. — Помимо воли у нее вырвался неприятный смешок. — Вернее, вообще не получаем, хотя Вик недавно что-то слышала.

Молодые люди подошли к скамье и разом сели, словно прочитав мысли друг друга.

— Как я понимаю, она еще злится на вас?

— Я заманила ее в Саммерсет в качестве камеристки и разрушила все построенные за долгие годы отношения. Не думала, что обман продлится так долго и с Пруденс будут действительно обращаться как с прислугой... Не знаю, на что я надеялась, но Пруденс внезапно оказалась выброшенной совсем в другую жизнь и чувствовала себя несчастной.

Ровена упустила тот факт, что утаила от Пруденс и Виктории сдачу лондонского дома в аренду, но могла и не упоминать о скандале. Ведь Себастьян присутствовал при нем. Он видел реакцию Пруденс, когда та узнала, что сестрам Бакстон некуда возвращаться и они заперты в Саммерсете.

Девушка уставилась на замерзший пруд. Теперь она понимала, что чувствуют притаившиеся подо льдом рыбы, пока ждут оттепели.

— Она ничего мне не сказала. Мы говорили после вашей ссоры. Вы знали? — Себастьян поднял недоумевающие карие глаза. Ровена покачала головой. — Во дворе. Под деревьями. Она потеряла берет.

Он надолго замолчал. Ровена уже решила, что разговор окончен, когда лорд Биллингсли продолжил:

— Она собиралась принять место компаньонки одной моей знакомой. Я думал... — Он запнулся и посмотрел в мертвенно-серое небо. — Я думал, что нашел способ сделать ее счастливой. Что мы поняли друг друга. Очевидно, я ошибался.

Ровена вздохнула. Знал ли Себастьян, что Пру является дочерью старого графа Саммерсета? Хотя какая разница. Высший свет не одобрит брак графа и дочери незамужней горничной, кем бы ни был отец незаконнорожденного ребенка. Девушка украдкой взглянула на лорда Биллингсли: стоит ли сказать ему? Нет, она не предаст Пруденс еще раз.

— Пора возвращаться, — мягко сказала она.

Себастьян рассеянно кивнул, и пара медленно направилась к дому. По дороге Ровена пересказала услышанные от Вик новости: что Пруденс живет в Лондоне, чувствует себя хорошо и счастлива на новом месте.

— Я рад за нее.

— Надеюсь, когда-нибудь она простит меня, — закончила Ровена сквозь комок в горле.

Себастьян сжал ее локоть:

— Вы трое считали себя сестрами. Уверен, она не сможет долго таить обиду.

Когда они вошли, тетя Шарлотта собирала вещи:

— Чудесно, что вы вернулись. Мы собирались послать за вами служанку. — Затем леди Саммерсет повернулась к Себастьяну. — Когда ты возвращаешься в университет?

— Я уже закончил обучение. Ведь я начинал на семестр раньше Колина.

— Неужели? — Она положила руку ему на плечо и обворожительно улыбнулась. — Тогда не забывай нас. Уверена, девочки с удовольствием примут тебя за ужином, даже если Колина не будет дома. Разве не так, Ровена?

Девушка вздрогнула и послушно кивнула:

— Конечно.

Она случайно поймала многозначительный взгляд, которым обменялись тетя и леди Биллингсли, но не смогла его разгадать.

Дорога домой показалась долгой. Ровена мысленно все возвращалась к разговору с Себастьяном в саду. Значит, он до сих пор испытывает чувства к Пру? Возможно. Но разве они имеют значение, если она теперь замужняя женщина?

ГЛАВА ВТОРАЯ

Пруденс оглядела квартирку, в который раз недоумевая, как можно жить в двух с половиной комнатах с единственной уборной. И не замедлила обругать себя. Им повезло, что в квартире вообще есть уборная. К тому же можно наконец-то забыть о кишащей насекомыми ночлежке, где они с Эндрю провели первый месяц после приезда в Лондон.

Она сама не знала, чего ожидать, когда ступила на перрон из саммерсетского поезда. Она привыкла к тому, что важные решения принимает кто-то другой, и не сразу догадалась, что ее молодой муж, такой уверенный, когда дело касалось автомобильных моторов или животных, совершенно растерялся в толпе и чувствует себя в Кэмден-Тауне как выброшенная на берег рыба. Так что ей пришлось самой забрать багаж и найти недорогой пансион, а затем подыскивать квартиру рядом с Королевским ветеринарным колледжем и узнавать требования к поступлению.

Эндрю едва не отказался от своих планов.

— У нас нет таких денег! — восклицал он. — Это же целое состояние.

Пруденс спокойно объяснила, что денег хватит. Если жить экономно и немного подрабатывать, все получится.

— Ты предлагаешь мне жить за твой счет, — фыркнул Эндрю.

При всем желании Пруденс не могла с ним спорить.

— Зато потом, когда станешь ветеринаром, ты будешь содержать меня до конца моих дней, — разумно возразила она.

И Эндрю ничего не оставалось, как согласиться с ее доводами. К тому же, думала Пруденс с недавно обретенной холодной практичностью, у них все равно нет выбора.

А сейчас миссис Таннин стояла на пороге ее квартиры и недовольно поводила носом, уперев руки в бока.

— Сэру Филипу все это не понравилось бы.

Пруденс знала, что совершила ошибку, когда пригласила экономку из старого дома. Размерами квартирка едва могла сравниться с кабинетом из особняка Бакстонов в Мейфэре. Но Пруденс больше не считала себя дочерью сэра Филипа, так что рассчитывать на особняки не стоило.

— Сэра Филипа больше нет, а нам с мужем приходится жить по средствам.

— Но неужели вы думаете, что мисс Ровена и мисс Виктория оставят вас в нищете...

— Миссис Таннин! — Пруденс уязвленно вытянулась в полный рост. Нельзя сказать, чтобы она отличалась внушительным сложением, но над хрупкой, как Виктория, экономкой возвышалась почти на голову. — Будьте добры, не забывайте, что мы находимся в моем новом доме. Тут нет грязи и запустения. Квартира чистая, светлая и находится рядом с Королевским ветеринарным колледжем, где будет учиться мой муж. Что с того, что она небольшая.

О том, что на первом этаже под четырьмя квартирами располагается овощная лавка, Пруденс не стала упоминать. Неотступный запах сырого картофеля и так не давал забыть о соседстве.

Миссис Таннин стихла. Будь Пруденс в состоянии забрать свое имущество из особняка самостоятельно, она бы так и сделала. Лакей Карл помог донести тяжелые вещи, но девушка попросила старую экономку присутствовать при сборах, чтобы никто не заподозрил, что она могла прихватить лишнее. Ей не хотелось давать графу Саммерсету повод для обвинения в воровстве. Пруденс и так повезло, что снявшие особняк американцы еще не приехали. Ведь они имели полное право не пускать в дом незнакомую женщину.

— Прошу прощения, — наконец выдавила пожилая экономка. — Но я ничего не пойму. Сэр Филип умер, семья переехала в поместье, а три месяца спустя ты возвращаешься и собираешься жить в Кэмден-Тауне. Причем успела выскочить замуж за человека, который, уж не обижайся, совсем тебе не пара. Просто ума не приложу.

Пруденс сделала глубокий вдох, чтобы не дать воли закипающему раздражению. Ей даже пришлось напомнить себе, что экономка всегда по-доброму относилась к ее матери.

— Миссис Таннин, я польщена, что вы составили такое высокое мнение обо мне, но не забывайте, что моя мать служила гувернанткой. У меня нет родословной, нет титула и никакой кровной связи с аристократией. — Пруденс поджала губы, поскольку не вовремя вспомнила, что как раз таки имеет кровную связь с вырастившим ее семейством, но тут же выбросила непрошеную мысль из головы. — Меня взяли в Саммерсет в качестве камеристки, причем обращались со мной так, будто я одним присутствием отравляю воздух в поместье. Я считаю, что сделала правильный выбор, учитывая обстоятельства.

— Не может быть, чтобы девочки так поступили! — вскричала экономка, прижав руку к сердцу.

В глазах миссис Таннин выросшие без матери дочки сэра Филипа оставались безупречными молодыми леди. Поэтому Пруденс решила умолчать, что именно Ровена виновата в большей части выпавших на ее долю неприятностей.

— Конечно нет, — сухо подтвердила она. — А сейчас будьте любезны, помогите передвинуть тот столик у плиты. Если поставить его боком, должен поместиться.

После ухода экономки Пруденс беспомощно огляделa сундуки и мебель. Она забрала из особняка только личные вещи, подаренные ей сэром Филипом и его дочерьми, но в новой квартире они выглядели неуместно громоздкими и пышными. Карточный столик, который она планировала использовать вместо обеденного, в особняке казался крохотным. Здесь он едва втиснулся в общее помещение, что служило и кухней и столовой. Как ни странно, вторая, выделенная под спальню комната была примерно такого же размера. Она располагалась в дальней от входа части, позади кухни, а небольшой альков у двери Пруденс определила под гостиную. Молодоженам досталась угловая квартира, которая хорошо освещалась двумя большими окнами в кухне — она же столовая — и тремя в гостиной, хотя встроенная под окнами софа занимала половину алькова. Пруденс едва нашла место для кресла с высокой спинкой и розами на обивке. Одному из сундуков, прикрытому бело-розовой шалью, предстояло играть роль кофейного столика, а если засунуть в

угол оставшийся от прежних жильцов аляповатый тор-
шер, то свободного места в гостиной не оставалось.

Пруденс взмахнула скатертью и покрыла ею карточный столик. Из складок материи на пол выпорх-
нул клочок бумаги. У девушки затрепетало сердце —
письмо Виктории. Пруденс подняла листок и в который раз пробежалась глазами по строчкам. Пока она
не решила, стоит ли писать ответ.

Очевидно, что не стоит рассказывать кому-либо
в Саммерсете о теперешнем положении. Несмотря на
браваду перед миссис Таннин, Пруденс и сама понимала, что стены в крохотной каморке давят, а обстановка не радует глаз. Ей не хотелось, чтобы Вик и Ро
знали о ее стесненных обстоятельствах. Она спрятала
письмо на полочке за угольной печкой. Потом. Она подумает об ответе позже. Сейчас голова занята другим.

Пруденс затащила чемоданы в спальню, старательно избегая взглядом постели. Им с экономкой пришлось нанять на улице двоих мужчин, чтобы те втащи-
ли кровать по узкой лестнице. Кровать вполне могла
вместить обоих супругов, но целомудренное бело-го-
лубое пуховое покрывало нелепо выделялось в голой,
без изысков, комнате. Возможно, потому, что покрывало принадлежало другой жизни — той, что подойдет к концу сегодня на закате.

Как ни странно, Эндрю не спешил с первой брачной ночью, пока они спали на узкой кровати в ночлежке. Пруденс не жаловалась, наоборот, она испытывала благодарность мужу за его моральные принципы.
Чтобы вместить всех приезжающих в столицу на работу, и без того крохотные номера пансиона разделили
простынями на клетушки. Молодые супруги получили комнату с двумя женатыми парами, причем одна
из пар не испытывала угрызений совести, исполняя

супружеский долг каждую ночь, когда на расстоянии вытянутой руки спят соседи.

При воспоминании о неслыханных ранее звуках по другую сторону натянутой простыни лицо залило краской. Эндрю каждый раз замирал на узкой кровати и боялся пошевелиться. Значит, она верно истолковала странную возню. Несколько недель молодожены лежали неподвижно бок о бок, и Пруденс чувствовала тепло сильного тела мужа и волоски на руках. Только раз в жизни ее охватывало подобное ощущение, будто внутри тает и растекается масло, и, к великому стыду, не Эндрю был тому причиной. Более того, тот мужчина даже не дотрагивался до нее.

Пруденс часто гадала, что происходит после свадьбы. Порой сэр Филип брал их с собой на ферму, когда присматривал новую лошадь, и после поездки они с Ровеной оживленно перешептывались, хотя разговор всегда заканчивался смущенным хихиканьем. Несмотря на принятые в доме Бакстонов либеральные воззрения, сексуальное образование в них не входило.

Девушка прижала ладони к пылающим щекам. Сегодня они с мужем впервые разделят постель наедине, и ничто не помешает неизбежному. Мысль и пугала, и вызывала трепет. Как узнать, что надо делать? В замке повернулся ключ, и Пруденс виновато дернулась. Уже?

Она вбежала в гостиную, когда Эндрю переступил через порог. Муж сразу заполнил комнату своим ростом — одна из причин, почему в свое время ему предложили место лакея в Саммерсете. При виде жены карие глаза сощурились в усталой улыбке. Хотя медовый месяц прошел без первой брачной ночи, Пруденс не сомневалась в его любви. Ей оставалось лишь надеяться, что со временем она сумеет ответить ему тем же.

Эндрю обнял ее за талию, притянул к себе, и она ответила робким поцелуем. Сперва ее смущала легкость, с какой бывший лакей относился к физической близости. В семье Бакстонов тоже любили друг друга, но редко прибегали к наглядным изъявлениям. Видимо, на маленькой ферме, где вырос Эндрю, умели дарить и принимать любовь с легкостью, неведомой аристократам в мейфэрских особняках. После первоначального удивления Пруденс научилась радоваться непринужденности мужа, поскольку чувствовала себя особенной.

— Где ты сегодня работал? — спросила она.

Эндрю нашел контору, где нанимали поденщиков, и обращался туда два-три раза в неделю, в свободные от учебы дни.

— В порту.

Пруденс в отчаянии оглядела грязную одежду. Утром хозяйка квартиры сказала, что стирать можно в подвале, а одежду вывешивать для просушки либо там же, либо из выходящего во двор окна. Девушке не хотелось признаваться, что она не умеет стирать и даже не представляет, как подойти к делу. В пансионе они отдавали белье прачкам, поскольку стирать там было негде. Эндрю приходил в ужас от настойчивого желания жены менять одежду каждый день, и вскоре Пруденс пришлось признать, что, если продолжать в том же духе, вскоре они растратят все деньги. Крайне неохотно она начала носить блузки и юбки по нескольку дней подряд и, к своему удивлению, особой разницы не заметила. Теперь Пруденс часто задумывалась, какие еще предубеждения прошлой жизни окажутся надуманными.

Эндрю обвел взглядом квартирку:

— Ты постаралась на славу. Совсем другой вид.

Но нейтральный тон убил всю радость от похвалы.

— Я знаю, что получилось тесно, но мне хотелось забрать свои вещи, пока в особняк не въехали новые жильцы.

Пруденс сама не могла понять, за что извиняется. Разве плохо попытаться сохранить свое имущество?

— А я думал, что вашу мебель перевезли в Саммерсет.

Эндрю снял пиджак и передал жене, чтобы та повесила на колышек у двери.

— Мои вещи оставили в Лондоне, — тихо ответила Пруденс. — Думаю, лорд Саммерсет не предполагал, что я задержусь у них надолго. — Она замолчала, чтобы дать обиде улечься, и продолжила: — Чемоданы я отнесла на чердак. Мне все равно не нужно столько одежды.

— Точно. Вряд ли нас завалят приглашениями на балы.

Пруденс почуяла скрывающуюся за шуткой горечь.

— Ну и отлично, — ответила она, стараясь не показывать обиды. — Иначе придется ломать голову, как отпарить твой парадный пиджак. Чаю хочешь?

— Ага.

Эндрю легонько сжал на ходу ее руку, и Пруденс поняла, что муж стыдится своих колкостей. Тем не менее она не могла выбросить из головы опасения, что зависть к полученному воспитанию будет омрачать всю их совместную жизнь. Что поделать, извиняться ей не за что.

— Умираю от голода. Ты не заглядывала по дороге в продуктовую лавку?

Пруденс поставила на плиту чайник и покраснела:

— Времени не было. Пришлось сначала все упаковывать, потом переносить сюда и расставлять. Можно спуститься в бар и заказать запеканку с мясом. Только сегодня! — быстро добавила она при взгляде на лицо мужа.

Он и так считал ее транжирой, но Пруденс действительно старалась экономить. Просто ей тяжело давалось думать о деньгах. К тому же готовая запеканка поможет оттянуть признание, что Пруденс даже не представляет, с какой стороны браться за сковородку. Эндрю полностью разочаруется в ней, когда узнает, что его молодая жена вовсе не умеет вести домашнее хозяйство. Они женаты всего несколько недель, а ей уже приходится изо всех сил скрывать свои недостатки.

Эндрю присел в изящное, обитое атласом кресло, что когда-то стояло перед камином в спальне. Пруденс считала, что нашла креслу прекрасное место рядом с плитой, но длинные ноги ерзающего на краешке мужа выглядели комично.

— Господи, я и забыла, какой ты высокий. Прости. Давай принесем из спальни старое кресло.

Эндрю с гримасой оглядел себя.

— Да уж, — согласился он и отправился в спальню за старым клубным креслом, что прилагалось к квартире. — Этот стульчик годится только на то, чтобы радовать глаз.

— Как и твоя жена, — прошептала себе под нос Пруденс.

— Что ты сказала?

— Ничего.

Пока муж устраивался поудобнее в просторном кресле, она заварила чай.

Эндрю протянул заработанные за день деньги, и Пруденс в недоумении уставилась на горстку монет.

— Мама всегда держала деньги в треснувшем кувшине на полке. Думаю, нам следует так же поступать с мелочью, которую не собираемся класть в банк.

Пруденс кивнула и закинула монеты в белую стеклянную вазу на обеденном столе. За окном с грохотом прокатил пожарный автомобиль, и Эндрю вздрогнул:

— Боюсь, я никогда не привыкну к шуму.

— Привыкнешь.

Она присела с чашкой к обеденному столу и принялась думать, о чем бы завести разговор. Она вышла замуж потому, что Эндрю поразил ее своей добротой в пору, когда практически все вокруг относились к ней с изощренной жестокостью. Пруденс упрямо выпятила подбородок. Все получится. Глупо отрицать, что свадьбу сыграли поспешно, но она не слепая. Она выбрала мужа за проявленную заботу и вдумчивость, а еще потому, что однажды тот публично вступился за ее честь, не боясь последствий.

— Завтра пойду за покупками. Я поставила в спальне у окна старый туалетный столик. Подумала, что получится хороший уголок для занятий. Если тебя не смущают позолота и розочки, конечно.

Она улыбнулась мужу, и тот рассмеялся. Напряжение в комнате развеялось.

— Как-нибудь справлюсь. Насколько мне известно, Евклид и Вергилий не обращали внимания на подобные мелочи, их занимала лишь наука.

Пруденс не переставала удивляться образованности деревенского парня. Он вырос на ферме, но часто убегал к местному ветеринару. Тот обучал смышленого мальчишку и давал читать книги. Пусть она обладала большей эрудицией в вопросах политики, мировых событий и литературы, но в точных науках, математике и географии Эндрю мог легко заткнуть ее за пояс. Молодые супруги завели привычку заходить по воскресеньям в чайную, где читали газету и обсуждали одну за другой все статьи.

В ожидании запеканки Пруденс обдумывала планы на завтра. Возможно, в книжном удастся найти кулинарную книгу и спасти положение. Бар стоял на той же улице, через дорогу от их дома, и Пруденс присела в задней комнате рядом с дверью, помеченной как «Вход для дам». Большое зеркало за стойкой потрескалось, а сквозь прорехи в бархатной обивке стульев проглядывали клочья ваты. Пруденс передала заказ усталой официантке, что обслуживала женский зал, и с любопытством огляделась по сторонам. Как раз заканчивался рабочий день, и мужская половина кипела жизнью, в то время как в небольшом зале сидело всего несколько женщин.

И тут дверь распахнулась и впустила смеющуюся стайку девушек примерно одного возраста с Пруденс. Все они носили простые черные юбки до лодыжек, а из-под зимних пальто выглядывали белые блузки. Строгие деловые шляпки сидели без излишнего кокетства на гладко причесанных волосах. Пруденс старалась не глазеть, как девушки скидывают в тепле пальто и требуют эля. Усталая официантка с их приходом немного оживилась.

— Ну что гогочете, гусыни, — улыбнулась женщина. — Лучше бы дома сидели да заботились о мужьях, чем меня гонять. Все ноги с вами собьешь.

— Ты же без нас заскучаешь, Мэри, сама знаешь, — весело откликнулась одна из девушек.

Пруденс выпрямилась. Какой знакомый голос... Она повернулась и посмотрела на рассевшуюся за соседним столиком группку.

— Мисс Пруденс!

Худощавая рыжеволосая девушка вскочила со стула и подбежала к ней. Прижала к себе в порывистом объятии и тут же отскочила на шаг.

— Ой, простите, мисс! — Веснушчатое лицо залилось краской. — Я так удивилась, когда увидела вас.

— Кейти! Что ты здесь делаешь? Миссис Таннин сказала, что ты уволилась и нашла работу в конторе.

— Да, — гордо улыбнулась Кейти. — Спасибо сэру Филипу, я окончила Школу секретарей и нашла чудесную работу.

Товарки Кейти за столиком зашлись смехом.

— Кейти все еще думает, что это хорошая работа! — со смехом воскликнула одна из них.

— Потому что она новенькая, — откликнулась другая.

— Уж получше, чем выносить горшки за надутой знатью, — заявила третья, смерив Пруденс наглым взглядом.

Пруденс покраснела. На миг ей почудилось, что она снова в Саммерсете и прислуга высмеивает ее за принадлежность к высшему обществу. К черту! У нее было счастливое детство. Скорее всего, эти женщины не могли и мечтать о подобном. Она не собирается о нем жалеть, даже если теперь никто не принимает ее за свою. Она выпрямила плечи и буравила взглядом черноглазую нахалку, пока та не отвела глаз. Затем повернулась к Кейти:

— Значит, тебе нравится работа? Ты живешь поблизости?

Она не выдержала и обняла бывшую служанку. Из глаз покатились слезы. В отличие от Саммерсета, в доме сэра Филипа к прислуге относились как к ценным и уважаемым работникам, и Пруденс всегда симпатизировала Кейти, хотя и не общалась с ней так близко, как Виктория, однако сейчас встреча ужасно ее обрадовала.

— Я переехала к матери, поближе к конторе, — закивала Кейти. — Теперь мама может не работать и заниматься домом. Подруги снимают у нас комнаты. Все довольны. А вы как? Что вы делаете в Кэмден-Тауне, да еще в баре?

Кейти будто только сейчас осознала, где находится, и изумленно уставилась на Пруденс, хотя, судя по поведению официантки, сама частенько заходила сюда с подругами.

— Мой муж готовится к экзаменам в Королевском ветеринарном колледже. Сейчас мы сняли квартиру в Кэмдене, чтобы не приходилось далеко ходить на занятия.

Пруденс не стала уточнять, что выбрала Кэмден-Таун еще и потому, что Эндрю легко мог найти здесь временную работу. С детства ей твердо внушили, что леди не следует заводить разговор о деньгах, разве что наедине с мужем.

По дороге к столику официантка вручила Кейти кружку с пивом, и та отпила глоток.

— Надо же! Как быстро все меняется, да, мисс? В жизни бы не подумала, что вас ждет судьба домохозяйки в Кэмден-Тауне... Не в обиду будет сказано.

Пруденс рассмеялась и удивилась, почему под смехом скрываются слезы.

— Я не обиделась, Кейти. Если честно, я даже не представляю, как вести хозяйство, что в Кэмдене, что в Мейфэре. Я совершенно не умею готовить, шить и стирать.

Бывшая служанка изумленно открыла рот:

— Надо же, мне и в голову не пришло! Вы же как новорожденное дитя, мисс. Знаете что, я познакомлю вас с матушкой. Она точно поможет. Всему научит.

С плеч Пруденс свалилась огромная ноша. На миг ей показалось, что она вот-вот взлетит.

— Правда?

— Конечно. К тому же маме скучно целый день сидеть дома одной.

Официантка протянула запеканку в глубокой миске, предусмотрительно захваченной Пруденс из дома.

— Элис, у тебя есть карандаш и бумага? — спросила Кейти одну из подруг. Затем написала адрес и протянула девушке. — Приходите завтра и сами увидите, как обрадуется матушка. Она с удовольствием поделится опытом. Я лично даже близко к плите подходить отказываюсь.

— Кейти, большое спасибо!

По дороге домой Пруденс задумалась, как признаться мужу, что ей требуются уроки по домашнему хозяйству. Стоило представить себе грядущий разговор, и желудок сводило узлами. Эндрю узнает, что она никогда в жизни даже пирожков не испекла. Саммерсетские слуги правы: она всего лишь выскочка и неумеха.

Может, она сумеет оттянуть признание... В конце концов, он выполняет данное обещание обеспечивать семью, пока готовится к экзаменам, и Пруденс не хотела допускать мысли о том, что подведет мужа в первые же недели брака.

Пока она выходила за ужином, Эндрю помылся и переоделся в мягкую свободную белую рубаху и широкие брюки. Из штанин выглядывали голые ступни, а влажные волосы, чуть длиннее, чем принято, но короче, чем у художников, завивались на шее. Парень нежно рассматривал жену теплыми карими глазами. Пруденс молча протянула ему миску с запеканкой и достала тарелки. Эндрю ел с аппетитом и, казалось, полностью сосредоточился на еде.

— Вкусно? — не выдержала Пруденс.

Ей хотелось сказать хоть что-то, лишь бы разбить тишину.

— Да.

Эндрю посмотрел на нее, но тут же отвел взгляд.

«Он переживает о грядущей ночи не меньше, чем я», — с удивлением поняла Пруденс. Открытие немного успокоило ее.

— Еще хочешь?

Муж покачал головой, и Пруденс спрятала остатки запеканки в ледник. В молчании прибрала со стола и помыла посуду, пока Эндрю докладывал угля в печку.

По молчаливому согласию они принялись за вечерние дела, хотя ложиться было еще рано. Когда заняться стало нечем, Пруденс взяла пеньюар и бросилась в уборную. Лицо горело от смущения, но она не могла заставить себя переодеваться в спальне. Что, если Эндрю войдет в комнату?

Пруденс вынула шпильки и расчесала волосы, пока по спине не заструился поток черного шелка. Причин оставаться в ванной больше не было. Пришлось открыть дверь и войти в спальню. Эндрю прикрутил газовый рожок, и тот источал мягкое сияние. Она заморгала: при виде стоящего у кровати мужа забилось сердце. Он снял рубаху, и даже в полумраке Пруденс различила нажитые физическим трудом мускулы на груди и руках. Во рту пересохло.

Эндрю безмолвно протянул руки. Пруденс замешкалась, но лишь на миг. С мужем она всегда чувствовала себя в безопасности, как в спокойной гавани, где можно укрыться от жизненных бурь. Я смогу, подумала она. Эндрю протянул руки, прижал жену к себе и нежно уложил на кровать. Когда он склонился над Пруденс, в голове на краткий миг всплыла фигура Себастьяна, но девушка решительно прогнала образ. Она сделала свой выбор. Не обращая внимания на колотящееся в ушах сердце, Пруденс коснулась лица мужа.

— Эндрю, — тихо позвала она. — Эндрю.

ГЛАВА ТРЕТЬЯ

Виктория постукивала пальцами по столу, ожидая ответа Кита. Он стоял перед камином в тайной комнате и тоже постукивал пальцами, только по каминной полке. Кабинет стал излюбленным местом их встреч, где друзья делились сплетнями, болтали или просто отдыхали от бессмысленных, пустых разговоров наводнивших особняк гостей.

Она нетерпеливо выпрямилась и пробежалась пальцами по блестящей поверхности любимого круглого столика, когда-то принадлежавшего дальнему предку. Давно почившего графа Саммерсета, без сомнения, шокировал бы план, о котором только что с энтузиазмом поведала его наследница.

— Давай уточним, — нахмурился Кит, и его брови встопорщились темно-рыжими гусеницами. — Ты хочешь, чтобы я помог тебе на неделю сбежать в Лондон?

Виктория встретила насмешку недовольным взглядом.

— Знаешь, обычно ты недурен собой, но сейчас больше напоминаешь людоеда из сказок братьев Гримм. Так что нечего смотреть на меня исподлобья.

Лорд Киттредж вскинул голову и изумленно уставился на собеседницу. Брови разошлись в стороны и взлетели под пробор. Девушка не удержалась и хихикнула.

— Ты считаешь меня привлекательным?

— Да, — пожала плечами Виктория. — Рыжие волосы, умный хитрый взгляд — похож на лиса. Но не задирай нос, Себастьян и Колин красивее тебя. А теперь вернемся к моему плану.

Кит закатил глаза:

— Единственный выход — привлечь Элейн. Ни за что в жизни твоя тетя не одобрит поездку в Лондон без сопровождения. И уж голову даю на отсечение, она не отпустит тебя со мной.

— Родственники знают, что я совершеннолетняя, — раздраженно дернула головой Виктория. — Так почему кузен Колин ездит куда душе угодно, а за нами с Элейн установлен круглосуточный надзор? Это нечестно!

— А ты замечала, что становишься очень милой, когда проповедуешь права женщин? — поддразнил Кит.

Виктория кинула в него ручкой и промахнулась. Чернила залили каминную полку.

— Черт побери! Посмотри, до чего ты меня довел!

— Довел? — засмеялся Кит.

Виктория встала, чтобы промокнуть пятно.

— Оставь, — посоветовал он. — Все равно сюда никто не заглядывает. Предлагаю считать его произведением искусства, в духе современной живописи.

— Ах ты! — топнула ногой Виктория.

Кит прекрасно знал, что ей нравится современное искусство.

— Тихо, не нервничай, крошка. Давай лучше сообразим, как доставить тебя в Лондон для встречи... С кем там?

— С Гарольдом Л. Гербертом, выпускающим редактором «Ботанического вестника».

— Да-да, с Волосатым Гербертом. И что ты надеешься получить от встречи?

На секунду Виктория пришла в замешательство.

— Ну, он написал, что будет рад встрече. Сказал, что мои работы наводят на интересные мысли. К тому же он заплатил за статью и ждет продолжения цикла. Может, заодно подскажет тему следующего исследования, увлекательную для читателей.

Она задрала нос в ожидании комментариев, но, к ее немалому удивлению, насмешек не последовало.

— Значит, ты никогда не видела Волосатого Герберта. А по телефону вы говорили?

Кит присел в кресло у столика и скрестил длинные ноги. Умные глаза серьезно рассматривали собеседницу.

— Нет, — беспокойно заерзала Виктория.

— Выходит, ему неведомо, что автор научной статьи, за которую он заплатил десять фунтов, — восемнадцатилетняя девушка? — (Она открыла рот, но не нашла что сказать.) — Я обратил внимание, что ты не указала настоящего имени.

— Указала!

— Нет, ты подписалась как В. Бакстон. Значит, предполагала, что встретишься с предубеждениями относительно твоего пола.

Виктория дернула плечом. Она не даст загнать себя в угол.

— В. Бакстон выглядит солиднее, чем Виктория. Редактору понравилась статья. Какая разница, девушка я или горилла. Я собираюсь на встречу, и никакие уговоры меня не остановят. Если не хочешь помочь мне ускользнуть из-под тетиного надзора, я сама найду способ.

— Не глупи. Конечно, я тебе помогу. Иначе какой из меня друг?

Виктория с облегчением вздохнула. Безусловно, она бы и сама справилась, но с участием Кита все сложится намного проще и веселее. Трудно поверить, что они знакомы всего несколько месяцев. Кит занял в ее жизни место, где раньше обитали Ровена и Пруденс, — ведь одной больше нет рядом, а вторая с головой погрузилась в пучину грусти, и порой Виктория забывала, что у нее есть старшая сестра. А вот Кит понимал, что можно горевать, но не хоронить себя.

— Не стоит привлекать родственников. Чем больше людей знает, тем выше риск, что секрет выплывет наружу. Завтра я возвращаюсь в Лондон и пришлю тебе записку от имени подруги с просьбой погостить у нее. Кто может тебя пригласить?

Виктория сосредоточенно нахмурилась:

— Присцилла Кингсли. Сейчас она во Франции, но вряд ли тетя об этом знает. Семейство Кингсли пользуется уважением.

— А Ровена?

Ровена даже не заметит моего отсутствия, с горечью подумала девушка.

— Я ей скажу, что хочу навестить Пруденс. Они все еще не разговаривают друг с другом, так что проверить сестра не сможет.

— И где ты собираешься остановиться? Я не смогу тебя принять. И недели не пройдет, как матушка нас обвенчает. В хороших отелях тебя могут узнать. А в пансион я тебя не пущу.

— Неужели! Гляньте-ка на блюстителя хорошего тона! — откинувшись на спинку кресла, насмешливо протянула Виктория. — Ведь молодая женщина в пансионе — это так неприлично!

Кит покрылся красными пятнами, почти под цвет волос.

— К черту приличия! Там небезопасно, а это совсем другое дело. И вообще, тебе нужна помощь или нет?

Виктория закатила глаза:

— Я поживу у Кейти. Мы вместе учились в Школе секретарей мисс Фистер. — Зная, как в Саммерсете относятся к слугам, она не стала добавлять, что Кейти работала горничной в доме Бакстонов. — Напишешь письмо. Пусть приглашение будет через неделю, а я напишу Кейти. В Лондон поеду на поезде.

На губах Виктории заиграла улыбка, и сердце запело от предвкушения. Долгие годы с ней обращались как с болезненной младшей сестрой. Но теперь появился долгожданный шанс доказать родным — и, что важнее, самой себе, — что она способна на большие поступки.

На следующее утро она отправила письма Кейти и мистеру Герберту, оделась в теплую одежду и завернулась в длинный шерстяной плащ. Виктория была умной девушкой и понимала, что отправляться в приключение, не посвятив никого в свои планы, опасно. Есть один человек, которому можно рассказать все без утайки, и даже мерзкая погода ее не остановит.

На лестнице она столкнулась с кузиной. Элейн заранее переоделась в бледно-розовое платье к чаю и держала в руках мягкую мохеровую шаль.

При виде Виктории Элейн взметнула брови:

— Только не говори, что собралась прогуляться. Там холодно, вот-вот начнется снегопад. Пойдем, свернемся клубочком в гостиной у камина. Будем читать, сплетничать и нежиться как кошки.

Предложение звучало соблазнительно, но Виктория хотела добраться до няни Айрис и вернуться обратно, пока погода не ухудшилась.

— Я скоро вернусь, и будем бездельничать до вечера. Обещаю даже сыграть с тобой в шашки. Мне нужно к няне Айрис. Я быстро.

— Как пожелаешь. Смотри не замерзни, малышка.

На полдороге Виктория уже пожалела о собственном упрямстве. Коттедж стоял в каких-то двух милях от особняка, и она часто наведывалась туда, но почему сегодня ей не пришло в голову попросить шофера отвезти ее? Виктория чувствовала, что дышать становится тяжело — тяжелее, чем можно списать на усталость от прогулки. Няня Айрис сразу же стянула с нее плащ и усадила у огня в удобное кресло-качалку.

— Господи боже, дитя, о чем ты думала, когда вышла из дома в такую погоду?

Виктория сморщилась, но не смогла набрать достаточно воздуха для язвительного ответа. Легкие сжимал холод, а горло сужалось, как игольное ушко.

И почему она постоянно забывает брать с собой ингалятор?

— Держись. Принесу настойку.

В ярости от собственного бессилия, Виктория закрыла глаза и принялась отсчитывать промежутки между вдохами, как учил доктор. Хотя порой ей казалось, что упражнение скорее помогает справиться с паникой, чем действительно останавливает приступ. Девять... Десять... Одиннадцать... Виктория по-прежнему втягивала воздух с великим трудом. Иногда ее охватывал страх, что один из приступов закончится смертью. Виктория изо всех сил зажмурила глаза, чтобы отогнать страшную мысль, боролась с нахлестывающей паникой и продолжала размеренный отсчет. На каждый четвертый такт приходился неглубокий вдох.

Не прошло и минуты, как вернулась няня Айрис и подсунула ей под нос дымящуюся паром чашку.

— Пей! — приказала она.

В ноздри ударил горький запах, и Виктория непроизвольно отдернула голову.

— Прекрати вести себя как ребенок, — заворчала няня.

От удивления девушка послушно сделала глоток, но не смогла сдержать дрожь, когда язык обожгло едким вкусом.

— Уж извини, не успела приправить отвар мятой и медом, но ты уже большая девочка. Так что пей, — хмыкнула пожилая женщина.

Виктория послушалась и глоток за глотком выпила весь напиток. Дыхание постепенно вернулось в норму. После приступа всегда кружилась голова, но сейчас девушка не чувствовала себя разбитой, как после ингалятора.

— Что вы туда намешали? — спросила она, когда смогла говорить.

— Лакрицу, мать-и-мачеху, куркуму и редкое растение с американского запада, гринделию.

Виктория посмотрела на вываренные листья на дне с толикой уважения:

— И откуда вы знали, что отвар мне поможет?

— Милочка, я изъездила весь мир. Мои познания простираются далеко за границы Суффолка, к тому же у меня много друзей из разных стран. Я отправила письмо знакомой из Америки, описав твое состояние, и она прислала мне семена и немного листьев этого растения.

Виктория протянула руку и погладила старую няню по щеке:

— Поверить не могу, что вы пошли на такие хлопоты ради меня. Спасибо.

Няня Айрис прочистила горло и забрала из ее рук чашку:

— Это не значит, что тебе можно выходить из дома без лекарства и ингалятора. Ты уже не ребенок. Может случиться, что некому будет срочно приготовить отвар.

Виктория пристыженно кивнула. Она пережила прошедшие со смерти отца месяцы отчасти благодаря знакомству с няней Айрис и Китом. Старая женщина прожила свою жизнь так, как девушка могла только мечтать, — смело и независимо. Когда-то она растила юное поколение Бакстонов, но после смерти маленькой Халпернии, поздней сестры сэра Филипа, покинула особняк. Отправилась путешествовать по свету, преподавала английский в далеких странах и наконец вернулась домой, чтобы провести старость в кругу семьи. Насыщенная жизнь, не связанная заботами о муже и детях. Виктория мечтала прожить свои годы так же.

Приступ миновал, и девушке не терпелось рассказать няне Айрис о грядущем приключении, но неожиданно у нее зародились сомнения. Виктория знала, что няня Айрис переживает за нее. Как она примет известие, что Виктория собирается сбежать в Лондон на неделю? Лучше слегка подкорректировать рассказ, для верности.

— Помните ту статью, что у меня купили для «Вестника»? Я приносила вам показать.

— Помню ли я? Конечно помню. Как раз на днях рассказывала о ней брату!

Женщина прошла в кухню и вернулась с чашкой чая и тарелкой печенья:

— Ешь. Так скорее избавишься от привкуса.

Виктория с удовольствием отпила чаю.

— Я послала редактору еще одну статью. — Она подождала, пока няня устроится за столом напротив, и продолжила: — Она ему тоже понравилась. Он не сказал, собирается ли ее опубликовать, но повторил приглашение встретиться. Так что на следующей неделе я еду в Лондон!

Няня Айрис потрясенно распахнула глаза:

— Ты думаешь, это мудрое реше́ние?

— Конечно мудрое, — нахмурилась Виктория, так как не ожидала подобной реакции. — Редактор дважды просил о встрече.

— Нет, моя милая, — покачала головой няня Айрис. — Он просил В. Бакстона. Не тебя.

— Я и есть В. Бакстон! — твердо заявила Виктория.

— Да, но мистер Гарольд Герберт об этом не знает. Я не сторонница пари, но могу поспорить, что он считает В. Бакстона молодым человеком, возможно студентом или выпускником университета. А не дочерью талантливого ученого, получившей домашнее образование, пусть и изрядной умницей.

И почему все стараются испортить праздник? Мистеру Герберту понравились ее работы. Какая разница, кто их написал — мужчина или женщина? Виктория вспомнила интеллектуалов и художников, что посещали обеды ее отца. Среди них было немало женщин: например, итальянский врач Мария Монтессори и талантливый физик Мария Кюри. Никто не отмахивался от них из-за принадлежности к слабому полу.

— Я собираюсь стать ученым, так или иначе, — решительно задрала подбородок Виктория. — Отец часто говорил, что, когда занимаешься наукой, очень важно публиковать свои работы. И мистер Герберт заплатил мне за статью! Все будет хорошо.

Взмахом руки она отмела все сомнения. Надо держаться убеждения, что ее ждут великие дела, а не считать себя инвалидом, чьи легкие могут отказать в любой момент. В противном случае она скоро окажется прикованной к постели под неусыпной опекой взволнованных родных. Она сильная. И добьется успеха во что бы то ни стало. Всем покажет, чего стоит младшая дочь сэра Филипа, и няне Айрис в том числе.

ГЛАВА ЧЕТВЕРТАЯ

Ровена подстегнула лошадь, и та понеслась по полю. Холод обжигал лицо, хотя она и прикрыла его вуалью. Опять тетя Шарлотта будет отчитывать ее за обветренные щеки.

После визита к соседям графиня прониклась к племяннице небывалым интересом и порой обращалась с ней как с родной дочерью. Ровена с Элейн ломали голову, но так и не поняли, что послужило причиной перемен. Обе пришли к выводу, что ее светлость готовит какой-то сюрприз и следует быть начеку.

Но на прогулках верхом Ровена забывала о существовании леди Саммерсет. Только так после смерти отца она испытывала какое-то подобие радости, если не считать полета с Джоном и поцелуя на замерзшем пруду. Но в те моменты она окуналась в настоящее счастье. Даже не счастье — блаженство.

После встреч с пилотом прошло уже несколько недель. Ровена каждый день смотрела в небо, но видела там только насмешливо каркающих ворон.

Поэтому сегодня она взяла быка за рога и отправилась в поместье Уэллс, расположенное к юго-востоку от Саммерсета. Давным-давно паж из рода Уэллсов спас жизнь наследнику Бакстонов и в награду удостоился дома и приличной доли земельных владений. За долгие годы дружба распалась, а недавние события превратили былых друзей во врагов. Но какое отношение это имеет к ней и Джону?

Ровена придержала коня и пустила его шагом. В голове метались мысли. Стоило ей убедить себя, что фамильная история Бакстонов никак не повлияет на будущее, как из глубины души поднимались сомнения. Глупо надеяться на лучшее. Как Джон представит ее матери? «Мама, это любимая племянница человека, который обманом отнял нашу землю и свел отца в могилу... но я люблю ее».

Любовь? Ровена от удивления дернула вожжи, и лошадь недовольно фыркнула. Подсознание сыграло злую шутку. Неужели она действительно ждет любви молодого пилота? Ответ пришел без промедления, и Ровене оставалось лишь гадать, почему не подумала о нем раньше. Да. Она хотела его любви. После смерти отца и ссоры с Пруденс мир стал холодным и серым, а мысли о любви согревали и дарили утешение. Но значит ли подобное озарение, что она сама любит Джона?

Ровене вспомнились русые волосы, чистая синева глаз, проницательно и бесстрашно взирающих на мир. Храбрость и настойчивость помогали пилоту снова и снова садиться в кабину аэроплана, хотя в памяти обитали совсем свежие воспоминания о едва не ставшем роковым крушении.

Она с уверенностью могла сказать, что предпочитает общество Джонатона любому знакомому мужчине, но любовь? Но тогда зачем желать его любви, если не отвечать взаимностью? Возможно, в ней заложена склонность к кокетству, о которой она не подозревала? Или безмерное восхищение полетами смешалось с чувствами к симпатичному пилоту?

В последнее время Ровена привыкла к тоске по отцу — боль не оставляла ни днем ни ночью, — но неожиданно всплыла давняя, смягченная годами рана. Сейчас Ровена тосковала по матери. С ней она могла бы обсудить, как вести себя с молодыми людьми, и получить совет.

Тропинка расширилась и превратилась в дорогу, огороженную сломанным забором. Ровена поняла, что въехала в поместье Уэллс — заброшенное и обедневшее благодаря алчности ее дяди.

Девушка нервно сглотнула и направила лошадь через пролом в изгороди. Снова всплыла неуверенность: а чего, собственно, она надеется добиться своим приездом? Может, просто поговорить с Джоном? Он пригласил ее полетать снова, но до сих пор не исполнил обещания. Да. Она спросит о следующем полете.

Преисполнившись уверенности, Ровена подстегнула лошадь, и та рысью затрусила по замерзшей дороге. За поворотом стоял дом. Намного меньше, чем привычные особняки, по сравнению с Саммерсетом он выглядел старше и проще, хотя не оставалось сомнений, что построены оба поместья примерно в одно и то же время, о чем свидетельствовала архитектура и камень стен. Но если аббатство Саммерсет возводили, чтобы вызывать почтительный восторг, то поместье Уэллс строили для удобства его обитателей. Сбоку располагался пожухший огород. За ним Ровена разглядела фруктовый сад. Вытоптанная дорожка вела от парадной двери к небольшой рощице, где стоял сарай и старый заброшенный колодец под крышей. С первого взгляда становилось ясно, что здешние обитатели хоть и нанимали помощь, но и сами не чуждались работы, что Ровена сочла признаком здравого смысла. Если кормишься дарами земли, надо знать, откуда они произрастают.

Никто не выглянул за дверь, чтобы помочь ей спешиться и отвести лошадь. Стоило Ровене ступить на землю, в груди бабочкой забилось сердце и уверенность испарилась. Ей здесь не место. Что, если приезд только разозлит Джона? Но зачем мужчине целовать малознакомую женщину и приглашать ее полетать вместе, если на самом деле он не хочет ее больше видеть? В конце концов, она современная барышня, а не затюканная мышка.

Ровена собрала волю в кулак и привязала коня к дереву. Животное фыркнуло. В такой холод ему бы больше хотелось стоять, накрытым попоной, в теплом стойле и отдыхать после долгой поездки. Нельзя оставлять его на холодном ветру надолго.

Бросив хлыст на землю, Ровена обернула вокруг себя и подоткнула за пояс длинный подол юбки — иначе она не смогла бы идти. Затем тихонько подошла к парадной двери. Едва замешкалась, но набралась мужества и с закрытыми глазами постучала. Она только что нарушила как минимум сотню правил хорошего тона. Оставалось лишь надеяться, что мать Джона, чей муж не так давно покончил жизнь самоубийством, не обратит внимания на подобные мелочи.

При мысли о родителях Джона Ровена едва не передумала. Что она здесь делает?

Дверь открылась. В проеме стояла девушка лет шестнадцати. Она с восхищением рассматривала гостью, ее строгий костюм для верховой езды из темного ирландского льна и кокетливо сидящую на голове шляпку. Сама девушка выглядела неопрятно: каштановые волосы растрепались, а на подоле плохо подогнанного платья темнели мокрые пятна.

— Матушка! — закричала она, затем снова уставилась на гостью.

Ровена молча смотрела на нее. Только сейчас она заметила, что девушка держит на локте корзинку с яйцами. И тут дверь захлопнулась перед носом.

Через секунду дверь снова распахнулась. Теперь на пороге стояла женщина. Потускневшие с возрастом волосы когда-то сияли золотисто-рыжим отливом, а синева глаз сразу напомнила о Джоне. Но если лицо молодого пилота отличалось резкими, умными чертами, то красоту женщины уничтожило горе. От уголков глаз вниз спускались две глубокие складки, будто вымытые потоками слез. Но сейчас женщина не плакала, наоборот, ее губы растянулись в неуверенной улыбке.

— Прошу извинить мою дочь. Гости к нам заглядывают нечасто, и она расстроилась, что не одета для приема.

Под мягким тоном Ровена уловила укор и устыдилась. Пусть хозяйка дома и не придерживалась строгого этикета, но знала, что дозволяется хорошим тоном, а что нет. И по ее мнению, появляться на пороге без предупреждения крайне невежливо.

— Прошу прощения, что не предупредила о визите, но я каталась верхом неподалеку и решила узнать, дома ли Джон?

Женщина удивленно приподняла брови, но лицо ее просветлело.

— Нет, он уехал пару недель назад. Он сейчас в Кенте, работает.

Ровена ощутила прилив облегчения, и все сомнения разом испарились. Джон с мистером Дирксом. Пилот избегает ее не умышленно, он просто занят работой. И почему подобное объяснение не пришло ей в голову?

— Извините за беспокойство. Я давно не получала от него известий и начала волноваться... — Ровена двинулась к лошади, чувствуя, что от радости несет чепуху.

Но женщина удержала ее за руку:

— Прекрасно вас понимаю. С такой работой я переживаю о нем ежедневно. Не представляю, откуда у него берутся силы.

— Потому что небо восхитительно! — вырвалось у Ровены.

— Вы летали на аэроплане? — потрясенно переспросила женщина.

— Джон взял меня с собой один раз, — кивнула Ровена и смущенно отвела взгляд. На щеках проступила краска. — И обещал еще.

Из дома донесся пораженный писк, и губы хозяйки дернулись в улыбке.

— Заходите, выпьете горячего чаю перед поездкой. Меня зовут Маргарет. Я мать Джона.

— Ровена.

Она не стала представляться полным именем. К счастью, о нем не спрашивали. Ей не хотелось, чтобы хозяйка с ходу выставила ее за порог. Ровену так и тянуло взглянуть хоть одним глазком на дом, где родился и вырос Джон.

— Надеюсь, я не доставлю лишних хлопот, — выдавила она, проходя внутрь.

— Конечно нет. Мы редко принимаем гостей, но не настал еще тот день, когда семья Уэллс не сможет предложить юной путешественнице чашку чая и закуску.

Ровена расслышала легкий акцент. Судя по всему, у Маргарет имелись шотландские корни. Девушка сняла плащ, и ее провели через просторную прихожую в длинный коридор с раздвижными дверями по обеим сторонам. Некоторые стояли открытыми; в комнатах весело потрескивали камины. Низкие потолки с балками придавали дому теплую, уютную атмосферу, которой так не хватало Саммерсету. Хотя вряд ли кто-нибудь заподозрил бы в тете Шарлотте склонность к теплу и уюту.

— Надеюсь, вы не против выпить чаю в кухне. Все равно мы проводим там большую часть времени. С пятью сыновьями устраивать чаепитие в гостиной по меньшей мере неразумно — заканчивается беспорядком и испорченной мебелью.

Кухня представляла собой просторное помещение с очагом у одной стены, дровяной плитой у другой и печью у черного входа. Стены были выложены из обкатанных рекой камней, скрепленных известковым раствором, и Ровена сразу определила комнату как старейшую часть дома.

Посередине стоял сколоченный из длинных досок обеденный стол, а рядом — разделочный стол размером с небольшую кровать.

— Присаживайтесь. Я как раз поставила чай, когда услышала дикий вопль Кристобель. Как я уже говорила, гости навещают нас нечасто, и боюсь, дочка совсем одичала.

Из коридора донесся обиженный писк, но Ровена мудро сделала вид, что ничего не замечает. Она присела к столу и принялась переживать, что Маргарет начнет расспрашивать о семье и придется прибегнуть ко лжи.

Хозяйка отказалась от предложенной помощи и быстро поставила на стол чайник, чашки и легкую закуску. Затем женщина уселась напротив Ровены и уставилась на нее проницательным взглядом.

Ровена неуютно поежилась. Ей стало не по себе от голубых глаз Джона на лице его матери.

— Как давно вы знакомы с моим сыном?

— Не очень давно. — Ровена наклонила голову, чтобы скрыть улыбку. Как быстро. — Пару месяцев, не больше.

— И как вы познакомились? Мне казалось, что все его время поглощено аэропланами.

На сей раз Ровена улыбнулась открыто:

— Это правда. Когда мы встретились, он как раз летал. Вернее, падал.

— Значит, вы та женщина на холме. — Мать Джона прикрыла рукой рот.

Девушка заерзала. Она не предполагала, что пилот расскажет о ней своей семье. А как же старший брат Джордж — он совсем не обрадовался знакомству на катке, когда узнал, что ее фамилия Бакстон. Может, он и матери наябедничал?

— Вы спасли Джону жизнь! — раздался за спиной восхищенный голос.

Ровена обернулась. Кристобель сменила юбку и причесалась. Она налила себе чаю и присела к столу.

— Это преувеличение, — вяло возразила Ровена.

— Он прокатил вас на аэроплане, чтобы отблагодарить! — воскликнула Кристобель. — Джон сказал, что вы железная леди. Совсем не боялись, когда спасали его. И мне нравится ваш костюм для верховой езды. Я выросла из своего, а у нас нет денег, чтобы заказать новый, но, может, когда Джордж вернется из банка... А я много раз летала!

— Много раз — это дважды? — с улыбкой остановила ее Маргарет. — И не болтай так быстро, наша гостья ни слова не поймет.

Кристобель ответила недовольным взглядом.

— У меня тоже есть младшая сестра, — успокоила женщину Ровена. — Я привыкла.

— Тогда я могу быть спокойна. Вам понравилось летать?

— Очень! — Ровена не могла подобрать слова, чтобы выразить свой восторг. — Я чувствовала полную свободу, словно все, что происходит внизу, не имеет значения.

— Но это не так, правда? — раздался из холла мужской голос.

Ровена вздрогнула. Сердце подскочило в груди, но в дверях стоял не Джон. Ее бесстрастно разглядывал Джордж, старший брат пилота, — тот самый, что при первой встрече ясно дал понять, что не испытывает к Бакстонам ничего, кроме презрения.

— Джордж! — Кристобель вскочила со стула и обняла брата. — Мы ждали тебя только завтра!

— Дела пошли лучше, чем ожидалось.

— Какое счастье, — произнесла мать и поднялась, чтобы налить сыну чашку горячего напитка.

Ровена замерла на стуле в ожидании. Неужели Джордж все испортит при первом знакомстве с семейством Уэллс, когда они только начали нравиться друг другу? Мужчина вошел в кухню и в ожидании чая облокотился на разделочный стол. Он не отличался привлекательностью младшего брата: внешность портили угрюмые складки в уголках рта, да и глаза были темнее, без небесной синевы. При взгляде на Джорджа становилось ясно, что он познал тяготы забот о семье и они легли на его плечи слишком рано.

— Да, — подтвердил старший брат. — Если можно назвать удачей продажу еще одного куска земли.

— Вряд ли подобный разговор следует вести за чаем в присутствии гостьи, — пожурила мать.

— Прошу прощения. Я просто удивился, когда увидел мисс... — Джордж замолчал, ожидая, пока Ровена назовет себя.

— Можете звать меня Ровеной. Благодарю за чай, но мне пора.

— Вы же пробыли у нас совсем недолго! — взмолилась Кристобель. — Мы даже не успели ни о чем поговорить!

Маргарет улыбнулась, и Ровена поднялась со стула.

— Как я уже говорила, моя дочь слишком долго была предоставлена самой себе. Ей нужно общество девочек ее возраста. Я вижу, что вы несколько старше, но тем не менее я бы с удовольствием предоставила вам возможность пообщаться. Не поужинаете ли как-нибудь с нами? Мы еще не отблагодарили вас за спасение Джона.

Ровене хотелось сквозь землю провалиться, лишь бы спрятаться от насмешливого взгляда Джорджа. И зачем она сюда приехала? Что скажет Джонатон, когда обнаружит, что она завязала отношения с его семьей прежде, чем он выразил какие-либо намерения? Но разве поцелуй нельзя считать выражением интереса? Или же в ней говорит старомодное воспитание?

— С большим удовольствием, — вяло согласилась Ровена и потянулась к плащу.

Семейство проводило ее до дверей. Всю дорогу она спиной чувствовала обжигающий ненавистью взгляд Джорджа. Женщины попрощались, и старший сын проводил ее до лошади, чтобы помочь сесть в седло. Он не стеснялся в выражениях.

— Хочу кое-что вам сказать, мисс Бакстон, и дяде своему передайте. Скажите, что нечего за нами шпионить. Больше он от нас ничего не получит. — (Ровена открыла в изумлении рот и выхватила уздечку из рук Джорджа.) — И перестаньте дурить голову моему брату. Он не предаст наш род.

Не успела она ответить, как Джордж хлопнул лошадь по крупу, и та понеслась галопом.

ГЛАВА ПЯТАЯ

У большинства пассажиров мерное покачивание поезда вызывало зевоту и со временем убаюкивало, но Виктория и малыш в синем матросском костюмчике не поддавались истоме. Один за другим соседи закрывали глаза, чтобы отгородиться от яркого утреннего солнца, и засыпали. Они знали, что ничем не рискуют: следующую остановку поезд сделает в Кембридже, а затем — в Лондоне.

Виктория и синеглазый мальчик сперва с интересом рассматривали друг друга, но вскоре занялись своими делами. Ребенок пересчитывал пальчики и пускал пузыри, а она сосредоточенно обдумывала план действий и мысленно отмечала пункты, где могла допустить роковую ошибку. Леди Саммерсет поверила, что племянница отправляется проведать Кингсли, и даже написала благодарственную записку, ловко перехваченную по дороге к Кэрнсу. Перед отъездом Виктория предупредила Сюзи, чтобы та следила за другими письмами.

Ровена прекрасно знала, что сестра не захочет гостить у Присциллы Кингсли, поскольку считает ее занудой. Она думала, что Виктория едет навестить Пруденс и Эндрю. Виктория до сих пор не могла отделаться от чувства вины: при прощании прекрасные глаза Ровены налились слезами, но она обняла сестру, попросила передать молодоженам наилучшие пожелания и снабдила сестру двадцатью фунтами на случай, если Пру испытывает недостаток в средствах. Вик так и не придумала, что делать с деньгами, поскольку Сюзи не сказала ей, где живет Пруденс. Если честно, она и не спрашивала. Ей было стыдно признаться, что приложенная к письму посудомойки записка осталась без ответа.

Кит настоял на встрече на вокзале. Виктория пыталась уверить его, что сопровождения не требуется, но в глубине души вздохнула с облегчением. Сначала Кит проводит ее на Лексингтон-плейс, где располагается редакция «Ботанического вестника». Виктория отправила телеграмму Волосатому Герберту, уведомила его о приезде и своей готовности встретиться в середине дня.

С довольным вздохом откинувшись на спинку сиденья, она представляла себе, как поразит редактора знаниями и тот пригласит ее в какой-нибудь модный изысканный ресторан, где обедают серьезные люди.

Но если приглашения не последует, Кит сводит ее в «Колеридж», где она закажет огромный кусок наполеона. Затем Кит проводит ее до квартиры Кейти в... Виктория нахмурилась и нашарила в ридикюле клочок бумаги с адресом бывшей служанки. В Кэмден-Тауне. Она задумчиво прикусила губу. На этом пункте плана зиял жирный пробел. Кейти так и не прислала ответ с подтверждением, но Виктория знала, что все обойдется. Иначе и быть не может. В конце концов, они же подруги. Но если по каким-то причинам Кейти не сможет ее приютить, придется обратиться к стряпчему и попросить оплатить неделю в отеле. Хотя вряд ли дойдет до такого.

Младенец начал издавать булькающие звуки, и Виктория сурово посмотрела на него, так как он прервал ее мысли. Ребенок притих, но затем принялся булькать еще громче. Девушка пожала плечами и выглянула из окна: мимо проносились все те же унылые поля с коричневой прошлогодней травой. Но она не позволит ничему омрачить ее радость. Виктория представила, как гордился бы ею отец. Она покажет всем, что выросла эмансипированной женщиной, в лучших веяниях нового столетия. Пусть себе Ровена хандрит, пока ее не выдадут замуж, пусть Пруденс бежит без оглядки при первом намеке на неприятности. Виктория будет независимой. Может, после встречи редактор предложит ей работу в «Вестнике», и тогда она переедет в Лондон и снимет собственную квартиру. Поживет в городе, пока не наберется опыта, а затем отправится исследовать растения по всему миру или займется чем-то в той же степени потрясающим.

Поезд затормозил с оглушительным скрежетом, отчего женщина с малышом на коленях проснулась и дернулась так сильно, что ребенок едва не слетел на пол. Кембридж, волшебное, по-спартански выдержанное царство шпилей и замковых башен, на фоне серого зимнего неба выглядел суровее обычного. Виктория по-ребячьи показала старинным зданиям язык: она знала, что женщин здесь не жалуют.

При виде возникающего из тумана города потоком нахлынули воспоминания. Вот они с сестрами играют в салочки в парке. Добродушные споры в кругу художников, поэтов и политиков, что числились в друзьях отца. Запомнившийся надолго ужин, когда она, Ро и Пру с распахнутыми от изумления ртами наблюдали, как Уолтер Сикерт[1] разрисовывает стену, чтобы доказать кому-то свою точку зрения. Миссис Таннин пришла в ужас, но отец только смеялся и несколько не-

---

[1] *Уолтер Ричард Сикерт* (1860—1942) — английский художник.

дель не позволял смывать рисунок. Девушка улыбнулась воспоминаниям и позабыла о волнениях.

Когда поезд со скрежетом остановился на Паддингтонском вокзале, тревоги вернулись с новой силой. Но стоило Виктории шагнуть на перрон, как Кит стиснул ее в медвежьих объятиях:

— Я уже боялся, что ты никогда не приедешь!

— Олух, я же говорила, что приеду. — Виктория улыбнулась.

Костюм лорда Киттреджа сидел безупречно, впрочем как всегда. Молодой человек следил за собой, как настоящий денди, и Виктория ничего не имела против. Ей нравились хорошо одетые мужчины.

Кит взял Викторию за руку, и они стали пробираться сквозь толпу к грузчикам, занятым багажом. Кит протянул носильщику несколько монет, чтобы тот помог донести два больших дорожных чемодана, и повел девушку к выходу.

— Давай пропустим скучную встречу, и я покажу тебе достопримечательности.

Виктория со смехом хлопнула его по руке:

— Я выросла в Лондоне, так что у меня было время насладиться его красотами.

— Да, но ты не наслаждалась ими со мной. Подумай, как весело мы проведем время в Кенсингтонских садах или у Биг-Бена. Могу поспорить, что тебе под силу разговорить гвардейцев ее величества.

— Я еду в издательство! Где твое авто?

— Шофер ждет у входа. А может, сходим проверить, не рухнул ли Лондонский мост? Еще можно навестить дом, где родился Диккенс, или заглянуть в Музей мадам Тюссо. О, я придумал! Давай зайдем в «Хэрродс» и посмотрим, сможем ли мы найти вход в пресловутое Зазеркалье?

Кит распахнул перед Викторией дверцу просторного серебристого автомобиля, обошел капот и прыгнул на сиденье.

— Хватит дурачиться! Мы едем на Лексингтонплейс. — Виктория перегнулась через переднее сиденье и вручила водителю листок с адресом. — Он немного помялся, — покраснев, добавила она. — Наверное, слишком долго вертела в руках.

— Ничего страшного, мисс. Буквы вполне разборчивы.

Девушка ответила ослепительной улыбкой, и Кит силой оттащил ее назад, на сиденье.

— Перестань смущать шофера и удели внимание мне!

— Бедняга, разве тебе нужно внимание? Неужели поклонницы недостаточно тобой восхищаются?

— Кто наплел тебе подобную чепуху? Хотя можешь не говорить. Передай Элейн, что поклонницы — плод ее воображения, не более. И даже если они существуют, сейчас я провожу время с лучшей подругой, и она выглядит весьма привлекательно.

— Правда?

В вопросе невольно прозвучала обеспокоенность. Виктория выбрала темно-серую вельветовую юбку годе и жакет в тон с каракулевым воротником и витой отделкой. На голове красовалась черная бархатная шляпка с простым пером. С одной стороны, девушке не хотелось одеваться слишком строго, на случай, если Волосатый Герберт (глупый Кит и глупое прозвище) не любит суфражисток, но с другой — ей необходимо выглядеть взрослой, уверенной женщиной.

— Правда. И кому какое дело, что подумает Волосатый Герберт?

— Мне, — оскорбленно шмыгнула носом Виктория. — Крайне важно произвести хорошее впечатление при первой встрече. Я хочу много зарабатывать, чтобы жить в свое удовольствие.

— Ага, вот и разговор о деньгах. Ты же знаешь, что в хорошем обществе о них не вспоминают.

— Глупая традиция, тебе не кажется? Особенно когда все вокруг только о них и думают.

Кит откинул голову и от души рассмеялся:

— Вот почему я так тебя люблю. Ты говоришь вслух то, о чем никто не решается упоминать.

Несколько неловких секунд в воздухе висело слово «люблю», но Виктория продолжила, будто ничего не заметила:

— Например, я не должна говорить о том, что дядя держит в руках все наши деньги, пока мне не исполнится двадцать пять или я не выйду замуж...

— Что? — выпрямился Кит. — Это невозможно. Особенно если учесть, что Ровене уже двадцать два. Она может опротестовать подобное распоряжение в суде.

— Я точно не знаю всех формальностей, — покачала головой Виктория. — Отец оставил нам неплохое наследство, но им распоряжается дядя до тех пор, пока нам не исполнится двадцать пять либо мы не найдем достойных мужей. Видимо, отец боялся, что его дочери станут жертвами аферистов.

— Вот почему вы с Ровеной переехали в Саммерсет.

Девушка кивнула:

— Мне нравится поместье, но мы с сестрой не привыкли к подобному образу жизни.

Автомобиль остановился перед высоким кирпичным зданием. По коже Виктории от страха поползли мурашки. Сейчас или никогда. Она обнаружила, что стиснула руку Кита и отчаянно не желает ее отпускать. Но нет. Как она намерена стать самостоятельной женщиной, если будет постоянно полагаться на других? Шофер вышел из машины и открыл дверцу. Грудь будто сжал обруч, а сердце мячиком запрыгало в груди. О боже! Только не сейчас. Виктория усилием воли взяла себя в руки. Как ни странно, Кит молча держал ее за руку, пока дыхание не восстановилось, — ни шуток, ни колкостей. Виктория благодарно улыбнулась и вышла из автомобиля.

— Я не знаю, сколько времени займет разговор. Давай встретимся через час?

— Хочешь, я пойду с тобой?

Виктория сжала ладонь Кита и неохотно отпустила.

— Нет, конечно, — покачала она головой. — Все будет хорошо.

Потянула на себя дверь, зазвонил колокольчик, и Виктория вступила в полутемную редакцию «Ежеквартального ботанического вестника». Она ожидала солидной обстановки, под стать уважаемому научному журналу, но контора оказалась маленькой и скучной, а стеклянные витрины с засушенными образцами растений явно нуждались в хорошей уборке. При звуке колокольчика подняла голову пожилая женщина, со стального цвета волосами, в строгом платье. Если появление Виктории вызвало у нее удивление, секретарь ничем его не выдала. С другой стороны, девушка подозревала, что водянистые глаза за очками в проволочной оправе вообще не способны выражать эмоции.

Виктория сделала глубокий вдох и направилась к столу:

— Мне нужно поговорить с Гарольдом Л. Гербертом.

Женщина даже не заглянула в лежащий перед ней гроссбух, куда записывала назначенные встречи.

— Прошу прощения. У мистера Герберта посетители. Если вы по объявлению о месте наборщицы, оставьте рекомендации.

Виктория вытянулась в полный рост (к сожалению, не слишком внушительный) и постаралась выглядеть старше и увереннее.

— Я недостаточно ясно выразилась. У меня назначена встреча с мистером Гербертом. Меня зовут В. Бакстон, и я... э-э-э... занимаюсь ботаникой.

Девушка горько пожалела, что запнулась. Женщина метнула на нее взгляд, где ясно читались сомнения, но заглянула в журнал, сделала пометку и поднялась.

— Подождите.

Секретарь прошла по узкому коридору. До Виктории донесся хлопок закрываемой двери. Виктория замерла, боясь дышать. Она оглядела дюжину темных ящиков для бумаг по одной стене и несколько изданий «Вестника», разложенных на столе. Женщина вернулась и жестом пригласила проследовать за ней в тесный, узкий кабинет.

Виктория едва успела разглядеть небольшой деревянный стол с поцарапанной столешницей, как на нее набросился приземистый лысеющий мужчина в длинном черном сюртуке. В голове промелькнула неуместная мысль, что Волосатый Герберт не может похвастать богатой шевелюрой.

— Что все это значит, юная леди? — услышала она низкий скрипучий голос. — Или вы решили сыграть со мной шутку?

Хотя редактор ненамного возвышался над ней, ярость сделала его больше и страшнее. Виктория отступила на шаг:

— Не понимаю, о чем вы. Я В. Бакстон, и у меня назначена встреча с выпускающим редактором. Вы Гарольд Герберт?

— Разумеется, а вот вы никак не В. Бакстон!

От кончиков пальцев по телу побежала дрожь. Еще никто не кричал на нее. Пруденс и Ровена порой ссорились и визжали друг на друга, как ведьмы, но никто из родных и знакомых не повышал голос на Викторию.

— Уверяю вас, это правда. Если вы будете столь любезны и позволите мне присесть, я покажу наброски будущих статей...

— Я не желаю смотреть на ваши статьи. Если вы и есть В. Бакстон, то повинны в мошенничестве!

— О каком мошенничестве может идти речь, если я та, за кого себя выдаю?

— Я считал, что В. Бакстон — мужчина. И собирался обсудить возможность сотрудничества с мужчиной, а не с юной девицей!

— Но вы приняли мою работу и даже заплатили за нее. Как вы можете отрицать тщательность проведенных исследований, если сами сочли их достаточно вдумчивыми и интересными, чтобы опубликовать в журнале! Я приехала по вашей просьбе, обсудить нюансы новых работ.

— Я не знал, что вы женщина. И ваша статья не появится в «Вестнике». Выплаченные деньги можете оставить себе.

Виктория уставилась на редактора с раскрытым ртом. В глазах закипали слезы.

Мистер Герберт прочистил горло:

— Буду откровенен, мисс Бакстон, если вас действительно так зовут. Не хочу оставлять почву для сомнений. Дамам не место в науке, моя милая леди, вы просто не годитесь для подобной работы. Ваш мозг устроен иначе. Хотя некоторые женщины становятся хорошими помощницами своим мужьям. Скажу прямо: скорее мир перевернется, чем «Вестник» предпочтет вашу статью любой из написанных мужчинами. Ведь им надо зарабатывать на жизнь, чтобы обеспечить семью. Не хочу показаться жестоким, но такова правда.

В середине его речи сдерживаемые девушкой слезы пролились и потекли по щекам. Виктории безумно хотелось затопать ногами или швырнуть что-нибудь на пол, но дни, когда она могла истерикой добиться своего, давно миновали. Да и не стоит еще сильнее портить мнение редактора о женщинах.

— У вас есть дочери, мистер Герберт? — внезапно спросила она.

Мужчина удивленно уставился на нее:

— Есть. Моя дочь — хорошая девочка, помогает матери по дому и не сует нос в неподобающие дела.

В раздражении от собственной слабости Виктория смахнула со щек слезы, чтобы взглянуть на вызывающего презрение человека сухими глазами.

— Как вы думаете, сегодня она гордилась бы вами? Вы отказываетесь даже обсудить работы молодого автора только потому, что я принадлежу к неугодному вам полу. — Редактор приготовился снова бушевать, но девушка предупреждающе вскинула руку. — Я очень горжусь своим отцом, мистер Герберт. Он никогда бы не сделал того, что совершили вы. Он понимал, что и женщины, и мужчины могут в равной степени питать страсть к науке.

— Возможно, причина в том, что ваш отец не ученый, мисс Бакстон. Позвольте пожелать вам хорошего дня.

Мистер Герберт отвернулся, и Виктория направилась к двери, но на пороге обернулась:

— Вы ошибаетесь. Моего отца звали сэр Филип Бакстон, и он не только известен своими работами в ботанике, но и получил за них рыцарское звание. А теперь позвольте откланяться.

Девушка вышла из кабинета с высоко поднятой головой, но самообладания хватило лишь на то, чтобы миновать стол секретаря и выйти за дверь. Сейчас она стыдилась собственной глупости. Неужели она действительно надеялась, что, раз ей повезло родиться в семье, где ценили за заслуги и не обращали внимания на предрассудки, все вокруг считают так же? Ведь даже мадам Кюри как-то рассказывала о надменном отношении многих ученых мужей. Но Виктория не усвоила урока. Вместо того чтобы продолжить писать под псевдонимом, ей захотелось получить всеобщее признание своего таланта. Что за нелепая гордость! Девушка увидела ожидающий у тротуара автомобиль Кита, и из глаз брызнули свежие потоки слез. Неужели придется признаться другу в пережитом унижении! Виктория проскочила мимо машины, и через секунду за спиной хлопнула дверь.

— Что случилось? Он тебя обидел? Хочешь, я вызову его на дуэль?

— Нет! Просто можешь сказать, что предупреждал. Ты же знал, что так и будет.

— Я пока даже не знаю, что случилось. Откуда, если ты не захотела взять меня с собой?

— Меня прогнали, даже не выслушав. Для женщин открыта только вакансия наборщицы. Редактор в итоге отказался печатать даже первую статью.

— О господи! Прости.

Жалость в голосе Кита вызывала желание стукнуть кого-нибудь. Предпочтительно его самого. Виктория сунула Киту в грудь свой ридикюль, и он послушно его подхватил.

— Но ты же знал, что так выйдет! Знал! Почему?

— Я не знал, но догадывался. Большинство мужчин пока не готовы к таким женщинам, как ты и Ровена.

Виктория, со стиснутыми кулаками, повернулась к нему лицом:

— Но это...

На языке вертелось слово «нечестно», но ей не хотелось выглядеть ребенком. Будто она ожидала, что жизнь идет по каким-то правилам, хотя их нет и уповать на них наивно.

— Неправильно, — закончила девушка, избегая взгляда Кита.

Она не сомневалась: он прекрасно понял, что она собиралась сказать, и Виктория смутилась от собственной избалованности и незрелости. И почему мир в качестве исключения должен относиться к ней честно?

— Это неправильно, — повторила она, развернулась и зашагала по тротуару.

— Виктория! Ты куда?

— Не знаю.

Краешком глаза она заметила поданный шоферу сигнал. Автомобиль медленно тронулся с места. Виктория чувствовала себя глупой девочкой, нуждающейся в няньке. Мысль о том, что над ней трясутся, как над бомбой с зажженным фитилем, разозлила еще сильнее. Но как заставить окружающих воспринимать ее серьезно, если она сама продолжает вести себя как ребенок?

ГЛАВА ШЕСТАЯ

Мать Кейти оказалась высокой, худощавой женщиной с выцветшими каштановыми волосами и живыми черными глазами, излучающими тепло. Она выглядела не намного старше дочери, и лишь артрит выдавал настоящий возраст. Распухшие суставы придавали рукам сходство с узловатыми корнями. После долгих лет, проведенных за грязной поденной работой, женщина с удовольствием ухаживала за домом и восхищалась успехами дочери и трех ее подруг. Мюриэль Диксон не жеманилась и открыто говорила о незаконном происхождении своего ненаглядного дитяти. Хотя гораздо охотнее она поведала Пруденс о том, как гордится, что Кейти сумела пробиться в жизни и работала служащей в конторе. Сэр Филип Бакстон, благодаря которому и стало возможным чудесное превращение, причислялся в этом доме к лику святых.

— На землю его послал сам Господь Бог, не иначе. Это уж как пить дать, — закончила хвалебную речь мать Кейти.

Уже полмесяца два раза в неделю Пруденс приходила к Мюриэль, училась вести хозяйство, послушно поддакивала восхвалениям в адрес покойного сэра Филипа и пожимала плечами в ответ на недоумение по поводу ее мастерства в содержании дома, а точнее, его полного отсутствия.

— Поверить не могу, что ты даже пироги печь не умеешь.

Женщина пораженно покачала головой и сунула руки в миску с тестом. Пруденс, как могла, старалась повторять движения наставницы. На прошлой неделе она научилась готовить булочки и гладить постельное белье. Девушка выстирала и высушила простыни дома и принесла их Мюриэль для глажки. Обучение прошло хорошо. Пострадала только одна простыня, но пожилая женщина заверила, что, если заправить прожженный угол под матрас, Эндрю ничего не заметит.

Сегодня Пруденс ждал урок по приготовлению мясного пирога. Очень своевременно. Если мужу и показалось странным, что три дня подряд его кормят булочками, он пока ничем не выдал своего удивления. Вряд ли подобное положение вещей могло продолжаться долго. По дороге Пруденс зашла в овощную лавку и к мяснику за перечисленными в списке продуктами. Она всегда покупала на двоих, в качестве платы за уроки, хотя Мюриэль и твердила, что надо учиться экономить.

Этот урок давался девушке тяжелее всего. Ей в жизни не приходилось рассчитывать средства.

— Я и супов никогда не варила, представляете? — с наигранной бодростью улыбнулась Пруденс.

Манера принимать жизнь такой, какая она есть, появилась совсем недавно. Только так девушка могла не унывать и смотреть в будущее. Плохие дни чередуются с хорошими, и все их надо пережить.

Молодая пара обзавелась подобием распорядка, и жизнь потекла своим чередом. Три дня в неделю Эндрю рано уходил из дома и до вечера пропадал на поденной работе. Пруденс навещала Мюриэль, училась хозяйничать или, как любила пошутить пожилая женщина, «батрачить». По четвергам муж занимался с репетитором химией, математикой и французским, а в остальные дни оставался дома и учился по книгам. Воскресным утром Эндрю выводил супругу позавтракать в кафе.

Вступительные экзамены в колледж проходили четыре раза в год, и следующие должны были быть ранней весной в Глазго. Осенние будут в Лондоне, но Эндрю с Пруденс решили, что лучше не терять лишнего времени. О том, что может произойти в случае неудачи, они не говорили.

— Расскажи мне еще о сэре Филипе, — попросила Мюриэль, когда пироги поставили в духовку.

— Я думала, у нас на очереди чистка ледника, — с улыбкой напомнила Пруденс.

Наставница лишь отмахнулась:

— К леднику перейдем позже. Он никуда не денется. Лучше выпьем по чашечке чая. Даже батракам необходим перерыв.

— Почему вы называете нас батраками?

Мюриэль обнажила в улыбке неровные зубы:

— О, это я ласково. Если честно, содержать дом в порядке — самое легкое, чем мне доводилось заниматься в жизни. К тому же я стараюсь ради девочек, а они просто прелесть, особенно моя Кейти. Я всегда знала, что такой умнице недолго ходить в горничных. Но откуда у меня деньги, чтобы пристроить ее в школу? Вот почему сэр Филип и его дочка Виктория просто святые. С другой стороны, замужние женщины всю жизнь бесплатно батрачат на своих мужей. Если подумать, эти новомодные суфражистки во многом правы. А теперь расскажи мне еще о сэре Филипе.

Квартира Мюриэль выгодно отличалась размерами от жилища Пруденс, так что под кухню была отведена отдельная комната. Мать Кейти содержала узкое помещение с одним окном в удивительной чистоте. Поскольку в доме жили пять женщин и кто-то постоянно готовился к свиданию, гладильную доску не убирали; она всегда стояла наготове рядом с плитой. Женщины присели у длинного деревянного стола, и Мюриэль разлила по чашкам чай.

Раньше Пруденс даже не подозревала, что сэр Филип оплачивал курсы для Кейти. Горло перехватило от горя. Да, добрый опекун всегда стремился помогать людям. Пруденс порылась в памяти в поисках подходящей истории.

— Ну, сэр Филип всегда подходил к образованию с неожиданной стороны. Стоило ему вычитать в книге о появлении нового метода обучения, и он непременно хотел его попробовать. Помню его увлечение идеями Шарлотты Мейсон[1]. Моя мать служила гувернанткой, и порой ей ничего не оставалось, как умыть руки и позволить ему поступать по-своему. — Пруденс отпила чаю, погрузившись в воспоминания. — Если честно, я удивляюсь, что мы вообще получили образование, несмотря на старания матери и сэра Филипа.

— Как это?

Пруденс дернулась и покраснела. В смущении уставилась на свои ногти, но Мюриэль терпеливо ждала ответа. В конце концов девушка подняла голову и улыбнулась:

— Мама не всегда служила гувернанткой. Начинала она простой горничной. Ее семья не отличалась достатком. Скорее всего, когда-то они были в услужении

---

[1] *Шарлотта Мейсон* (1842—1923) — английский педагог-новатор, разработала уникальный подход к обучению детей, основательница домашнего обучения.

у Бакстонов. Но сэр Филип пожалел молодую горничную, когда та осталась совсем одна с грудным ребенком на руках, и нанял ее ухаживать за своей беременной женой и маленькой дочкой. Он всегда отличался исключительной добротой.

В горле встал ком. Пруденс знала, что на самом деле сэр Филип пытался искупить гнусную несправедливость и позаботиться о незаконнорожденном отпрыске Бакстонов. Но Мюриэль лучше этого не знать. Пруденс и сама предпочитала забыть о своем происхождении.

— Жена сэра Филипа умерла при родах, и он попросил маму поработать няней, а затем оставил ее в качестве гувернантки. Он знал, что она не имеет необходимого образования, но мать страстно любила книги, да и сэр Филип помогал ей в обучении дочерей. В итоге у них сложилось довольно странное сотрудничество. Когда я выросла и потеряла мать, я часто задумывалась, как же она справлялась с работой. — Пруденс задумчиво умолкла. — Я помню, как в детстве часами лежала без сна и ждала, пока мама не погасит лампу и не ляжет в кровать. Сейчас я понимаю, что она училась по ночам, чтобы идти впереди нас.

На миг в кухне воцарилась тишина. Мюриэль потянулась и потрепала девушку по руке:

— Похоже, твоя мама была очень целеустремленной женщиной.

Пруденс со всхлипом втянула воздух:

— Да. Я только жалею... — Она смешалась.

— О чем жалеешь, дитя?

— Лучше бы она сразу рассказала мне об обстоятельствах моего рождения. О незаконном происхождении. Как вы рассказали Кейти.

Пожилая женщина пожала плечами:

— Это не моя заслуга. Нам долго пришлось жить с моей матерью, чтобы иметь хоть какую-то крышу над головой. Мать называла Кейти не иначе как «маленький выродок», так что я сразу рассказала дочке, что это значит. И уверила, что все равно ее люблю и не стоит обращать внимания на слова бабушки. Будь у меня выбор... не думаю, что призналась бы добровольно.

По дороге домой — а до квартиры предстояло отшагать десять кварталов — Пруденс обдумывала признание Мюриэль. Она не смогла решить, как сама поступила бы в подобной ситуации, но твердо знала одно: как больно обнаружить, что твоя жизнь опутана ложью со всех сторон.

Дома Пруденс положила завернутый в чистую ткань пирог на полку в кухне, чтобы подогреть позже, когда Эндрю вернется домой. По крайней мере, девушка знала, что сегодня их ждет вкусный ужин, и надеялась, что сумеет повторить рецепт самостоятельно. Уборка квартире не требовалась. Кроме чтения, заняться дома было нечем, так что Пруденс надела теплый шерстяной плащ и вышла прогуляться.

В отличие от Мейфэра, где она проживала раньше, в Кэмден-Тауне кипела жизнь в любое время суток. Мужчины и женщины всех возрастов и сословий толкались на тротуарах и в трамваях. Фабричные кварталы сменялись жилыми. Тянулись ряды представительных старых особняков, поделенных на квартиры. В подобном доме и жила Пруденс. Она часто выходила днем на длительные прогулки, чтобы отогнать скуку. Порой девушку посещали мысли, что всю жизнь ей только и придется, что заботиться о муже. Даже когда Эндрю выучится на ветеринара и они переедут в провинциальный аграрный городишко, где муж откроет клинику, даже тогда ей придется постоянно заниматься домашним хозяйством. Сменится лишь окружение. Дни будут протекать в непрерывной готовке, уборке и стирке. И рождение детей ничего не изменит, лишь прибавит хлопот. Неужели мама и сэр Филип готовили ее к такой жизни?

Пруденс свернула на Краундейл-роуд, к парку. Если мать знала, что ее ждет подобная участь, к чему попытки дать приличное образование? К чему тем, кого Мюриэль окрестила «батраками», читать Чосера и Шекспира? С другой стороны, вполне возможно, что уныние лишь результат недовольства своей судьбой и поспешного выбора. Если бы она искренне любила Эндрю, может, и стирка не казалась бы изнурительной рутиной.

На Пруденс навалился привычный гнет вины. Только во время одиноких прогулок она решалась признаться себе в подлинных чувствах. Почему-то вдали от маленького дома, который она с таким трудом создавала из мелочей, Пруденс не ощущала себя предательницей. Она питала глубокую привязанность к мужу, и супружеские ночи полнились любовью, особенно сейчас, когда молодожены лучше понимали, что делают. Но от улыбки Эндрю не замирало сердце, а от его смеха не подгибались колени. Только Себастьян вызывал у нее подобные чувства. Щеки девушки запылали, и на миг она позволила себе вспомнить лицо лорда Биллингсли. Как его губы с готовностью растягиваются в улыбке, а глаза теплеют при взгляде на нее.

И тут, будто по мановению волшебной палочки, поблизости раздался знакомый смех.

Пруденс замерла и огляделась. Риджентс-Парк обычно оживлялся в это время дня: леди и джентльмены выходили на послеобеденную прогулку, няни выводили маленьких детей подышать свежим воздухом. В висках бился пульс. Почему она решила, что голос принадлежит Себастьяну? Ему полагается сейчас быть в университете, разве не так? Но тут смех донесся снова, чуть дальше. Пруденс ни за что на свете не спутала бы его ни с чьим другим. Она заподозрила, что сходит с ума. Смех перенес ее в прошлое, в ночь перед побегом из Саммерсета. Лорд Биллингсли заверил ее, что все обойдется — у него на примете есть подходящее место. Пруденс закрыла глаза, и в голове ясно встала последняя встреча.

— *Есть и другая причина, по которой это было бы замечательно.* — *Лорд Биллингсли остановился и повернулся к Пруденс. Его темные глаза загадочно поблескивали в сумерках.* — *Вы не исчезнете, и я смогу вас видеть.*

Ее сердце тяжело билось в груди, и Пруденс на миг почудилось, будто Себастьян собирается ее поцеловать, но он отвернулся и зашагал дальше. Похоже, он понимал, что еще одно бурное переживание может ее надломить.

Сейчас Пруденс отчаянно жалела, что Себастьян не поцеловал ее. Даже если им не суждено встретиться вновь, воспоминания о поцелуе хватило бы на долгие годы. Она развернулась и на подгибающихся ногах заспешила к выходу из парка. Лицо горело от стыда — она изменила мужу, пусть и в воображении. По залитым вечерним солнцем улицам Пруденс торопилась домой, к Эндрю.

❖ ❖ ❖

— Черт тебя побери, Биллингсли. Ты что, хочешь сказать, что у лейбористов есть шанс? — Кит хлопнул друга по спине. — В последнее время ты ведешь себя как старик, то и дело ворчишь и волнуешься. Можно подумать, тебя терзает разбитое сердце.

Себастьян вздрогнул, и Кит подозрительно прищурил глаза. Хотя большинство молодых членов Каверзного комитета не отказывались закрутить случайный роман, до сих пор все успешно избегали даже намека на свадьбу. Судя по всему, придется присмотреть за другом.

— Ты стараешься переменить тему, поскольку даже отдаленно не представляешь, о чем я говорю, — ответил Себастьян. — Признай, ты ничего не читал о текущих прениях.

— Прения так же скучны, как и учеба. Со временем тебе придется признать, что я прав. А сейчас неплохо бы согреться. Пойдем в клуб?

— Ты же сам настоял на прогулке в парке, — пожал плечами лорд Биллингсли.

— Хотел немного тебя расшевелить.

— Как мне поможет свежий воздух, если нужно обсудить столько насущных вопросов?

— Конечно, — глубокомысленно закивал Кит. — Сегодня обязательно надо прийти к решению по ирландскому конфликту. Или на повестке дня забастовка учителей? Видишь, я слежу за новостями. Но ты-то сам понимаешь, что в последнее время говоришь только о политике? Знаю, что тебе нравится слава самого серьезного члена комитета, но раньше с тобой было весело. А сейчас только и делаешь, что хандришь, как влюбленный слюнтяй. — (Резкий удар в плечо доказал, что насмешка попала в цель.) — Тихо-тихо! Джентльменам не пристало махать кулаками. Вдруг здешняя высокая публика решит, что мы не принадлежим к их числу, — засмеялся Кит, входя в темный вестибюль клуба.

— В твоем случае их подозрения будут оправданны. Самодовольный выскочка, — проворчал Себастьян.

Клуб «Турф» считался одним из самых фешенебельных — и это в городе, где на каждом шагу располагались закрытые для простой публики заведения. Кит и Себастьян получили приглашение только благодаря родителям: их отцы в свое время были членами клуба. Здесь подавали лучшие напитки и деликатесы, хотя «Брукс» мог поспорить в фантазии и изысканности. Опять же «Уайтс» выгодно отличался оживленной атмосферой, но молодым людям нравился «Турф», ведь именно там проводила свободное время мужская часть комитета. К сожалению, женщинам членство в клубе было запрещено.

— Так как обстоят дела с очаровательной Викторией? — спросил Себастьян, когда друзья уселись в столовой. — Ее уже можно считать претенденткой на фамильный герб Киттреджей или ты просто вскружил девочке голову?

— Попробуй поводить ее за нос, — фыркнул Кит. — Она слишком умна. Нет, я ступил на совершенно новый путь. Предложил бескорыстную дружбу, и мне ответили взаимностью. Так что мы закадычные друзья-приятели, и мне это нравится.

Брови Себастьяна поползли вверх.

— А почему твоя мать до сих пор не прибегла к классическому маневру?

Кит засмеялся. Стоило матушке решить, что какая-либо из девушек его заинтересовала, она приглашала новую знакомую в фамильное поместье Киттреджей. Обычно вскоре после визита Киту приходилось прерывать с потенциальной невестой все отношения.

— Думаю, она тоже решила попробовать иную тактику. Либо ей еще не известно, что мы с Вик проводим вместе много времени.

— Не стоит обманывать себя, друг мой, — рассмеялся Себастьян. — Ты не принял в расчет мать Колина. Та берет след моментально, как породистая гончая.

— Да уж, я побаиваюсь леди Шарлотты больше, чем родной матери. А это о чем-то говорит.

— Будто кто-то ее не боится, — подхватил Колин, подходя к столику.

Кит встал и хлопнул друга по плечу:

— Как получилось, что наши матери хуже драконов, хотел бы я знать. Ни единой нежной голубицы среди них. Будто старая добрая Англия породила целое поколение гарпий.

— Что ты здесь делаешь, дружище? — спросил Себастьян у Колина. — Неужели решился сбежать из колыбели науки?

Пока они обменивались новостями, Кит украдкой бросил взгляд на часы. Он обещал сводить Викторию в оперу, но не предвидел встречи с Себастьяном и Колином. Если расправиться с ужином побыстрее, как раз останется время, чтобы улизнуть от грядущей разгульной ночи и заехать за Викторией. Он прислушался к беседе — обсуждался ирландский вопрос.

— Да, черт побери, вы уже обмусолили ирландцев со всех сторон! Если бы слова могли убивать, Ирландия давно уже превратилась бы в пустыню и вопрос решился бы сам собой.

— Но разве ты не думаешь... — начал Себастьян.

— Нет, не думаю, — перебил Кит. — Вернее, стараюсь не злоупотреблять. Предлагаю выпить за отсутствие мыслей.

— Согласен! — подхватил Колин и подал знак официанту. — А что вы обсуждали перед моим приходом?

— Женщин, — ответил Кит.

— Твою кузину, если точнее, — добавил Себастьян.

— Которую? Нежную, терзаемую страданиями Ровену или маленькую шалунью?

— Шалунья мне больше по вкусу, — засмеялся Кит.

— Смотри, осторожнее с ней, — предупредил Колин.

— Я ни за что ее не обижу! — возмущенно вскинулся Кит.

— Нет, я имел в виду, что тебе нужно быть осмотрительнее. — Колин заговорщицки наклонился над столом, и друзья последовали его примеру. — Даже моя мать опасается слишком давить на нее.

Кит откинулся на спинку стула, а Себастьян иронично вскинул брови и кивнул другу:

— Виктория в твоем полном распоряжении.

— Я уже сказал, что мы всего лишь друзья. Мы оба не испытываем тяги к браку. И она не кокетничает.

Кит припомнил возмущенный выговор, который ему пришлось выслушать, когда он усомнился в искренности Виктории. Она его даже стукнула. Или ущипнула... В любом случае его жизнь подвергалась опасности. Так что волей-неволей пришлось ей поверить.

— Тебе остается только надеяться, что Виктория не передумает, — ухмыльнулся Колин.

— Выпьем за это, — поднял бокал Кит.

— Не так давно я встретил очаровательную Ровену. Твоя мать уговорила ее объехать соседей с визитами, — вспомнил Себастьян.

Подали еду, и молодые люди ненадолго замолчали, отдавая должное простому, но вкусному жаркому, стейку, пирогу с почками и рыбе с жареным картофелем.

— Мама взяла Ровену под свое крыло. Бедная кузина никак не может прийти в себя после потери камеристки, или кем там служила эта девушка.

— Пруденс не камеристка! — вспыхнул Себастьян. — Ровене пришлось прибегнуть к нелепому обману, чтобы угодить твоему отцу.

Колин передернул плечами, и лорд Биллингсли замолчал.

— Как бы там ни было, Ровена восприняла потерю Пруденс с не меньшим отчаянием, чем смерть отца. Элейн радуется, что ей удалось увильнуть от светских обязанностей, раз матушка нашла себе новое увлечение. — Колин посмотрел на друга. — Будь осторожен. Если ты не женишься на Элейн, наши матери с удовольствием выдадут за тебя Ровену.

Себастьян покачал головой:

— Надо будет как-нибудь заехать в Саммерсет и вывезти ее на прогулку. Забрать с линии фронта, так сказать. Пусть у дам будет новая пища для обсуждений. Может, тогда они оставят нас ненадолго в покое.

— Можно попробовать, — с сомнением кивнул Колин.

Кит отодвинулся от стола и посмотрел на часы:

— Сожалею, но придется вас покинуть. Меня ждет неотложная встреча.

— Что? Ты хочешь оставить друзей, когда полная разгула и беспутства ночь только начинается? Могу предположить лишь одно: у тебя появилась дама сердца.

Лорд Киттредж улыбнулся, но не стал вдаваться в подробности. В Саммерсете считали, что Виктория гостит в Лондоне у подруги. Не стоит их разубеждать. Дружба с младшей сестрой Бакстон и так породила достаточно сплетен, незачем подливать масла в огонь. Виктория пообещала, что в опере ее никто не узнает. Киту не терпелось узнать, что она имела в виду.

— Поверить не могу, что ты покидаешь нас ради женщины, — продолжал возмущаться Колин. — Вот уж не думал, что позволишь взять себя на короткий поводок.

— Ничего подобного! Просто я обещал ей сегодня выход в свет.

— Надеюсь, это не помешает тебе выпить с нами последний бокал? — принялся искушать друг.

Кит снова бросил взгляд на часы:

— Только один.

Придется попросить шофера гнать всю дорогу до оперы. Они опоздают на несколько минут, но вряд ли Виктория сильно разозлится. И даже если немного рассердится, ничего страшного — она уже не избалованный ребенок.

Когда шофер остановил автомобиль рядом с одним из домов в Кэмден-Тауне, Кит понял, что серьезно опоздал. Следом пришло воспоминание, что у Виктории выдался ужасный день и именно поэтому он пообещал сводить ее в театр. Кит хмуро смотрел на зажатый в руке клочок бумаги, поскольку никак не мог разобрать записанный на нем адрес. Они явно переусердствовали с выпивкой. Шофер указал на дверь:

— Полагаю, вам наверх, сэр.

— Сам знаю.

Кит распахнул дверь и начал карабкаться по узкой лестнице. Наверху он внезапно понял, что двери располагаются по обе стороны лестничной площадки.

— Что за чертовщина.

Лорд Киттредж оглянулся на лестницу в поисках подсказок, но дверь уже захлопнулась, отрезав помощь в лице шофера.

В мутном свете газового рожка Кит увидел, что на одной двери выведена цифра один, а на другой, соответственно, два. Затем он прищурился на листок в кулаке, но не смог разглядеть на нем номера квартиры. Наверное, Виктория хотела, чтобы он сам догадался. Кит улыбнулся. Милая, милая шалунья.

Как же она разозлится за опоздание! Юноша нахмурился и оглядел двери. В любом случае шансы угадать нужную равные. С другой стороны, шансы не угадать тоже равные, а Кит не любил ошибаться.

Поэтому вместо стука он позвал девушку по имени.

— Виктория, — прошептал он.

Тишина.

— Виктория! — заорал во всю мочь Кит.

Ой. Слишком громко.

Дверь справа открылась, но за ней стояла не Виктория. Высокая, худая женщина устремила на него яростный взгляд черных глаз. Спросонья она завернулась в розовую накидку, слишком короткую для ее роста.

— Я ищу Викторию, — заявил Кит, собрав остатки достоинства.

— Мы уже поняли, олух! — рявкнула женщина. — Весь квартал слышал, кого вы ищете. Вы опоздали, Виктория спит.

— Не может быть! Мы собирались в оперу!

— В оперу вы собирались три часа назад. А сейчас разворачивайтесь и отправляйтесь домой!

От внезапного приступа головокружения пришлось прислониться к дверному косяку.

— Три часа? Вы уверены? Черт! У Виктории выдался неудачный день. Я хотел сводить ее в театр, чтобы она забыла о неприятностях.

— Вы опоздали. — Голос женщины немного смягчился. — А сейчас пора домой, иначе вас стошнит прямо здесь.

— Она обиделась на меня, да? — убитым голосом спросил Кит.

— Еще бы! — фыркнула хозяйка.

И захлопнула перед носом дверь. Кит хотел пнуть косяк, чтобы Виктория поняла: его не волнуют обиды, — но передумал. Ну и пусть, они ничем не обязаны друг другу. Он повернулся и принялся осторожно спускаться по ступенькам. Как он сюда взобрался? Эверест казался безобидным холмиком по сравнению с этой лестницей. Глупые женщины. И что все в них находят? Все равно между ним и Викторией ничего нет. Они просто друзья. Лучшие друзья.

— Глупые женщины, — вслух пожаловался он.

Кит обнаружил, что, если прислониться к стене и уцепиться двумя руками за перила, ступеньки перестают уходить из-под ног. Стоило ему открыть входную дверь, из машины выскочил шофер.

— И где ты раньше был? — проворчал молодой человек.

— Прошу прощения, сэр?

— Не важно.

Кит оглядел окна наверху здания. На миг ему показалось, что за занавеской кто-то притаился, но, скорее всего, его подвело воображение.

— И пускай! — закричал он, падая на заднее сиденье машины. — Мне все равно.

Но Кита не отпускало дурное предчувствие, что утром он взглянет на вещи по-иному.

ГЛАВА СЕДЬМАЯ

После бессонной ночи, проведенной за составлением планов, один суровей другого, как унизить Кита в ответ, Виктория сидела за кухонным столом Диксонов и дулась.

Когда Виктория появилась на пороге домика Кейти, Мюриэль ничего не знала о ее визите, но после одного взгляда на заплаканное лицо и красные глаза обняла ее и затащила в комнату вместе с багажом. Затем выставила на стол свежие пышки с горячим чаем и выслушала весь рассказ, сочувственно поддакивая в нужных местах. После прихода с работы Кейти и ее подруг Мюриэль несколько раз возмущенно пересказала им происшествие под оскорбленные вздохи Виктории. Вечер прошел за придумыванием различных вариантов мести, пока все в конце концов не согласились, что лучший способ отомстить — добиться неоспоримого успеха на научном поприще.

Составление планов оказалось намного менее занимательным, и вскоре Виктория обнаружила, что осталась в одиночестве. Ну и ладно. Все в порядке; они с Китом придумают, что делать.

Но Кит не пришел.

Виктория стиснула кулаки. Месяц назад она бы не поверила, что он сидел в клубе с друзьями вместо того, чтобы повести ее в оперу, как обещал. Она даже не просила, он сам предложил выход в свет, чтобы поправить настроение. А сам опоздал на несколько часов и устроил сцену, достойную пьяного портового грузчика.

Перед работой девочки заверили, что их кавалеры выкидывали коленца и похуже. Они не хотели слушать уверения, что Кит не ухажер, что он лучший друг и его предательство ранит намного больнее.

Лотти, одна из девушек, не торопилась на работу. Она налила себе чашку чая и уселась напротив Виктории. Острые черты лица светились любопытством.

— Какой смысл тосковать и портить себе жизнь, все равно вы его не вернете. Считайте, что вам повезло. От мужчин сплошные неприятности. Мужчины существуют только для того, чтобы поддерживать род и держать женщин под игом своего гнета.

Виктория с интересом разглядывала Лотти. Та выглядела старше остальных, ее вытянутое лицо будто вытесали топором. Гладко зачесанные волосы Лотти скручивала в непривлекательный, но практичный пучок, а тонкий прямой рот редко улыбался.

— Почему вы не на работе? — спросила Виктория.

— У меня выходной. — Она склонила голову и оглядела собеседницу. — Собиралась пообедать с подругой. Она возглавляет нашу организацию, которая называется «Союз суфражисток за женское равноправие». Можете пойти со мной. Вы суфражистка?

— Конечно, — сказала Виктория. — Мы с сестрой состоим в Национальном союзе суфражисток. — (Лотти фыркнула.) — Что-то не так?

— Ничего. Неплохое общество для молодых леди, которые боятся запачкать ручки настоящим делом.

— Я не белоручка, — горячо возразила Виктория в ответ на вызывающий взгляд женщины. — Меня сложно испугать.

— Отлично, тогда пойдете со мной.

Виктория согласно кивнула, хотя на самом деле ей больше всего хотелось дождаться от Кита записки с извинениями. Она знала, что с утра он раскается в своем поведении. С другой стороны, ему пойдет на пользу, если записку доставят в отсутствие мисс Виктории. Пусть знает, что она не собирается сидеть весь день дома в ожидании.

— Чудесно. Куда мы отправляемся? Мне нужно переодеться?

Губы Лотти насмешливо скривились. Виктория начинала надеяться, что пресловутая подруга обладает более приятным характером, поскольку от взгляда Лотти могло скиснуть молоко.

Некоторое время спустя Виктория сидела в зимнем саду кафе «Фраскати» и остро ощущала, что простое темное платье для прогулок совершенно не подходит для подобного заведения. Белая блузка и черная юбка Лотти тоже невыгодно выделялись на фоне нарядов других посетителей. Серебро, позолота и увесистые пальмы поразили Лотти до немоты. Виктория тяготилась молчанием и надеялась, что подруга Лотти окажется более занимательной собеседницей. Будь здесь Кит, они бы шепотом обменивались ехидными замечаниями насчет напыщенных посетителей и пересмеивались. Виктория горестно вздохнула и повернулась к Лотти:

— Расскажите о своей подруге.

К ее немалому удивлению, Лотти отвела взгляд и заерзала на стуле.

— Ее зовут Марта, — неохотно выдавила она.

— Чем занимается ваш союз?

— Мы боремся с угнетением.

— Как?

— Сейчас основной упор делается на газету.

— Неужели? — Виктория с интересом наклонилась к столу. — У вас много подписчиков?

— Давайте дождемся Марты. Она ответит на все вопросы и заодно скажет вам, чем можно помочь. Если захотите, конечно.

Последняя фраза была брошена презрительным тоном. Очевидно, суровая Лотти считала ее тепличным растением. К столику подошла хрупкая темноволосая женщина в бархатном платье винного цвета, отделанном кружевом, и положила руку на плечо Лотти.

— Простите, что опоздала. Надеюсь, вы не сильно утомились в ожидании.

— Мы недавно пришли. — К великому удивлению Виктории, Лотти улыбнулась. — Марта, это Виктория Бакстон. Если точнее, достопочтенная мисс Виктория Бакстон, и с ней приключилась небывалая история. Виктория, это Марта Лонг, основательница Союза суфражисток за женское равноправие.

Виктория потрясенно уставилась на элегантную даму:

— Приятно познакомиться.

Марта ответила чарующей улыбкой и присела за небольшой, покрытый льняной скатертью столик.

— В нашей организации мы обходимся без этикета, но тем не менее мне также приятно познакомиться. Расскажите о своем происшествии, и я решу, достойно ли оно первой полосы. Лотти склонна преувеличивать. — Марта наградила подругу быстрой улыбкой, чтобы подсластить замечание.

Интеллигентная, приятная на слух речь заставила Викторию вопросительно наклонить голову. Может, в союзе и не придавали значения титулам, но Марта происходила из хорошей семьи, сомнений не оставалось. Виктория принялась рассказывать о «Ботаническом вестнике», а Марта достала из ридикюля пожелтевший, потрепанный блокнот с карандашом и стала делать пометки.

К столику подошел официант с серебряным подносом, уставленным тарелками с сэндвичами и миниатюрными булочками, и рассказ прервался. Лотти принялась разливать чай, а Марта горящим взглядом рассматривала девушку:

— Значит, ваша фамилия Бакстон? И ваш отец был уважаемым ученым?

— Его наградили рыцарским званием за вклад в науку. — При этих словах Виктория беспокойно заерзала на стуле. — Не уверена, что в статье следует указывать настоящие имена.

Она не подозревала, зачем Лотти привела ее на встречу. Безусловно, Виктории хотелось увидеть в газете статью о причиненной несправедливости, но она опасалась, что дядя и тетя не разделят ее радости.

Марта, видимо, прочла ее мысли.

— Не думаю, что Бакстонам понравится подобная огласка.

— Вы знакомы с моей семьей? — нахмурилась Виктория.

— Ммм... — Марта что-то пометила в блокноте. — Статье определенно быть, но пока не знаю, куда ее лучше поместить: на первую полосу или в колонку редактора.

— Значит, вы выпускаете газету.

— Помимо прочего. Столько необходимо сделать, чтобы заявить о нашей позиции. К сожалению, не всегда удается управиться своими силами.

Виктория кивнула. Ей вспомнились те немногие собрания суфражисток, которые она посетила. Девушка уже участвовала в некоторых кампаниях, да и отец с друзьями постоянно поддерживали то или иное движение, например за права рабочих. Виктория сумела кое-чему научиться из их обсуждений и начала отсчитывать на пальцах:

— Сбор денег, оповещение заинтересованных кругов, представительство, посредник для улаживания отношений между различными группами, комитет помощи... Люди не будут участвовать в кампании и голосовать, если их дети голодают.

Темные глаза Марты вспыхнули новым интересом.

— Вы знаете о трудностях суфражисток не понаслышке, Виктория. Ведь я могу вас так называть? — Виктория кивнула, и изящная женщина продолжила: — Да, нам трудно поспеть везде, но люди нуждаются в переменах!

Ее голос дрожал от сдерживаемых чувств. Виктория не могла оторвать завороженного взгляда от волевой женщины, одержимой желанием изменить мир к лучшему.

— Как вы вступили в движение?

— Предлагаю все же выпить наш чай. — Вместо ответа Марта указала на стол.

Виктория послушно откусила кусочек от сэндвича с кресс-салатом, положенного ей на тарелку.

— Так нечестно, — пожаловалась она. — Я рассказала вам свою историю.

Но тут Виктории вспомнились обстоятельства, при которых она в последний раз жаловалась на несправедливость мира, и пришлось подавить вздох. Мужественно отогнав мысли о Ките, она расправила плечи и повернулась к Марте.

Брови женщины весело взлетели вверх.

— Значит, вас волнует, что честно, а что нет? Сколько вам лет?

Немного замешкавшись, Виктория в итоге пожала плечами. Ей нечего стыдиться.

— Через месяц исполнится девятнадцать.

— Вот и ответ, почему вас так остро задевает несправедливость, — улыбнулась Марта. — Так что вы хотели узнать?

Виктория покраснела и прочистила горло:

— Вашу настоящую фамилию, а заодно какой титул носит ваш отец.

Марта явно не ожидала подобного вопроса. Она дернулась и недовольно прищурила глаза:

— О, да вам палец в рот не клади. Мне удается обмануть всех, кроме собратьев из высшего света. Поэтому обычно я избегаю их как чумы.

Она отодвинула тарелку и открыла отделанную позолотой маленькую коробочку из слоновой кости. Вынула оттуда сигарету и закурила, к немалому возмущению соседей, хотя уверенные, властные манеры Марты удержали их от открытого проявления недовольства.

— Хотите? — предложила она собеседницам.

Обе отрицательно замотали головами. Виктория, чтобы не выглядеть ханжой, сочла нужным пояснить:

— У меня астма, и от табачного дыма тяжело дышать.

Девушка едва не подавилась ненавистным названием болезни.

— Мне нравится запах. — Марта выдохнула колечко дыма, и оно начало подниматься над ее головой. — Но вернемся к вашему вопросу. Меня зовут Беатрис Марта Лонгстрит, и мой отец носит титул графа.

Виктория вскинула брови. Лонгстритов можно было считать ровней, хотя они вращались в несколько иных кругах, чем Бакстоны.

— И как же представительница семейства Лонг-стрит оказалась главой организации суфражисток, подрывающей моральные устои общества?

— А почему дочь сэра Бакстона решила получить место в ботаническом журнале? — парировала Марта, и Лотти засмеялась.

После секундного изумления Виктория тоже рассмеялась:

— Один-ноль в вашу пользу!

Она хотела заплатить свою долю за обед, но Марта отмахнулась от предложения:

— Вы подарили отличную историю для газеты, так что я у вас в долгу. Я подвезу вас с Лотти до дома.

К немалому удивлению Виктории, Марта направилась к непритязательному автомобилю «саксон-моторс», повертела рукоять и забралась на водительское сиденье. Затем оглянулась на Викторию и усмехнулась:

— Забирайтесь! Прошу прощения за тесноту. На мой взгляд, небольшие авто намного удобнее.

Умело пробираясь по забитым экипажами и пешеходами узким улочкам, Марта свернула в восточную часть города.

— Одна из немногих роскошей, от которых я не смогла отказаться, когда основала союз, — прокричала она поверх шума мотора. — Все же я могу быстро передвигаться по городу и моментально помочь нуждающимся женщинам. Не то что кеб или метро. К тому же я люблю сидеть за рулем!

Машина завернула за угол, чудом миновав женщину с тележкой, полной кур. Виктория крепче ухватилась за ручку и засмеялась. Марта бросила на нее быстрый взгляд и тоже расхохоталась.

Автомобиль на головокружительной скорости мчался по узким улочкам Лондона. Виктории пришлось ухватиться за соседку, но Лотти невозмутимо отстранилась. Возможно, она привыкла. Виктория почувствовала легкий укол зависти. Ей тоже хотелось стать независимой женщиной и нестись по городу, верша судьбы встреченных. У дома Кейти Виктория неохотно выбралась из машины, жалея о том, что время пролетело так быстро. Марта протянула руку:

— Заходите как-нибудь к нам в штаб-квартиру, милая. Лотти вас проводит. Покажу, как мы работаем. То, что мы делаем, очень важно.

Виктория стиснула протянутую руку:

— С удовольствием приду!

На приятном лице Марты вспыхнула улыбка, и Виктория впервые после приезда в Лондон ощутила себя особенной, нужной кому-то.

— Отлично. Уверена, что вы внесете неоценимый вклад в наше дело. Я очень рада знакомству.

Виктория смотрела вслед удаляющемуся автомобилю. По коже побежали будоражащие мурашки. Ей казалось, что она стоит на пороге удивительного приключения. Что, если всю жизнь она ждала подобного стечения обстоятельств?

ГЛАВА ВОСЬМАЯ

Ровена плотнее затянула на шее шарф.

— Благодарю за прогулку. Порой так необходимо вырваться из Саммерсета.

— Жаль, что погода не слишком хорошая для езды, — не поворачивая головы, улыбнулся Себастьян. — Сложно наслаждаться видом, когда окна покрываются инеем. Может, повернем назад и заедем в город на чашку горячего чая?

Ровена кивнула, и через несколько минут они припарковались перед гостиницей «Фримонт». Ровена вздохнула, но так тихо, что лорд Биллингсли ничего не услышал.

В этой гостинице произошла первая настоящая встреча с Джоном, и в конце он прокатил Ровену на аэроплане. Пилот так и не написал ни строчки. Ровена даже не знала, сообщили ли ему родные о визите неожиданной гостьи. Иногда ее посещали мысли, что Джонатон полностью забыл о ее существовании.

Себастьян распахнул дверь, и молодые люди заторопились в зал, укрыться от порывов ледяного северного ветра.

— Какой мороз, — засмеялась Ровена, разматывая шарф.

Внезапно она остановилась как вкопанная, сердце едва не выпрыгнуло из груди.

Джонатон.

Вернее, не Джон собственной персоной, но мистер Диркс. А там, где появлялся одержимый аэронавтикой великан, неподалеку обитал и молодой пилот. Поэтому Ровена не удивилась, когда заметила в гостиной предмет своих размышлений. Джон тоже увидел ее, и лицо юноши осветилось радостью. Рядом что-то говорил лорд Биллингсли, но Ровена ничего не слышала. Она не могла оторвать глаз от Джона. Как обычно, тусклый мир вокруг засиял красками, стоило ей встретиться взглядом с молодым человеком. Пилот заторопился к ней, не спуская с нее глаз. Себастьян взял спутницу под руку, но Ровена вырвалась и преодолела несколько последних шагов бегом. Молодые люди остановились вплотную друг к другу. Замерли в неловком молчании, не зная, что делать, и тут пилот схватил ее за руки и расцеловал ладони. Ровена вздрогнула, тело захлестнуло жаркой волной.

— Неловкая ситуация, — заявил Себастьян, подходя к замершей паре. — Какое счастье, что мое сердце принадлежит другой.

Джон оглядел его и неохотно выпустил руки Ровены.

— Да уж, дружище. Но раз мы не соперники, буду рад знакомству. Меня зовут Джонатон Уэллс. Это мой друг и наниматель Дуглас Диркс.

Великан подошел к троице и пожал Ровене руку.

— Позвольте представить моего друга, лорда Себастьяна Биллингсли. Вы уже обедали? — Во время представлений Ровена не спускала глаз с лица Джонатона.

— Нет, только что пришли. Присоединяйтесь к нам.

Мистер Диркс проводил ее к столу и оповестил официанта.

— Прежде чем вы дадите волю обиде на нашего мальчика, мисс Ровена, позвольте вас заверить, что отсутствовал он по моей вине. Мы получили крупный заказ на аэропланы, так что пришлось работать не покладая рук.

— Надо думать, вы не позволили ему даже написать письмо? — колко заметила Ровена.

Джон поймал под столом ее руку и крепко сжал:

— Чтобы ваши дядя и тетя узнали, что мы добрые друзья?

Ровена вспыхнула. Значит, они друзья? Пилот снова сжал ее ладонь, на сей раз нежнее. У девушки закружилась голова от собственной дерзости: она сидела на публике и держалась за руки с мужчиной, пусть и под столом.

— Признаю, это было бы опрометчиво, — сказала она.

— Ваши родные не одобряют вашего знакомства? — с любопытством поинтересовался Себастьян.

— Они отнесутся к нему так же, как ваша мать к Пруденс, — отрезала Ровена и залилась краской, поскольку лорд Биллингсли отвернулся с болью в глазах. — Простите. Мне не следовало так говорить.

— Ничего. — Себастьян упрямо сжал губы. — И я понял намек. Вы правы, моя семья не одобрила бы наши отношения. Тем не менее я познакомил бы их с Пруденс, будь у меня такая возможность.

За столиком воцарилось неловкое молчание. Лорд Биллингсли повернулся к мистеру Дирксу:

— Вы строите аэропланы?

Великан с немалым облегчением подхватил разговор о делах, и Ровена сосредоточилась на Джонатоне. Тот нежно поглаживал большим пальцем ее руку, и думать становилось все труднее.

— Вы надолго домой? — спросила она вполголоса.

— На неделю. Хотите снова в небо?

Девушка наклонилась к Джону:

— Я постоянно вспоминаю о нашем полете, с того самого дня.

— Вы думали только о полете?

— Нет. И вы сами это знаете.

Джон негромко рассмеялся, и пара начала прислушиваться к разговору.

— Вам надо полетать на одном из наших новых аппаратов, Себастьян. Уверен, вам понравится.

— С удовольствием.

Ровена сжала руку пилота и бросила на него многозначительный взгляд. Тот понял намек и обратился к лорду Биллингсли:

— Может, не будем откладывать и назначим на завтра? Пригласите Ровену. Она покажет вам дорогу до ангара.

— О, так я буду отвлекающим маневром?! — воскликнул Себастьян. — Почему бы и нет. Но требую прогулку на аэроплане в качестве платы за мои услуги.

Джон усмехнулся и протянул руку:

— Договорились!

Подали еду, и разговор перешел на другие темы, но Ровена не следила за смыслом. Она наслаждалась близостью Джона, переплетением пальцев, и ничто больше не имело значения.

— Одна птичка-невеличка рассказала мне, что недавно вы нанесли неожиданный визит в родовое гнездо Уэллсов.

Ровена опустила глаза в тарелку. Кусочек бисквитного торта во рту внезапно приобрел горький вкус.

— И что за птичка-невеличка? — Она могла себе представить, что наговорил Джонатону его братец.

— Ее зовут Кристобель, — рассмеялся Джон. — Она жаловалась, что вы слишком быстро распрощались, но обещали вернуться и поужинать с нами. Может, наметим встречу на эту неделю?

— Я не против.

Ровена наконец-то подняла взгляд. При виде небесно-голубых глаз перехватило дыхание. Видимо, она никогда не перестанет удивляться чистоте их цвета.

— Простите, что заехала к вашей матери. Я совсем запуталась, а от вас так давно не было вестей...

Пилот сжал под столом ее руку и наклонился к уху девушки, чтобы никто не услышал негромкого шепота:

— Не сомневайся в моих намерениях, хорошо? Даже если я никак не могу связаться с тобой, всегда помни, что я вернусь.

Слова прозвучали так уверенно и искренне, что ни одна свадебная клятва, слышанная Ровеной, не могла с ними сравниться.

Обед закончился слишком быстро, но теперь Ровена знала, что завтра снова встретится с Джонатоном. Она выдержит что угодно, лишь бы засыпать с сознанием, что увидит его снова. По дороге к автомобилю Джон продолжал ревниво держать ее за руку.

Себастьян и мистер Диркс деликатно предпочли переднее сиденье. Лорд Биллингсли завел мотор, и их разговор потонул в журчании и треске.

Джон всматривался в лицо девушки. Даже в бледном свете заходящего зимнего солнца Ровена ясно различала огонь в голубых глазах. Она придвинулась ближе, будто не могла смириться с разделяющими их дюймами. Без предупреждения пилот наклонился и прижался губами к ее губам. Как и в первый раз, поцелуй случился на публике, но сейчас Ровена не стала медлить. Она страстно ответила на поцелуй, и миг закружился вечностью. И тут с ласковым смехом Джон отстранился:

— До завтра.

— До завтра, — прошептала Ровена.

❖ ❖ ❖

На следующее утро, когда Ровена спустилась вниз, тетя с кузиной уже сидели в столовой. Элейн бросила ей предупреждающий взгляд, и у Ровены замерло сердце.

— Доброе утро, — поприветствовала она сидевших за столом.

Украдкой встретилась глазами с Элейн и одними губами прошептала: «Что?» — за спиной графини.

Кузина пожала плечами.

Помощи от нее ждать бесполезно.

Завтрак был сервирован на красивом приставном столике, чтобы каждый из домочадцев мог сам выбрать себе все, что захочется, когда проснется. Обычно первым ел дядя, поскольку он вставал раньше всех и принимался за работу. Тетя Шарлотта редко спускалась к завтраку и предпочитала трапезничать в тишине собственной комнаты. Она выходила по утрам, только если в особняке гостили друзья, так что ее присутствие в столовой вызывало обоснованные подозрения.

Как назло, проснувшись, Ровена поняла, что умирает от голода. Даже нашествие тети не смогло отвратить ее от еды. Ровена выбрала вазочку свежей клубники, добавила сливок, затем прихватила пару толстых ломтей хлеба с маслом и копченым лососем. Отец очень любил подобный завтрак, и, хотя при мысли о сэре Филипе в горле поднялся привычный ком, горе несколько отступило. Он бы не хотел видеть свою дочь несчастной. Никогда.

Ровена присела за стол и с наслаждением принялась за еду.

— Мне кажется, сегодня погода будет к нам благосклоннее, чем вчера, — обратилась она к тете и кузине.

Леди Саммерсет вежливо улыбнулась и продолжила читать газету.

— Да, сегодня намного теплее, — покачала головой Элейн. — И ветер перестал, слава богу. Ночью мне казалось, что ураган сорвет крышу. — Она переводила встревоженный взгляд с матери на кузину.

Проведенные под крылом графини годы научили Элейн бояться властной матери, и сейчас от Элейн волнами исходил страх. В присутствии леди Саммерсет озорная хохотушка исчезала, и ее место занимала запуганная, неуклюжая девочка, которую Ровена помнила с детства.

Ровена одобряюще улыбнулась двоюродной сестре и решила встретить опасность лицом к лицу.

— Чем мы обязаны счастью видеть вас в это утро, тетя Шарлотта? — спросила она и немедленно ужаснулась.

Дерзкий тон напоминал Викторию.

Ее светлость отложила газету и сурово уставилась на племянницу. Та неожиданно припомнила, что всегда старалась избегать ссор, и правильно делала. Сама мысль о противостоянии ужасала Ровену не меньше, чем надменный вид графини. Девушка уставилась в тарелку. Аппетит таял на глазах.

— Кажется, пришло время поговорить по душам, милая. Когда вы с сестрой переехали в особняк, я понимала, сколько лет потеряно впустую, поскольку ваш дорогой отец предпочитал выезжать за границу вместо того, чтобы навестить нас в Саммерсете.

— Но мы приезжали сюда каждое лето...

Тетя Шарлотта предупреждающе вскинула ладонь:

— Да, я знаю, что вы проводили здесь лето, но светские обязанности отнимают столько времени, что нам не удавалось познакомиться так близко, как мне хотелось бы. Сейчас ты выросла в молодую женщину, и уже слишком поздно пытаться заменить тебе мать.

Ровена рискнула украдкой покоситься на графиню, но та не смотрела на нее. Леди Саммерсет невидяще уставилась перед собой, поверх чашки. Она горестно поджала губы, будто размышляла об упущенных возможностях. Ровена бросила взгляд на кузину — Элейн тоже не понимала, о чем идет речь. Куда клонит тетя? Разговор явно не сулил ничего хорошего.

— Поэтому, когда мне доложили о твоем вчерашнем поведении... Бог ты мой, я даже не представляю, что делать дальше...

Элейн изумленно распахнула глаза, и Ровена обреченно осела на стуле:

— Тетушка...

Но та продолжала, будто ничего не слышит:

— Безусловно, я потрясена подобным проявлением чувств на публике и уверена, что это никогда не повторится, но намного больше меня смущает, почему вы с Себастьяном умолчали о своей помолвке.

Ровена замерла. Себастьян? Проявление чувств? Бога ради, в чем тетя пытается ее обвинить? И тут она поняла. Лицо залила краска. Должно быть, графиня предположила, что раз на прогулку ее пригласил лорд Биллингсли, то и целовалась у гостиницы она именно с ним. Но кто доложил леди Саммерсет?

— Нет, тетушка, мы вовсе не... То есть...

Тетя отставила чашку так резко, что содержимое расплескалось через край.

— Что значит — нет? Только не говори мне, что лорд Биллингсли позволил себе подобные вольности, да еще на глазах у всех, без предварительного выражения серьезных намерений!

Ровена невольно загородилась ладонями:

— Что вы, конечно нет!

— Надеюсь. Вы оба получили прекрасное воспитание и знаете, что нельзя давать повод для слухов. Тем более в гостинице.

«Где можно снять номер с кроватью», — прозвучало немым окончанием фразы. Ровена беспомощно обернулась к Элейн, но кузина сидела с разинутым ртом и изо всех сил сдерживала то ли хохот, то ли слезы. Ровена зажмурилась. Она надеялась, что Бог простит ей небольшую ложь.

— Мы скрывали свои намерения, потому что Себастьян хотел прежде поговорить с дядей. Вчера лорд Биллингсли спросил меня, и... — Она скромно опустила взгляд. — Нас захватили чувства.

Повисла тяжелая пауза. Ровена не сомневалась, что тетя взвешивает ее искренность. Оставалось только надеяться, что она хорошо сыграла роль.

— Дорогая, я прекрасно понимаю, что в молодости такое возможно. Но теперь у нас связаны руки. Нужно как можно скорее объявить о помолвке, прежде чем расползутся сплетни. Пока слухи не вышли за пределы Саммерсета. Но надо действовать раньше, чем кумушки разнесут их по округе. — Тетя Шарлотта удовлетворенно вздохнула и накрыла ладонь девушки своей. — Передать не могу, как я рада. Раньше я надеялась, что Элейн составит пару Себастьяну, но ты гораздо лучше подходишь ему в жены.

Ровена вяло улыбнулась, а Элейн закатила глаза. Боже мой. Что она натворила! А Себастьян? Как сказать Себастьяну?

Как по волшебству, в столовую вошел Кэрнс и объявил:

— Леди Саммерсет, прибыл лорд Биллингсли.

Молодой человек не заставил себя долго ждать.

— Прошу прощения за ранний визит, но мне хотелось пораньше отправиться на прогулку. К тому же у вас подают лучшие в Англии завтраки. Только матушке не говорите.

Ровена мечтала о мгновенной и безболезненной смерти.

Элейн хватило одного взгляда на кузину, чтобы вскочить со стула с радостным возгласом:

— Себастьян! Я так рада, что мы скоро породнимся! Мы всегда считали тебя членом семьи, а теперь все будет по-настоящему! — Она расцеловала лорда Биллингсли в щеки, и Ровена увидела, как Элейн яростно что-то нашептывает ему в ухо.

— Мой дорогой мальчик, — величественно поднялась из-за стола тетя Шарлотта. — Что за сюрприз вы мне преподнесли. Я даже не подозревала.

Себастьян неуклюже наклонился для объятия и бросил из-за плеча ее светлости перепуганный взгляд на Ровену.

Девушка беспомощно пожала плечами. Ей казалось, будто она несется на поезде без тормозов, а двери накрепко заперты снаружи.

— Должна признать, что вы с Ровеной несколько меня озадачили. Его светлость уехал ранним утром и не вернется до вечера. Так что разговор с ним придется отложить. Твоя матушка уже знает? Нет? О боже мой! Я так хотела позвонить ей по телефону и начать подготовку к обручению. Ладно, сделаем иначе. Вечером поговоришь с матушкой, а я заеду в Эддельсон завтра. Гораздо приятнее строить планы при личной встрече.

А теперь мне надо знать, чем вы с Ровеной хотели заняться сегодня.

От потока слов у Ровены закружилась голова. Себастьян же откровенно позеленел, словно его укачало и вот-вот стошнит, поэтому Ровене пришлось взять дело в свои руки:

— Мы собирались прокатиться по окрестностям. Возможно, заедем на обед в Норвич. Вернемся как раз к приезду дяди, чтобы Себастьян мог с ним поговорить.

— Возьмите с собой Элейн. После вчерашней выходки я настаиваю, чтобы вы не появлялись на публике без присмотра.

Лорд Биллингсли криво улыбнулся, а Элейн с готовностью вскочила со стула:

— О, так теперь мне отводится роль дуэньи. Пойду переоденусь.

Она удалилась, и тетя Шарлотта потрепала племянницу по руке:

— Я безмерно рада такому повороту событий. А сейчас мне надо заняться твоим приданым.

Графиня вышла из столовой, и впервые после объявления о помолвке Ровена с Себастьяном остались наедине. Он взял ее за руку и решительно вывел в небольшую гостиную, где никто не мог помешать разговору.

— Что, черт возьми, происходит? — спросил он, едва закрыв дверь.

Ровена опустилась в кресло с набивными розами — оно всегда казалось ей безвкусным — и прижала ко лбу ладонь:

— Простите. Я даже не предполагала, что все так обернется. Будто в засаду попала.

— Какое знакомое чувство, — ровным тоном произнес лорд Биллингсли. Он уселся в кресло напротив и скрестил длинные ноги. — Думаю, лучше начать с самого начала.

— Это и есть начало. До тети дошли слухи о нашем поцелуе с Джоном, но по описанию она приняла его за вас.

Себастьян кивнул:

— И как получилось, что вы не указали ей на ошибку, а убедили в том, что мы помолвлены?

— Она решила, что раз вы поцеловали меня на людях, значит предложение уже сделано и принято. Видимо, ей не хотелось верить, что сын ее лучшей подруги бесчестный подлец. Ведь тогда бы вас ждала страшная казнь от рук двух почтенных дам.

Молодой человек снова кивнул:

— Да, похоже на леди Саммерсет. Единственное, чего я не могу понять, почему вы не разуверили ее в убеждении, что мы собираемся пожениться?

В его голосе звенел тихий смех, и Ровена вздохнула с облегчением:

— Видите ли, все несколько сложнее. Уэллсы и Бакстоны не слишком ладят друг с другом. Скорее, наоборот. Я фактически уверена, что мой дядя приравнивает семейство Уэллс к назойливым муравьям в корзинке для пикника. А тетя расстроится, поскольку Джон не принадлежит к высшему свету, и к тому же он младший сын, а значит, останется без наследства.

— Вот оно что. Так ваш избранник, мало того что не имеет подходящей родословной, — он еще и небогат. Двойной грех, так сказать.

— Именно, — вздохнула Ровена.

— Насколько далеко вы хотите завести этот фарс? До приема в честь помолвки? Или до свадьбы? И как собираетесь спасать меня от Джона? Вы же понимаете, что стоит ему прослышать о нашем обручении, и он ринется за моей головой? Невооруженным взглядом видно, что он по уши влюблен в вас.

Щеки Ровены загорелись. Она не смогла скрыть радостной улыбки.

— Обещаю, что помолвку мы вскоре разорвем. Но будет чудесно, если слухи продержатся хотя бы неделю. Все равно Джон скоро возвращается в Кент.

Себастьян поднялся и испытующе уставился на девушку:

— А что я получу взамен?

— Не знаю, — покачала головой та. — Развеете скуку?

— Возможно, но вы же понимаете, сколько хлопот возникнет у меня с матерью?

Ровена кивнула и затаила дыхание. Лорд Биллингсли вздохнул и покачал головой:

— Либо я бесхребетный дурень, либо готов пожертвовать головой ради любви. Что поделать. Мы оба знаем: у меня нет причин подыгрывать фальшивой помолвке, но я не могу отказать. Лучше сразу сообщить Джону, чтобы он услышал новости из наших уст.

— Спасибо. Вы чудесный человек, Себастьян. Пруденс совершила огромную ошибку.

Молодой человек сжал челюсти, но кивнул и протянул руку:

— Пожалуй, нам пора, дорогая?

Ровена с готовностью взяла его под локоть:

— Как скажешь, милый.

ГЛАВА ДЕВЯТАЯ

— Ты готова?

Виктория подавила ребяческое желание высунуть язык. Почему-то Лотти всегда действовала ей на нервы.

Девушка в последний раз поправила перед зеркалом прическу. Сегодня она надела тот же незадачливый костюм, в котором ходила к Волосатому Герберту. Ей хотелось, чтобы Марта воспринимала ее на равных, и Виктория поклялась вести себя при следующей встрече солидно и сдержанно.

— Готова, — откликнулась она и наградила свое отражение суровым кивком.

Надев темный плащ, она вместе с Лотти отправилась на метро в восточный район Лондона.

При выходе с перрона в нос ударил острый запах нечистот и мусора. В широких дверных проемах перекошенных кирпичных домов на корточках сидели дети. Они наблюдали за прохожими огромными голодными глазами. Ноги от холода оберегали обмотки из ветоши и газет. В одном из переулков Виктория увидела, как на огромной куче отбросов над трупом кошки дерутся крысы. По улицам расхаживали ярко накрашенные женщины с младенцами на руках. В ожидании захода солнца они торговали вразнос мылом и прочими мелочами.

Виктория понимала, что попала не только в другую часть города; она окунулась в совершенно иной мир. До сих пор ее жизнь ограничивалась безопасными оазисами Мейфэра, Белгравии и Сент-Джеймса. Естественно, Лотти она не сказала ни слова. Неказистая женщина постоянно излучала некое самодовольство, отчего в Виктории пробуждался дух противоречия, и она ни словом, ни жестом не выдала ужаса при виде окружающей грязи и нищеты.

Девушка крепче сжала губы и последовала за спутницей. Та наблюдала за ней краем глаза, будто осуждала за происхождение, воспитание и наивность. Но может, Лотти права. Почему она считает себя вправе обладать многим, когда у этих людей нет ничего? К горлу подступил ком, дышать становилось все труднее, и в конце концов Виктории пришлось замахать рукой и остановиться.

Лотти повернулась и сурово свела брови:

— Не стоит мешкать. Здесь небезопасно. — Но тут она хорошенько разглядела Викторию, и строгое лицо смягчилось. — Когда я попала сюда в первый раз, то плакала и не могла остановиться, — тихо призналась она.

— Я не плачу, — выдохнула Виктория и только сейчас поняла, что по лицу текут слезы.

Лотти подождала, пока она приведет себя в порядок.

— Я не могу быстро ходить, — призналась Виктория. — У меня случится приступ.

— И почему вы ничего не сказали? — сердито спросила Лотти. — У моей племянницы астма. — (Виктория поморщилась от ненавистного слова.) — Ингалятор у вас с собой?

Виктория показала на свой ридикюль. Она постепенно училась следить за собой. Да, ей не хотелось признаваться в болезни, но последний приступ у няни Айрис серьезно напугал.

— Ну хоть что-то. Анна постоянно забывает свой. На обратном пути попробуем поймать кеб до метро.

— А почему штаб находится здесь? — ощутив некоторую симпатию к спутнице, рискнула спросить Виктория.

— Денег нет, — коротко бросила Лотти. — Мы тратим все средства на борьбу с тиранией.

— Как?

— Всеми доступными способами.

Лотти потянула на себя дверь каменного строения, — судя по всему, когда-то оно служило конюшней.

Виктория подняла голову и принялась карабкаться по узкой лестнице. В воздухе стоял устойчивый запах конского навоза, так что догадки о былом предназначении места оказались верны. Тем не менее запах выгодно отличался от царящей на улице вони от мусора и нечистот, так что Виктория даже обрадовалась.

Наверху лестницы обнаружилась еще одна дверь. Перед тем как ее отпереть, Лотти постучала три раза.

— К чему такая секретность?

Лотти закатила глаза, и Виктория решила держать язык за зубами.

Помещение занимало весь второй этаж. Два окна выходили на улицу, по одному на каждой стороне, и еще два смотрели во двор. Однако судить об освещении не приходилось, поскольку все окна плотно закрывали ставни. У одной стены стоял большой печатный станок и длинная полка с железными плошками. Виктория приняла их за приспособления для глажки.

В углу пряталась слишком маленькая для такого пространства печь. Ее окружали столы, создавая своего рода барьер, так что до остального помещения тепло не доходило. У одного из столов три женщины что-то внимательно читали, заглядывая друг другу через плечо. Увидев Лотти и Викторию, Марта подошла к ним и радушно обняла.

— Какие новости? Что за катастрофы нам грозят сегодня? — спросила Лотти.

— Угля осталось часа на три. Полиция выкинула Сельму из тюрьмы и велела прекратить голодовку, пора платить аренду, а у нас шаром покати.

— Все как обычно, — улыбнулась Лотти.

— Как вам наш скромный штаб? — обратилась Марта к Виктории. — Машину в углу зовут Герда. Она моя радость, гордость и бич Божий.

— Постоянно ломается, — подтвердила Лотти.

— А что это? — спросила Виктория.

— Наш печатный пресс. — Марта оживленно замахала. — Идемте, покажу.

Она объяснила, как работает пресс и готовится к выпуску газета. Лицо Марты оживилось, а в голосе звучала искренняя страсть при воспоминаниях об учиненных несправедливостях.

Виктория живо припомнила унижение, испытанное в кабинете мистера Герберта, как чувствовала себя изгоем только благодаря своему полу. Грудь сжало от обиды, поскольку к девушке пришло понимание.

Если женщин не начнут воспринимать всерьез, ей никогда не доведется заниматься наукой. А для этого нужно, чтобы слабый пол получил для начала право голосовать и влиять на политику государства.

— Я хочу помочь! — вырвалось у Виктории. — Любым способом, каким смогу.

Темные глаза Марты загорелись.

— Никогда раньше не верила во вмешательство Божьего промысла, но сейчас мне кажется, что наши молитвы услышаны.

Виктория засмеялась:

— Мне давали разные прозвища, но еще никто не называл меня посланницей высших сил.

Марта отвела Викторию в укромный уголок, подальше от остальных.

— У меня много единомышленниц, и многие помощницы отлично справляются, но уже довольно давно я ищу кого-то, кто сумеет держать в уме всю картину. Того, кто станет моей правой рукой.

Она, приложив к губам палец, внимательно рассматривала Викторию. Та вытянулась: решалась ее судьба. Марта кивнула, будто пришла к какому-то выводу.

— Прошу прощения, я отлучусь на минуту.

Суфражистка приблизилась к Лотти и негромко с ней заговорила. Лотти бросала на Викторию взгляды и качала головой. В конце концов она пожала плечами.

Марта повернулась к остальным женщинам:

— Мы с Викторией идем обедать. Лотти, я доставлю твою подопечную домой в целости и сохранности. У остальных есть время поработать, пока не закончится уголь, затем можете расходиться. Думаю, утром что-нибудь придумаем. Раньше мы всегда выкручивались.

Виктория помахала Лотти. Та не ответила на жест — наверное, дулась на то, что ее не пригласили. Виктория не расстроилась. Ее завораживала Марта. Виктория поверить не могла, что такая женщина могла заинтересоваться ею.

Автомобиль мчался как на пожар, уверенно лавируя между пешеходами, машинами и лошадьми. Вместо ресторана Марта под крики мужчины с тележкой, которую чуть не сбила, остановилась у какой-то захудалой чайной.

— Здесь подают чудесные пирожки с мясом. Ими наедаешься на день вперед. Всегда захожу сюда, когда в кошельке пустеет, — с улыбкой пояснила Марта.

Их усадили за столик и поставили чайник. Марта заказала на двоих стейк и пирог с почками, затем прикурила сигарету и улыбнулась:

— Я привела вас сюда, чтобы познакомиться поближе. Своего рода собеседование перед работой, как вы, наверное, уже догадались.

Виктория заинтересованно выпрямилась:

— Нет. Я подозревала, но сначала нужно убедиться: вы хотите, чтобы я работала на вас так же сильно, как я хочу работать на вас?

Марта недоуменно моргнула и рассмеялась:

— Надеюсь, пишете вы более связно, чем говорите.

— Вы меня прекрасно поняли, — улыбнулась Виктория.

— Не спорю, — ответила веселым взглядом Марта. — Итак, вы любите, когда все честно. Начнем. Почему вы хотите помогать нашему обществу? Вы же можете работать с Национальным союзом суфражисток. Он намного больше и известнее нашей организации.

— А почему вы там не работаете? — поинтересовалась девушка.

— Нет, ответьте сначала вы, — покачала головой Марта.

Виктория задумалась. Она подозревала, что в вопросе таится скрытый смысл, а ей очень хотелось понравиться этой женщине.

— Всю жизнь меня не просто баловали — из-за болезни меня оберегали от всего на свете. Никто не верил, что я способна на самостоятельные поступки, и меня постоянно недооценивали, даже отец — а он меня обожал. Я записалась в Школу секретарей, чтобы подготовиться к взрослой жизни. Мне всегда хотелось заниматься ботаникой. Но сейчас я понимаю, что борьба за права женщин гораздо важнее. Мы должны не только получить возможность голосовать на выборах. Нужны законы, чтобы то, что случилось со мной, не повторялось. Если я имею достаточные для работы знания, мне не должны отказывать только потому, что я женщина. Может, мы никогда этого не добьемся, но я хочу работать в организации, где подобные перемены считают возможными. И с получением права голоса борьба только начнется.

На кончике языка еще кипели слова, но Виктория видела, что в продолжении нет нужды — Марта и так все поняла. Она одарила ее широкой улыбкой. До чего же она хорошела, когда улыбалась!

— Мне нравится ваш ответ. А теперь расскажу о нашем союзе, чтобы вы окончательно решили, хотите работать с нами или нет. Мы существуем на тонкой грани законного и незаконного. Некоторые женщины, устраивающие голодные забастовки, состоят в нашей организации. Я могу не соглашаться с их методами, но уважаю упорство и преданность делу. Мне не нравится подвергать их жизнь опасности, а вот моя сообщница верит, что есть идеалы, за которые стоит умереть.

— Сообщница? — с любопытством переспросила Виктория.

— Да. Разве Лотти не говорила, что мы занимаемся газетой на равных? — Марта на миг запнулась. —

Так о чем я? Ах да, голодные забастовки. Обычно мы их не устраиваем, но зато по возможности помогаем женщинам укрыться от избивающих их мужчин. Спасение отнимает кучу денег, не говоря об опасности. Закон не хочет становиться на нашу сторону, так что порой приходится выкрадывать их по ночам. Я знаю, что подобные вылазки выходят за границы деятельности женской организации, но Лотти считает, что нельзя бросать женщин на произвол жестокости и безграмотности, иначе право голоса ничем не поможет.

Принесли пирожки, и Виктория с аппетитом разрезала хрустящую корочку, под которой скрывалась ароматная начинка. На тарелку вывалились нежные кусочки свинины с овощами в подливке, и обе женщины поспешно приступили к еде, словно голодали несколько дней. Несколько минут за столиком царила тишина. Наконец Виктория оторвалась от еды, отпила глоток чая и спросила:

— Мне всегда казалось, что успешные организации сосредоточивают усилия в одном направлении. Иначе они начинают слабеть.

— Может быть, — сморщила нос Марта. — Но трудно отказать в помощи, когда видишь страдания.

Виктория возбужденно наклонилась к собеседнице:

— А у вас есть список мест, куда можно обратиться в случае нужды? Например, благотворительные столовые, ясли, где молодые матери могут оставить детей, пока заняты заработком на жизнь? Или учреждения, где окажут помощь пережившим побои женщинам?

— Я знаю энтузиастов, но у большинства дела с финансами обстоят еще хуже, чем у нас.

— Мне кажется, вам нужен человек, который будет направлять женщин туда, где им смогут помочь лучше всего. Тогда вы сумеете сосредоточить усилия на главном.

— Великолепно! — воскликнула Марта, и Виктория просияла от похвалы. — Первым делом займешься составлением списка всех благотворительных союзов, пометишь, чем они занимаются. Не забудь описать их сильные и слабые стороны. Тогда не придется тратить время на то, чтобы, так сказать, вторгаться на чужую территорию, и мы продолжим бороться за право на участие в голосовании и образование для женщин.

Виктория на месте не могла усидеть от волнения:

— Займусь первым делом завтра с утра. Но сначала куплю уголь и оплачу аренду штаб-квартиры на пару месяцев вперед.

Марта зажгла сигарету и задумчиво склонила голову:

— Союз суфражисток за женское равноправие и Лига женского равноправия с радостью примут помощь в виде запасов угля на неделю и месячной аренды, но ни пенни больше. — Она вскинула руку, чтобы остановить протесты. — Вы думаете, у меня нет денег, помимо тех, что я жертвую для организации? Я не позволю никому обанкротиться, даже ради благих намерений. Лотти со мной не согласна, но зачем увеличивать число женщин, вынужденных страдать в нищете без крыши над головой? Деньги, дорогая моя девочка, являются залогом равноправия. Только они способны защитить женщину, когда жизнь поворачивается к ней спиной. И хотя я плачу в союз ежемесячный взнос, я не отдам все свои накопления. Вы удивитесь, если узнаете, как быстро можно растратить небольшое состояние. К тому же вряд ли кто-нибудь из мужчин согласится пустить себя по миру во имя общего дела, так зачем ожидать жертв от женщин? Только потому, что мы более склонны к состраданию? — Марта покачала головой, от чего непослушные кудряшки затанцевали вокруг лица. Не оставалось сомнений, что ей уже доводилось вести подобные споры. — К тому же вам всего восемнадцать лет. Кто сейчас управляет вашим состоянием?

Виктория угрюмо опустила взгляд на скатерть:

— Дядя оплачивает мои чеки, но он еще ни разу не возразил против сделанных мной расходов.

— Представьте себе, что он скажет, если вы пожертвуете крупную сумму Союзу суфражисток. На вашем месте я бы сходила в банк и сняла наличные. Таким образом, он даже не узнает, что деньги связаны с нами. Если дядя начнет задавать вопросы, скажите, что покупали белье. Мужчины всегда робеют при разговорах о нижних юбках и панталонах.

— Совет из личного опыта? — хихикнула Виктория.

По лицу Марты прошла тень.

— Я намного старше вас, и у меня нет семьи, чтобы присматривать за мной.

— Простите. — Викторию захлестнуло сочувствие. — Я знаю, каково это...

Рот Марты выгнулся унылой дугой, и она со злостью затушила сигарету.

— Вы неправильно поняли. Мои родные живы, но они не хотят иметь со мной никакого дела.

Виктория не нашла, что сказать.

Марта отмахнулась от ее попыток заплатить по счету:

— Не переживайте. Я не обделена любящими друзьями, и меня увлекает работа в союзе и лиге.

— А почему у вашей организации два названия? — нахмурилась Виктория.

Она только сейчас заметила эту странность.

— Потому что это два разных общества. — Марта внимательно посмотрела на собеседницу. — Многих женщин пугают радикальные шаги, на которые приходится порой идти. Союз суфражисток за женское равноправие — это основная партия, а Лига женского равноправия — менее известная группа для узкого круга посвященных. Туда допускаются храбрые женщины, кто делом доказал свою преданность. Если вы собираетесь работать у нас, придется вам рассказать все.

Виктория вытянулась, всем своим видом показывая, что достойна оказанной чести. Видимо, Марту ее старания убедили.

— Помните Эмили Дэвисон?[1] Ту женщину, что попыталась помешать проведению дерби, встала на пути у королевской лошади и погибла во имя равноправия? Она состояла в лиге.

У Виктории перехватило дыхание.

— Я думала, она принадлежала к Женскому социально-политическому союзу[2].

— Да, — кивнула Марта. — Но Эмили также была одной из наших бесстрашных коллег.

— Она умерла.

— Она стала мученицей за правое дело. В группу, что прорвалась в прошлом месяце на заседание парламента, тоже входили мои помощницы. Некоторые

---

[1] *Эмили Дэвисон* (1872—1913) — известная активистка движения за женское равноправие в Великобритании.

[2] *Женский социально-политический союз* — организация, созданная в 1903 году в Великобритании, вела активную борьбу за избирательные права для женщин; по сравнению с другими подобными сообществами отличалась радикальными мерами.

до сих пор томятся в тюрьмах. Мы крайне серьезно подходим к вопросу о праве голоса.

Виктория сделала глубокий вдох, опустила глаза в тарелку с недоеденным пирогом и постаралась напустить непринужденный вид.

— Я тоже, — заявила Виктория. Выпила последний глоток чая и в сомнении прикусила губу. — Мне надо кое в чем признаться.

— Не стоит хмуриться, — улыбнулась Марта. — И умоляю, только не говорите, что вы помолвлены.

— О нет, ничего подобного! Просто я сейчас живу не в Лондоне. На Пасху семья должна вернуться в город, но пока...

— Позвольте, я догадаюсь. Тот дядя, что распоряжается вашими деньгами, заодно настоял, чтобы вы жили в фамильном поместье?

Девушка кивнула:

— Но у меня есть возможность уезжать из особняка, когда захочу. Да и в Саммерсете я могу работать. — Она чуть замялась и добавила: — Там у меня есть собственный кабинет.

— На первое время сойдет, но рано или поздно вам придется переехать в город. Я предлагаю вам оклад в пятьдесят пять фунтов в год. На большее у нас нет средств. — Марта выжидающе подняла брови и уставилась на собеседницу.

Сумма едва покрывала ежегодные расходы на книги, но Виктория пришла в восторг при одной мысли, что ей будут платить за работу. Она радостно захлопала в ладоши:

— Я и не знала, что речь идет о должности с окладом!

Женщины встали из-за столика и направились к машине. Зарядил дождь, и автомобиль не желал заводиться. День клонился к вечеру. Только сейчас Виктория вспомнила о времени. Сколько же они просидела в кафе за разговорами?

— Платят только шестерым сотрудницам, хотя нам частенько приходится ждать денег. Одной из ваших задач станет добиваться пожертвований от богатых женщин. Жаль, что большинство из них уже состоят в Национальном союзе суфражисток. Но получение средств крайне важно. И никому не говорите, что я буду вам платить. Некоторые добровольцы могут решить, что ваше место лучше отдать ветерану движения. Они не поймут, что им не хватает нужной подготовки.

По дороге Марта рассказала о своей работе, как объехала всю Европу, выступая на митингах. Ее повествование полностью захватило Викторию. Перед ней находилась женщина, чья жизнь состояла из настоящих приключений, на благо всех обитательниц планеты. На прощание они обнялись. Сияющая Виктория направилась домой. Ей даже в голову не пришло, о какой подготовке говорила Марта и почему ее нет у других.

❖ ❖ ❖

Ровена и Элейн прикрыли глаза от солнца и ждали, пока Джон посадит аэроплан. Себастьян стоял в ангаре, беседовал с мистером Дирксом. После катастрофы с помолвкой прошло уже несколько дней, и Себастьян охотно подыгрывал спектаклю: каждый день заезжал за Ровеной и отвозил ее повидаться с пилотом и полетать.

— Даже не знаю, чем ты увлечена больше, — заметила Элейн, не отрывая глаз от небес. — Джоном или полетами.

— И тем и другим, — с улыбкой ответила Ровена. — Я люблю их в равной доле.

Она не смогла бы объяснить кузине, как тесно любовь к Джонатону переплелась с любовью к небу. В ее сознании они оба символизировали яркие краски, свободу и жизнь. Сегодня Джон обещал дать первый урок за штурвалом. Пилот заверил, что обучение будет происходить на земле, чем вызвал безмерное разочарование Ровены, но все же она радовалась, что он наконец-то уступил её настойчивым просьбам.

Стоял редкий для февраля день. Облака разошлись, и на небосклоне сияло блеклое зимнее солнце. Ветер еще не поднялся, и, хотя погода выдалась студеная, никто не торопился в помещение. Морозец задиристо пощипывал щеки и пальцы. На миг Ровена затосковала по камину и горячему шоколаду, но тут же отогнала мысли о комфорте. Лучше стоять посреди голого поля и наблюдать, как аэроплан несет к земле любимого человека, чем греться в роскошных покоях.

К тому же после урока их ждет обед на ферме Джона. Элейн с Себастьяном отправятся перекусить и согреться в Тетфорд, а затем встретятся с парой в Саммерсете. План получился несколько запутанным, но Ровена радовалась лишнему времени, проведенному вдвоем с Джоном.

Аэроплан запрыгал по полю в направлении девушек и неуклюже развернулся хвостом к ангару.

Когда он остановился, Ровена бросилась к нему и погладила фюзеляж.

— Мне кажется, ты радуешься ему больше, чем мне, — протянул Джон, снимая кожаный шлем.

Его слова прозвучали отзвуком замечания Элейн, и Ровена рассмеялась:

— Что такое? Ты ревнуешь к Люси?

Пилот улыбнулся из кабины:

— Ты назвала ее Люси?

— У всех аэропланов должны быть имена, — уверенно заявила Ровена. — Тогда они станут лучше к тебе относиться. Кто знает, может, ты начнешь реже попадать в аварии.

Джон со смехом спрыгнул на землю и ухватил возлюбленную за руки:

— Правда?

— Эй, мы уезжаем! — крикнула Элейн из машины. Себастьян завел мотор и помахал рукой. — Встретимся во «Фримонте».

— Итак, ты готова к уроку или нет?

— Всей душой.

Джон подхватил лестницу и приставил к борту самолета. Ровена вскарабкалась наверх, уселась поудобней в кабине. Сердце колотилось от возбуждения, хотя она понимала, что взлететь сегодня не получится. Джон показал панель управления и заставил повторять названия и предназначения всех приборов, пока они не отпечатались в памяти. Затем молодые люди выбрались наружу и изучили все внешние детали аэроплана.

— Ты быстро все схватываешь, — похвалил Джон, и Ровена засияла от удовольствия. — Мне доводилось учить солидного возраста мужчин, причем они запоминали названия намного медленнее тебя.

— Потому что я рождена пилотом, — гордо заявила Ровена.

— Неужели? — Джон обхватил ее за талию.

— Да, — с уверенностью кивнула девушка.

— Давайте уложим Люси спать и отпустим рабочих, — крикнул от ангара мистер Диркс.

— Люси? — ухмыльнулся пилот.

— Надо же ее как-то называть, — смущенно пожал плечами великан, чем вызвал очередной смешок.

— Видишь, ты на всех производишь неизгладимое впечатление, — прошептал Джон на ухо Ровене и со всех ног бросился помогать закатывать самолет в гараж.

Молодая пара одолжила у мистера Диркса на вечер его «сильвер-гост». Самого великана согласился подвезти до города один из механиков.

— Твой брат знает, что я приеду? — с тревогой спросила Ровена на пути к поместью Уэллсов.

— Новость ему не понравилась, но я поставил его перед фактом, — кивнул Джон.

Он крепко сжал руку возлюбленной. Ровена попыталась улыбнуться, но из-за волнения ей удалось изобразить лишь натянутую гримасу.

— А мама с сестрой знают, кто я?

Пилот ответил не сразу:

— Я сказал матери, но она велела не посвящать Кристобель, пока вы лучше не узнаете друг друга. Сестра была любимицей отца. Она все еще плачет о нем по ночам.

Ровена уставилась на дорогу. Стыд за дядю тяжело давил на сердце, хотя она прекрасно осознавала, что непричастна к трагедии. Но как логика поможет справиться с вездесущим чувством вины? При всех стараниях Ровена не могла отделаться от мысли, что ответственность за выпавшие на долю Уэллсов страдания лежит и на ее плечах. Ведь ее фамилия Бакстон, а Бакстоны раз за разом отбирали у бывших друзей-соседей и земли, и богатство.

— Как поживает твоя матушка? — еле слышно спросила она.

Не отрывая глаз от дороги, Джон переплел пальцы с пальцами возлюбленной:

— Она сильная женщина. Ее мать родом из Шотландии. От нее мы унаследовали рыжие волосы и упрямство. Да, она сильно удивилась. Но она знает, что никогда в жизни я еще не увлекался девушкой настолько, чтобы знакомить ее с родными. Чувства для мамы значат больше, чем твоя фамилия. Она поможет усмирить Джорджа.

Автомобиль завернул за угол, и Ровена снова поразилась разнице между поместьем Уэллсов и Саммерсетом. Если в особняке дяди все мелочи выглядели продуманными, чтобы производить наилучшее впечатление, то в усадьбе Джонатона правили бал практичность и здравый смысл. Единственной вольностью оставался плющ: он затянул весь торец здания и часть крыши, скрывая в пышных зарослях дымовые трубы.

— Мне нравится твой дом, — задумчиво призналась Ровена.

— Он стоял здесь еще до постройки Саммерсета. Как удалось выяснить, наш предок-основатель — не знаю, какую фамилию он тогда носил, — был кузнецом. Он отказался от защиты правящего в этих краях семейства, предков Бакстонов, и не захотел строиться рядом с замком. Так что, за исключением краткого периода примирения, Уэллсы и Бакстоны никогда не ладили друг с другом.

Джон остановил автомобиль на лужайке перед домом и выпрыгнул наружу, чтобы помочь выйти спутнице. Ровена не хотела выглядеть заносчивой, так что старательно продумала наряд: практичный твидовый костюм с тонкой льняной блузкой. Волосы она собрала в простой пучок на затылке; из украшений выбрала лишь скромное жемчужное ожерелье. Она хотела найти тонкую грань: не обидеть семейство Уэллс пренебрежением к своему внешнему виду, но и не разыгрывать госпожу, снизошедшую к вассалам.

Перед входом в дом у Ровены от волнения вспотели руки. На стук из кухни выглянула хозяйка:

— Проводи свою даму в гостиную, Джон. У нас тут небольшая проблема.

— Вовсе нет! — раздался крик Кристобель, и воцарилась тишина.

Джон подмигнул Ровене и проводил ее в просторную комнату с частыми низкими балками на потолке. Блеск полированного дуба отражался в широких досках пола. Тут и там стояли удобные потертые диваны и кресла, а между ними примостились нагруженные тяжелыми, обтянутыми кожей томами и вазами с еловыми лапами столики. Скорее всего, растения в ожидании гостьи расставила Кристобель. Стены были отделаны темными деревянными панелями, но мрачную атмосферу развеивали пять больших окон с обитыми мягкой тканью подоконниками. Самым фривольным предметом обстановки выглядел белый камин — изысканная лепка поражала красотой. При виде комнаты Ровену охватило желание уютно устроиться с книжкой под окном и провести так весь день.

— Восхитительно!

Девушка подошла к окну, и пилот последовал за ней. Перед ними открывался вид на огород, а чуть дальше Ровена заметила небольшую оранжерею. Летом дом обеспечивался и свежими овощами, и цветами.

— Кристобель тоже любит гостиную. Мы с братьями предпочитали кухню. Там всегда можно найти что-то вкусное. Хотя при жизни отца мы часто проводили здесь зимние вечера, когда заканчивали с работой.

В горле Ровены поднялся комок, не только из жалости к семейству Уэллс, которое потеряло главу, — она горевала и о себе с сестрой. Ведь они тоже недавно лишились отца.

— Мы обычно собирались в папином кабинете. По очереди читали французские романы, а отец поправлял произношение. Иногда Пруденс играла на пианино или Виктория читала нам стихи. — Ровена опустила глаза. — Я часто вспоминаю те времена.

Джон сочувственно сжал ее руку:

— Кто такая Пруденс? Вроде ты не упоминала о ней раньше.

— Она... — Ровена замялась.

Слова «дочь гувернантки» не шли с языка. Пруденс значила для Бакстонов намного больше. Она была частью семьи.

— Мы с Викторией считали ее сестрой. Любили, как родную.

— А разве Пруденс не та камеристка, которую вы выгнали из дома? — спросил за спиной Джордж. — Мне рассказывал о ней знакомый. Он работает в Саммерсете. Бедная девушка приехала в особняк в качестве служанки, потому что иначе твой дядя не хотел пускать ее на порог, ведь ее мать — простая гувернантка. Глазом никто моргнуть не успел, как Пруденс обвенчали с каким-то лакеем и отправили обратно в Лондон. Бакстоны хорошо знают, как избавиться от неугодных гостей.

Джордж пытался говорить небрежно, но в голосе сквозила горечь; она наполняла уютную комнату желчью. Джон со стиснутыми кулаками кинулся на брата.

Ровена ухватила его за руку и попыталась остановить. В груди кипело возмущение от мысли, что ее личную жизнь рассматривают, словно под микроскопом.

Она взглянула в лицо Джорджа и поразилась его несходству с братом. Во взгляде Джона дышало летнее тепло, а голубые глаза старшего сына Уэллсов излучали ледяной холод зимнего неба.

— Похвально, что вы хорошо запоминаете слухи и полуправду, но ваш осведомитель вряд ли знает, что произошло на самом деле. Мы с Викторией любили Пруденс как родную сестру. Но если кому-то хочется, он может верить сплетням.

— Я им не верю, — коротко заявил Джон, не спуская глаз с брата.

Оба были примерно одного роста, но пилот вырос более худощавым, с узкими бедрами и длинными ногами. И хотя Джонатон мог похвастаться широкими, сильными плечами, мощная фигура Джорджа выглядела так, будто ему ничего не стоит поднять стог весом в сотню-другую фунтов.

— Ты заявил, что она непричастна к прегрешениям дяди, братец, так что я немного поспрашивал и наткнулся на эту грязную историю. Яблоко от яблони недалеко падает. И что я получаю вместо спасибо?

— Получишь еще хуже, если не оставишь нас в покое, — звенящим голосом заявил Джон.

— Я смотрю, после моего отъезда ничего не изменилось, — раздался из дверей голос. — Джордж и Джонатон всегда спорили, хотя не помню, чтобы ссоры вспыхивали из-за девушки. Тем более такой красивой.

На миг оба брата застыли, будто оторвать друг от друга взгляд означало сдаться. Ровена взяла Джона под руку и встала рядом. Она чувствовала, как напряжение в его мускулах медленно ослабевает от ее близости.

— Меня зовут Ровена. — Она повернулась к новоприбывшему с очаровательной улыбкой. Бросила косой взгляд на Джорджа и добавила: — Ровена Бакстон. — Карие глаза мужчины понимающе распахнулись, но девушка продолжила: — Моего отца звали сэр Филип Бакстон. Он родился в Саммерсете, но еще в молодости уехал оттуда. Мы с сестрой родились и росли в Лондоне.

С колотящимся сердцем она протянула руку. По рыжим волосам Ровена поняла, что перед ней представитель семьи Уэллс, и она содрогалась при мысли, что вызовет неприязнь и второго брата Джона.

Мужчина задумчиво посмотрел на ее руку и вдруг улыбнулся:

— Рад знакомству, мисс Бакстон. Поскольку оба моих брата ведут себя как дикари, придется представиться самому. Меня зовут Самюэль, и я второй по старшинству в нашем выводке. И не волнуйтесь, мисс Бакстон, я не буду вас судить только по фамилии.

Лишь сейчас Ровена заметила, что мужчина одет в простой черный сюртук с белым воротничком викария. Она едва не рассмеялась от облегчения:

— Прошу вас, называйте меня по имени. Кристобель еще не знает всех подробностей, и я бы предпочла сказать ей лично.

Ровена бросила быстрый взгляд на Джорджа, и у того хватило совести отвести глаза.

— Вполне разумно.

— Что вполне разумно? — спросила Маргарет Уэллс, входя в комнату. — Только не говорите мне, что вы что-то задумали. Ровена еще к нам не привыкла. Она решит, что мы совсем обезумели.

И снова Ровена обратила внимание на легкий акцент хозяйки дома. Маргарет подошла к ней и в качестве приветствия поцеловала в щеку:

— Рукопожатие и реверансы не годятся для девушки, которая принесла моему сыну столько счастья.

Никогда не думала, что его сможет увлечь что-то помимо аэропланов. Но стоит ему услышать ваше имя...

— Мама! — запротестовал Джон, в то время как Ровена растаяла от радости. — У тебя бурное воображение! Тебе только повод дай, ты тут же примешься показывать нашей гостье фамильную фату из шантильских кружев.

— Не подавай ей подобных идей. — Самюэль поцеловал и крепко обнял мать.

Джордж отчужденно стоял в стороне. Очевидно, он злился, что план посеять раздор между ней и Джоном не сработал. Ровена разглядывала его из-под ресниц, пытаясь угадать дальнейшие намерения. Такие люди легко не сдаются, и девушка знала, что даже при поддержке Джона ей лучше рассказать о происшествии с Пруденс чистую правду. В животе неуютно забурлило. Она не станет выгораживать себя. Если надеяться на совместное будущее, надо быть честными друг с другом.

Маргарет предложила всем по бокалу шотландского виски.

— Слышала, что американцы завели новый обычай, называется «аперитив». И хотя я редко связываю понятие «цивилизованный» с американцами, эту традицию я не могу назвать иначе.

Мужчины охотно согласились. В комнату вошла Кристобель. В белом шерстяном платье со старомодным голубым кантом она выглядела скромно, но изящно. Ровена на глаз определила, что платье подгоняли по фигуре, причем вполне умело. Она мудро воздержалась от комплиментов наряду — наверняка Кристобель его стеснялась — и после приветствий похвалила ее волосы:

— Как тебе удалось завить локоны так гладко? Мне подобные прически совершенно не даются.

Кристобель раскраснелась от удовольствия:

— Вам придется спросить матушку. Боюсь, я немного неуклюжа, когда мне в руки попадают щипцы и расческа.

— Я так долго ждала девочку и так обрадовалась ее рождению, что постоянно ее причесывала, — засмеялась Маргарет, разливая виски.

Джон взял два бокала и подвел гостью к софе. Кристобель присела в кресло рядом с ними. Ровена сделала осторожный глоток и раскашлялась.

— Не торопись, — предупредил Джон. — Его делают наши родственники в Эдинбурге. Каждый год мы получаем от них ящик самого крепкого скотча. Они опасаются, что иначе английская кровь в наших жилах одержит верх и мы превратимся в маменькиных сыночков и нытиков.

— Чудесные бокалы, миссис Уэллс, — улыбнулась Ровена.

— Прошу вас, зовите меня Маргарет. Да, это свадебный подарок моей тети. Они сделаны из уотерфордского хрусталя; этот вид называют «Звездой Эдинбурга».

Ровена глотнула еще и робко улыбнулась собравшимся. При всем желании она чувствовала, что бокал ей не осилить, но не хотелось обидеть семейство Джонатона. Тем более все происходящее напоминало какое-то испытание — особенно пристальный, полный презрения взгляд Джорджа с другого конца гостиной.

Положение спасла Кристобель, когда принялась без перерыва болтать о лошадях и верховой езде.

— Вот бы меня пригласили на охоту в следующем сезоне. На лошади я держусь довольно уверенно.

— Ты еще слишком молода, чтобы выходить в свет, — заметила мать.

— Я часто получаю приглашения на охоту, — улыбнулась Ровена. — Если Маргарет не возражает, с удовольствием возьму тебя с собой.

Вместо ответа Кристобель покраснела до корней каштановых волос и уставилась в пол. Ровена переводила взгляд с Джона на хозяйку дома, не понимая, где допустила ошибку.

— Не уверена, что мы успеем заказать ей амазонку, — деликатно произнесла Маргарет, и Кристобель с облегчением закивала.

— О, так до начала охотничьего сезона еще несколько месяцев. К тому же, если костюм запоздает, я могу попросить амазонку у Виктории. Девочки примерно одного сложения.

— Чудесно! — просияла Кристобель. — Я много тренировалась с Гренадином, моим охотничьим скакуном, и знаю, что он справится. Хотя он еще не до конца обучен...

Джордж швырнул в стену бокал. По полу брызнули осколки. Все разом смолкли.

— Мы не примем подачку от чертовых Бакстонов!

Кристобель охнула и уставилась чистыми голубыми глазами на Ровену. Маргарет встала:

— Ты только что разбил дорогой бокал, который я очень любила. Не говоря о том, что набор теперь не полный.

— Я любил отца. А ты его любила, мама? Ты выбрала странный способ доказать свою любовь, пригласив на обед кого-то из Бакстонов.

Женщина побледнела, и ее пальцы сжались вокруг бокала, будто хозяйка дома собиралась последовать примеру сына.

— Даже не собираюсь удостаивать подобную глупость ответом. Никто не любил вашего отца так, как я. И если бы я считала, что эта девушка хоть отдаленно причастна к его смерти, ее бы тут не было. Но она ни при чем. Единственный человек, который виновен в гибели отца, — он сам. Не судьи, не стряпчие и не Бакстоны. Мне жаль, что ты не желаешь этого понять. — Маргарет залпом допила остатки скотча. — Ровена, прошу прощения, что вам пришлось стать свидетельницей подобной выходки. Джордж порой ведет себя как упрямый ребенок. Когда человек сам лишает себя жизни, нам трудно понять почему, и зачастую мы пытаемся взвалить ответственность на всех, кроме виновника.

— Мадам, обед подан, — возгласил появившийся в дверях пожилой слуга.

Женщина хмуро улыбнулась:

— Мальчики, я надеюсь, что все вымыли руки и помнят о хороших манерах. У нас гости. Ровена, отобедаете с нами? Мне бы не хотелось, чтобы наше знакомство закончилось так печально. Когда в семье столько мальчишек, от стычек никуда не деться.

Ровена с трудом поднялась на подгибающихся ногах:

— У нас в семье были три девочки, и тоже часто случались ссоры. Хотя совсем иного рода.

Джон взял ее под руку и проводил к столу.

— Надеюсь, вы не против поесть в кухне. Как я уже говорила при прошлой встрече, мы проводим тут большую часть дня.

Хлопнула входная дверь, и Ровена догадалась, что Джордж за столом не появится. Судя по видимому облегчению на лице Маргарет, подобное решение сына ее, скорее, обрадовало.

Кристобель ни словом не обмолвилась о ссоре. Ровена попыталась ее разговорить, но безуспешно, а потому сосредоточилась на остальных, пытаясь как можно больше узнать о семье Джона. Уильям, четвертый сын, на два года старше Кристобель, сейчас работал у родственников в Шотландии, учился делать виски. Самюэль жил в небольшом приходе в окрестностях Тетона и недавно обручился с одной из прихожанок. За разговором также выяснилось, что мистер Диркс — старый друг Маргарет.

На стол подали простые, но вкусные и сытные блюда, так что после вишневого пудинга с кремом Ровена только качала головой в ответ на все предложения о добавке.

— Мне бы хотелось посмотреть конюшню. — Ровене пришлось предупредительно сжать под столом колено пилота, чтобы тот не вызвался быть провожатым. — Кристобель, может, проведаем твоего Гренадина?

Взгляд девочки ясно показывал, что она видит расставленные перед ней силки, но Ровена надеялась, что любовь к лошадям и гордость за своего коня пересилят.

Конюшня не уступала чистотой саммерсетской, хотя вряд ли Уэллсы могли позволить себе большой штат слуг. Висящая на стене упряжь выглядела потертой, но ухоженной, а лошади — сытыми и здоровыми. Призывное ржание из дальнего стойла сразу выдало местонахождение Гренадина.

Кристобель взяла из коробки на полке кусок сахара и протянула крупному гнедому жеребцу.

— Какой красавец! — восхитилась Ровена. — Он смотрит, как человек.

Девочка кивнула и чуть расслабилась, впервые после обеда.

— Он очень умный. Понимает, что я хочу, даже раньше, чем дам команду. Очень чуткий.

Ровена рассказала о своей лошади и призналась, что часто уезжает на долгие прогулки по окрестностям Саммерсета, когда ее одолевает грусть.

Кристобель погладила морду коня и почесала ему лоб.

— И какие у *вас* могут быть неприятности?

Ударение в вопросе ясно давало понять, что Ровене еще не простили принадлежности к Бакстонам. Но ей нестерпимо хотелось найти общий язык с сестрой Джона — ведь они обе не так давно лишились близких людей.

— Пять месяцев назад умер мой отец. Совершенно неожиданно, он всегда отличался крепким здоровьем. Я невыносимо скучаю по нему. Порой охватывает такая тоска, что невозможно вздохнуть.

Кристобель встала на планку ворот стойла, чтобы дотянуться до холки коня, совершенно позабыв про парадное платье. Она не смотрела на собеседницу, но Ровена чувствовала, что девочка внимательно слушает.

— Я позволила горю захлестнуть меня с головой, и в результате пострадал один дорогой мне человек... — Голос Ровены прервался, и она с усилием сглотнула.

— Зачем вы мне это рассказываете? — протянула Кристобель.

Ровена подошла к соседнему с Гренадином стойлу, где терпеливо стояла гнедая красавица-кобыла.

— Не знаю. Возможно, чтобы ты поняла, что другие тоже страдают и мир уходит у них из-под ног.

— Вам не понять моего горя, — яростным шепотом возразила Кристобель. — Ваш отец не хотел покидать вас. А мой убил себя добровольно. — Она отвернулась, но и так было понятно, что она плачет.

— Я знаю, что такое злиться на ушедшего.

Кристобель утерла слезы и повернулась к ней:

— Вы действительно возьмете меня летом на охоту?

— Конечно, — улыбнулась Ровена и протянула руку. — В свободный от полетов денек.

Кристобель подняла фонарь, и девушки вышли из конюшни. Снаружи их встретила ледяная темнота; по коже побежали мурашки.

— Неужели Джон действительно учит вас летать на аэроплане? — поинтересовалась Кристобель, закрывая дверь конюшни на засов.

— Да. Скоро я смогу летать одна. — Ровена запрокинула голову к расшитому звездами зимнему небу и улыбнулась. — Поскорее бы.

ГЛАВА ДЕСЯТАЯ

Пруденс повесила мужнину рубашку на протянутую по всему подвалу веревку для просушки. Подвал делился между четырьмя семьями, что жили в квартирах над овощной лавкой и скобяным магазином. По вторникам наступала очередь Пруденс заниматься стиркой.

У задней стены, под замызганным окном, стояло огромное, разделенное надвое корыто. К перегородке крепился ручной валик, чтобы выжимать из белья мыльную пену и грязь, но на деле он плохо справлялся с задачей. После выстиранного дешевым мылом нижнего белья у Виктории по телу пошла сыпь, и теперь ей приходилось прополаскивать свои вещи в большом тазу в ванной.

Пруденс считала подвал островком ада, где водились крысы, хотя пока она не видела там никаких грызунов. Один из жильцов в счет квартирной платы на совесть мыл подвал, лестницу и коридор. Девушку пугала не грязь; мурашки бегали по спине от темноты и сознания, что наружу ведет лишь один выход. Если, например, случится пожар... Пруденс содрогнулась и принялась энергичнее крутить валик. Благодаря бойлеру парового отопления, который согревал весь дом, в подвале было тепло, и даже зимой одежда высыхала быстро. Пруденс уже решила, что летом последует примеру всего Ист-Энда и будет вывешивать белье на веревках, что крепились на хитрых крючках от подоконника спальни до стены дома на другой стороне улицы. Если бы молодоженам не приходилось экономить на всем, на чем только возможно, Пруденс давно бы купила новомодную электрическую машинку, что сливала воду в раковину.

Эндрю только подливал масла в огонь. Он трясся над каждым потраченным из денег жены пенни. Когда Эндрю решил работать лишний день в неделю, ей пришлось вмешаться.

— Тебе нужно время для учебы, — твердо заявила Пруденс, и муж был вынужден признать ее правоту.

Пруденс наполнила правый чан водой и с опаской принялась отмеривать синьку — ее дала Мюриэль для отбеливания. Насыпала гранулы в воду и опустила туда простыни и нижние рубашки Эндрю. Из-за дешевого мыла белье уже успело приобрести грязно-желтый оттенок. Надо оставить его замачиваться, чтобы выбелить ткань. Девушка потерла поясницу и решила пока развесить на веревках выжатую одежду. Затем отнесла корзину для белья наверх. При первой стирке Пруденс по неопытности оставила корзину внизу и больше никогда ее не увидела. Несмотря на встревоженные расспросы, никто из жильцов не признался, но девушка понимала, что взять корзину мог только тот, кто имел ключ от подвала. Согласно неписаным правилам, белье не крали, но все остальные забытые вещи считались законной добычей.

Пруденс вошла в квартирку с мечтой о чашке горячего чаю. Эндрю сегодня был дома и работал в гостиной, где ему соорудили подобие письменного стола. Муж жаловался, что туалетный столик в спальне стоит в опасной близости от кровати. Так и тянет отложить книги и прилечь вздремнуть. Сегодня Эндрю собирался позаниматься с профессором Гилкрестом — тот долгое время преподавал в Кембридже, а когда вышел в отставку, подрабатывал, давая частные уроки в своей квартире в Кинг-Кросс. Пруденс поставила кипятиться воду и проверила запасы. От последних опытов у плиты осталось имбирное печенье; рядом лежал купленный в уличной лавочке хлеб. Пруденс пока считала себя слишком неопытной кухаркой, чтобы печь его самой. Мюриэль, как ни странно, соглашалась.

В предвкушении чая с хлебом, маслом и печеньем Пруденс заглянула в гостиную. Эндрю сидел в кресле и читал учебник по животноводству, положив ноги в одних носках на подоконник. После проведенного в услужении времени бывший лакей не уставал радоваться собственному дому, где можно одеваться как вздумается, и частенько расхаживал по квартире в штанах, нижней рубахе и без обуви. При необходимости он моментально превращался в прилично одетого молодого человека, но, как ребенок, цеплялся за любую возможность пренебречь условностями. Пруденс редко видела сэра Филипа в чем-то более небрежном, чем домашняя куртка, да и то лишь в особые дни — например, рождественским утром, — и не уставала умиляться новообретенной привычке обычно застенчивого мужа.

— Выпьем чаю?

Эндрю поднял голову от книги. Очки для чтения сползли на кончик носа.

— С огромным удовольствием.

Пруденс достала хлеб, и тут в дверь постучали. Странно, может ей послышалось? Кейти заходила в гости всего раз, а другими друзьями в Лондоне они еще не обзавелись.

После повторного стука Пруденс открыла дверь и застыла на пороге. Она не знала, смеяться или плакать.

Перед ней стояла Виктория в изящном черном плаще и крохотной шляпке с черными перьями. Виктория в волнении стискивала руки, а в голубых глазах радость сменялась беспокойством, будто она не знала, как ее примут. Из-за ее спины выглядывала ухмыляющаяся Кейти.

— Мисс Виктория вся издергалась в предвкушении визита, но я-то видела, что вы души не чаете друг в дружке. Я уверила ее, что ты обрадуешься встрече — не важно, что за кошка пробежала между вами.

И Кейти оказалась права. Сердце Пруденс растаяло, объятия сами распахнулись перед любимой подругой. Виктория ринулась к ней, и Пруденс схватила ее в охапку. И как ей в голову пришло, что можно забыть о названой сестре? Хотя их разделяло всего два года, Пруденс всегда относилась к младшей дочери сэра Филипа как к ребенку, а причуды и фантазии Виктории вызывали у нее опасливое восхищение. С опозданием Пруденс припомнила, как описывала в письмах к Сюзи свою лондонскую жизнь. Но она не могла допустить, чтобы в Саммерсете злорадствовали над постигшими ее тяготами. Наверняка Виктория ожидала увидеть роскошные апартаменты. Прислугу. Пруденс спрятала за спину покрасневшие от стирки руки и с достоинством произнесла:

— Добро пожаловать в мой дом. — Оставалось надеяться, что маленькая посудомойка не стала пересказывать ее глупые выдумки барышне. А если все же пересказала — уже ничего не поделаешь. — Что привело тебя в город?

— О, мне надо столько тебе рассказать! Я приехала, чтобы стать корреспондентом ботанического журнала, а вместо этого получила должность клерка и оратора в Союзе суфражисток за женское равноправие.

Под непрерывный поток слов Пруденс взяла у девушек плащи. Она не могла оторвать глаз от Виктории. В полосатом, как зебра, платье та выглядела совсем взрослой. Подол едва доходил до лодыжек; спереди юбку делил разрез дюймов в шесть. И когда она так выросла?

— Но как так получилось? Ровена знает, чем ты занимаешься? А уж тетя Шарлотта точно не одобрит подобных выходок.

— Ой, да будет тебе! — замахала Виктория. — Я хочу послушать о твоих делах. Обо мне еще успеем наговориться.

Пруденс заметила, что обе девушки с любопытством оглядывают квартирку, а Виктория рассматривает обстановку с широко распахнутыми глазами. Внезапно собственное жилище показалось ей крохотным и жалким.

— Мы как раз собирались выпить чаю. Присоединяйтесь.

— Если не помешаем. — Виктория отодвинула себе стул. — Смотри-ка, наш старый карточный столик! Отлично придумано!

Пруденс почувствовала, как зарделись щеки. Если бы она не врала Сюзи последние месяцы, ничто не омрачало бы сейчас радость от встречи с Викторией. А так ей приходилось постоянно гадать, что рассказала посудомойка.

Кейти с улыбкой протянула коробку:

— Мама передала бисквит. Кажется, она боялась, что тебе будет нечем нас угостить. Хотя она считает, что ты делаешь успехи.

Пруденс нахмурилась и кивком указала на дверь:

— Эндрю дома. Он ничего не знает о наших уроках.

— Каких уроках? — тут же навострила уши Виктория.

— По домоводству.

— Зачем? — Голос девушки взлетел от изумления. — Почему ты просто не наймешь прислугу?

Пруденс прикусила губу и вместо ответа сняла с коробки крышку. Внутри лежал идеально выпеченный торт в розовой французской глазури.

— Боже, какая красота! — ахнула Виктория.

— Мне никогда не испечь подобного, — покачала головой Пруденс. К счастью, торт полностью завладел вниманием Виктории. — Стоит решить, что начинает получаться, и Мюриэль в очередной раз показывает, что мне еще учиться и учиться.

Пруденс достала тарелки и позвала мужа. На пороге кухни Эндрю потрясенно застыл.

— Я так увлекся книгой, что даже не слышал прихода гостей. Какой роскошный торт!

— Кейти принесла нам гостинец. — Пруденс бросила девушке предупреждающий взгляд. — Познакомься, это Кейти, моя подруга. Викторию ты, конечно же, помнишь.

К немалому удивлению Пруденс, взаимные приветствия прозвучали весьма прохладно, сдавленно. Неужели разница в происхождении окажется сильнее других факторов и они так и не сблизятся? Или между ними возникла личная неприязнь? Ведь Виктория никогда не придавала классам большого значения.

Вместо оживленного разговора за столом воцарилась тишина. Пруденс разрезала торт и разложила по тарелкам. Стульев всем не хватило, и Эндрю пересел в широкое, в уродливую клетку, кресло у плиты.

— Мое любимое кресло, — подмигнул он жене.

Та покраснела, вспомнив первую ночь наедине.

— Просто поверить не могу, что тебе приходится все делать самой, — заявила Виктория после кусочка торта.

— Чепуха! — уверенно ответила Пруденс, хотя ее смутило прямолинейное заявление. — Я вполне способна проследить за нашими с Эндрю нуждами.

— Ты могла бы давать уроки французского или игры на фортепиано, а не учиться замачивать белье и делать жаркое. К тому же тебе никогда не приходилось заниматься подобными вещами.

— Ты не умеешь стирать? — потрясенно переспросил Эндрю. Пруденс застыла пойманным кроликом и медленно покачала головой. Ее обман раскрылся. — И зачем ты скрывала от меня? Я бы тебя научил.

Обида в голосе мужа больно пронзила сердце. Про себя Пруденс отчаянно сожалела, что Виктория не умеет держать язык за зубами. С другой стороны, сама виновата: знала же, что Виктории не свойственно излишнее благоразумие.

— Ничего страшного. И знаете что, я не хочу учить чужих детей. Мне нравится работать по дому.

— Как скажешь. — Личико Виктории огорченно вытянулось. Но она тут же оживилась. — О, я придумала! Пусть тебя навестит Сюзи! Хотя бы на первое время, поможет обустроиться на новом месте.

Все рушилось. Виктория устроила очередную катастрофу. Пруденс не знала, смеяться или плакать. Но в чем-то названая сестра права: она с радостью примет в гостях маленькую посудомойку. Эндрю так редко бывает дома, что одна лишь мысль о компании вызвала радостную улыбку. Но сейчас надо занять Викторию чем-то другим, чтобы дать мужу время привыкнуть к мысли о возможном приезде подруги. Эндрю не любил поспешных решений. Свадьба стала одним из редчайших исключений.

— Ты так и не рассказала про работу!

Виктория расплылась в улыбке. Пруденс знала сестру достаточно хорошо — надвигалась беда.

— Я работаю в Союзе суфражисток за женское равноправие. Сейчас мне дали задание составить список обществ, куда можно направить нуждающихся, чтобы не разбрасывать собственные силы. Например, мы пытаемся не только добиться участия в выборах и научить женщин бороться за свои права, но и помочь тем, кто ищет работу и ясли для детей, а также защитить тех, кого избивают мужья. Помогаем им найти деньги, чтобы заплатить за жилье, иначе многие окажутся в работных домах, а ты сама понимаешь, как это тяжело. И на все нужны время и ресурсы; их приходится отрывать от главной борьбы. Так что сейчас я составляю список благотворительных групп помощи, чтобы наша организация смогла сосредоточиться на борьбе за право голоса.

Виктория одарила сидящих за столом сияющей улыбкой и принялась за торт, не обращая внимания на потрясенное лицо Пруденс. Пруденс всегда поражали способности Виктории открыто заявлять о своем мнении, но сегодня она впервые не могла найти слов.

Бросила взгляд на Кейти — та улыбалась, будто не услышала ничего из ряда вон выходящего, — а затем на мужа. Эндрю с удивленной улыбкой подносил ко рту кусочек торта.

— Чудесно, — выдавила Пруденс.

— Чудесно? — Виктория взмахнула чашкой. — Нет, это потрясающе! Я уверена, что справлюсь с работой.

К тому же мне наконец-то нашлось занятие. Всю жизнь я только и делала, что переодевалась к чаю. Мне ужасно хотелось участвовать в чем-то важном, и вот свершилось. Возможно, это мой шанс.

Кейти хихикнула, и Пруденс позволила себе робкую улыбку:

— И как давно ты разочаровалась в своей судьбе? Вроде не помню, чтобы слышала от тебя жалобы.

На сей раз засмеялись обе гостьи.

— Еще до смерти отца я училась в Школе секретарей. Мы с Кейти вместе ее посещали.

Пруденс удивленно подняла брови:

— Я даже не подозревала.

— Ну, в то время я хотела помогать отцу с работой. Всегда считала, что стану ученым, как он. Или буду писать статьи в журналы. — Виктория прикусила ноготь большого пальца; на милое личико набежала тень. — Но я не смогу заниматься наукой, пока женщины не получат право работать в любой области, по своему выбору. И тут одна из знакомых представила меня своей подруге Марте Лонг — она вдохновительница нашего маленького сообщества, — и внезапно я получила не только работу, но и достойную цель в жизни.

Виктория снова взялась за вилку, но торт уже не вызывал в ней энтузиазма. У Пруденс болезненно сжалось сердце. Что-то глубоко ранило Викторию, а ее не было рядом, чтобы помочь. А может, оно и к лучшему? Любо-дорого взглянуть, как повзрослела Виктория за последние месяцы.

Эндрю неожиданно поднялся, поставил в раковину тарелку и чашку:

— Прошу прощения, что придется вас покинуть, милые леди, но у меня назначена встреча.

— Дважды в неделю он занимается с преподавателем математики, — с гордостью пояснила Пруденс. — Сейчас он готовится к весенним вступительным экзаменам в Королевский ветеринарный колледж.

Эндрю бросил на жену благодарный взгляд, кивнул на прощание гостьям и скрылся в спальне, чтобы переодеться. Пруденс набросилась на сестру с расспросами:

— Ты так и не сказала, что думают о твоих новых начинаниях Ровена и тетя Шарлотта.

— Они еще ничего не знают, — ласково, будто разговаривая с непонятливым ребенком, объяснила та. — Я же работаю всего пару дней. Марта знает, что я не могу остаться в Лондоне, но я буду помогать из Саммерсета, пока дядя с тетей не вернутся в город.

Пруденс нахмурилась. Ей не давала покоя одна догадка.

— Ты живешь у Кейти?

— Да, уже несколько дней.

Кейти сразу же догадалась о ее подозрениях.

— Не злись на маму за то, что она ничего не сказала. Виктория хотела устроить сюрприз и удивить тебя лицом к лицу. И ей это удалось, правда?

На глаза Пруденс накатились слезы, и Виктория кинулась к ней:

— Не плачь, моя дорогая Пруденс. Я тоже по тебе соскучилась. Давай больше не думать о прошлом, хорошо?

— Тебе легко говорить, — всхлипнула Пруденс.

Из головы не шли мысли о Ровене.

Кейти протянула ей носовой платок. Пруденс высморкалась и положила голову на плечо названой сестры. Впервые в жизни объятия Виктории казались сильными и надежными, будто в них можно укрыться от неприятностей. Пруденс столько всего хотела сказать, но мысли и чувства сплелись в сплошной клубок.

— Так что ты думаешь о моем предложении?

— Я бы охотно согласилась. Ты считаешь, графиня отпустит Сюзи погостить у меня?

Виктория, не стесняясь, вытерла слезы с глаз и вернулась на свое место за столом.

— Я ее уговорю. Ты же знаешь, я умею быть настойчивой.

Пруденс подозрительно прищурилась:

— А когда ты собираешься рассказать о новой работе Ровене и тете?

— Я не хочу им рассказывать. — Виктория заерзала на стуле, будто кто-то подложил на сиденье камешек. — Уверена, что не оберусь неприятностей. Так что лучше держать все дело в секрете. К тому же все равно семейство собирается к Пасхе переехать в Лондон. До тех пор придется говорить, что навещаю друзей в городе.

Пруденс отвела взгляд. Сколько раз Ровена убеждала ее, что надо подождать до Пасхи и жизнь вернется в прежнюю колею. И вдруг она обнаружила, что Ровена лгала без зазрения совести.

К горлу снова подступили слезы, но Пруденс яростно заморгала, не давая им пролиться. Она и так достаточно проплакала из-за предательства Ровены. Не стоит тратить на нее нервы.

— Когда ты возвращаешься в Саммерсет?

— Завтра.

По лицу Виктории снова пробежала тень, но Пруденс не стала расспрашивать. Повзрослевшая Виктория почему-то пугала ее, и Пруденс оставалось только надеяться, что со временем их отношения вернутся в прежнее русло. Если повезет. Возможно, Виктория и их переросла.

Девушки беседовали еще несколько минут, и наконец гостьи встали. Несмотря на то что Виктория была виновницей пережитого перед мужем смущения, Пруденс не хотелось ее отпускать. Встреча напомнила о радостях прошлой жизни, которых так не хватало сейчас.

— Приезжай поскорее, — прошептала Пруденс, обнимая Викторию. — Я так по тебе соскучилась.

— Я вернусь, обещаю. И пришлю Сюзи помочь тебе с хозяйством, пока не освоишься.

Виктория в последний раз обняла Пруденс и направилась к лестнице. На верхней ступеньке обернулась, помахала и начала спускаться. Пруденс казалось, будто вокруг названой сестры разливается яркое сияние, а с ее уходом все вокруг меркнет.

Проводив гостей, она помыла посуду. Заодно гадала, что подумал о своей нареченной Эндрю, когда узнал, что та не умеет стирать. В его мире даже мужчины умели управляться с домашним хозяйством, хотя редко им занимались. Знай он заранее, что молодая жена окажется совершенно бесполезной по дому, возможно, Эндрю и не спешил бы так со свадьбой.

Стирка!

Пруденс наспех вытерла руки и заспешила в подвал, перепрыгивая через две ступеньки. Включив свет, она ринулась к чану, где замачивались простыни и нижние рубахи мужа. С помощью палки перекинула белье в корыто со свежей водой для полоскания и в панике принялась перемешивать, чтобы смыть синьку. Увы, все напрасно. И белье, и рубашки покрылись темно-синими крапинками. Пруденс дважды сливала воду и повторяла процедуру, но синька въелась в ткань глубоко, и девушке пришлось сдаться. Она аккуратно вытерла руки о передник, надетый для мытья посуды еще в квартире, уткнулась в ладони лицом и обреченно опустилась на пол.

Да уж, если Эндрю и поразила ее неосведомленность в элементарных хозяйственных вопросах, скоро он поймет, что удивляться не стоило.

❖ ❖ ❖

Виктория стояла на пороге квартиры Кейти и не знала, то ли с треском захлопнуть перед носом Кита дверь, то ли насладиться картиной его унижения.

В итоге она предпочла унижение.

— Ты не ответила на мое письмо, — пожаловался лорд Киттредж.

Скрестив на груди руки, Виктория промолчала. Упакованные вещи стояли у двери, но она еще не решила: принять предложение Кита проводить ее к поезду или попросить Марту. Марта с удовольствием довезет ее до вокзала, стоит лишь позвонить.

С другой стороны, поездка с Китом обещала стать запоминающейся.

— В письме я извинился за свое поведение. Я встретил в клубе Себастьяна с твоим кузеном и потерял счет времени. Потом пришел все объяснить, но меня даже на порог не пустили. — В подтверждение своих слов Кит гневно уставился на нее.

— Ты явился сюда навеселе, когда все уже спали. Не слишком подходящее время для извинений.

— Я отправил письмо. — Кит угрюмо шаркнул ногой.

В его голосе снова звучала детская обида, и Виктория с трудом подавила триумфальную улыбку. Девушка наклонилась и с силой пихнула Киту один из чемоданов. Молодой человек пошатнулся и едва не упал.

— Эй! За что?

— Разве ты не подвезешь меня на вокзал?

— Значит, я прощен? — просветлел лорд Киттредж.

— Рано радуешься. — За первым чемоданом последовал второй. — Отнеси в машину. Я сейчас спущусь.

На прощание Виктория обняла Кейти и ее мать. Лотти уже ушла; напоследок она пожелала скорой встречи. Угрюмой женщине определенно не понравилось стремительное продвижение Виктории в организации, но Лотти смирилась. Конечно, ведь она сама трудилась на двух работах и вкладывала бо́льшую часть денег в дела общества, так что у нее имелись причины для недовольства.

— Слушай, Вик, я же извинился, чего ты еще хочешь? — брюзгливо поинтересовался в машине Кит.

Должного раскаяния в его голосе не наблюдалось, да и смотрел он на дорогу, вместо того чтобы не сводить с оскорбленной жертвы виноватого взгляда. Конечно, его поведение можно было оправдать тем, что Кит за рулем, но в старых, любимых Викторией французских романах ясно описывалось, как должны протекать извинения. Так дело не пойдет. С другой стороны, в романах между мужчинами и женщинами пылала страсть, в отличие от их отношений с Китом. Так, может, и извинения должны выглядеть по-другому? Виктория, не отвечая, откинулась на обитую кожей спинку сиденья. Пусть поволнуется — не следует сдаваться слишком быстро. В конце концов, он унизил ее дважды. Сначала, когда не явился на назначенную встречу, а затем устроенным под дверью Кейти пьяным спектаклем.

К тому времени, как автомобиль подкатил к вокзалу, плечи Кита под дорогим пиджаком дрожали от напряжения.

— У тебя есть билет? — сухо выдавил он.

Девушка кивнула, и лорд Киттредж рывком выпрыгнул из машины. Но вместо того, чтобы открыть ей дверь, он направился к багажнику, вытащил чемоданы и передал их носильщику.

— Я тебя прощаю, — испуганно пискнула Виктория.

— Что? — рявкнул Кит, когда носильщик удалился.

— Я сказала, что больше не сержусь.

— О, так ты меня простила? Как великодушно и своевременно. Принцесса одарила меня своей милостью. Наверное, мне стоит преисполниться благодарности?

Виктория отступила на шаг, настолько ее напугал сарказм. И тут ее снова охватила злость.

— Да, причем тебе крупно повезло, потому что ты вел себя как чудовище! Унизил меня на глазах у подруг...

— Так вот в чем проблема! Я ранил твою гордость перед подругами.

Виктория оглядела тротуар; щеки горели от стыда.

— Прекрати. Ты привлекаешь внимание.

— Может, мне лучше вообще уйти?

— Возможно. Я вполне способна добраться до нужного перрона.

Виктория и сама слышала, как звенят в ее голосе слезы. Все шло совсем не так. И как ситуация так быстро скатилась под откос? Ведь Кит ее друг.

— Тогда хорошего дня.

На щеках Кита проступили пятна, но он приподнял шляпу и развернулся, чтобы уйти.

— Ты ведешь себя как ребенок! — выкрикнула вслед Виктория.

Кит остановился, но головы не повернул.

Ну и ладно. Виктория кое-как вытерла слезы затянутыми в перчатки пальцами. Если он хочет изображать из себя зануду, так тому и быть. Дыхание перехватило, но теснота в груди не предвещала приближающегося приступа. Ее породила потеря, не менее острая, чем после смерти отца или бегства Пруденс. Глупость какая, твердила про себя Виктория, разыскивая платформу. Кит ей не родной, всего лишь один из приятелей, к тому же никудышный, если вспомнить о его насмешках и непонимании.

Она благополучно села в поезд, перечисляя в уме все причиненные лордом Киттреджем разочарования. В конце концов, они знакомы всего несколько месяцев. За такое время трудно понять, подходят ли они друг другу. Пусть якшается со своими глупыми сокурсниками, пьет сколько влезет и хихикает с девочками из Каверзного комитета. А ее ждут настоящие дела. Марта не только ее начальница, но и истинный друг. На нее всегда можно положиться.

В купе Виктория входила уже в поправленном настроении. Рана еще не затянулась — что ни говори, грустно терять друга, — но все же девушке стало лучше. Впереди ждет работа.

Поезд затормозил у станции Тетон. При виде машущей с перрона зонтом и шляпкой Ровены младшая сестра распахнула в удивлении рот. Печальная, потерявшая всякий интерес к жизни молодая женщина, оставшаяся в Саммерсете, за неделю полностью переменилась.

Стоило Виктории ступить на платформу, как сестра сжала ее в крепком объятии:

— Господи, как же я соскучилась. Столько всего произошло.

Кожа Ровены всегда отличалась бледностью, а за последние месяцы приобрела болезненный желтоватый оттенок. Но сейчас, впервые за долгое время, щеки розовели здоровым румянцем, а глаза сияли.

— Поверить не могу, — выдохнула Виктория. — Ты влюбилась!

Сестра изумленно отстранилась:

— Как ты догадалась?

И тут за спиной Ровены, прикрываясь черным зонтиком, появился Себастьян. Виктория в недоумении переводила взгляд с одного на другого.

— Себастьян?

— Поздравь нас, дорогая сестричка. Мы обручены.

У Виктории непроизвольно распахнулся рот.

— Что?

— Это долгая история, — рассмеялась Ровена. — Могу лишь сказать, что после твоего отъезда столько всего произошло.

— Заберу ваши чемоданы, пока Ровена все объяснит, — предложил лорд Биллингсли.

Под проливным дождем девушки бегом бросились к автомобилю.

— Поверить не могу, как быстро переменилась погода. В Лондоне ясно.

— Дожди начались вчера, а так погода стояла прекрасная. Солнечно, ни облаков, ни ветра. В самый раз для полетов. — Ровена бросила на сестру многозначительный взгляд, и Виктория не преминула воспользоваться возможностью.

— Ну-ка рассказывай, что происходит. Ты счастлива из-за пилота, и Себастьян тут ни при чем, я права?

Рассказ она выслушала в тишине до конца.

— А как ты собираешь уломать тетю Шарлотту? Ты разрушишь все ее планы, когда выяснится, что жених вовсе не лорд Биллингсли, а пилот из обедневшего семейства.

Ровена избегала встречаться с сестрой взглядом, и Виктория догадалась:

— Погоди. Он не просил твоей руки?

— Нет. Мы еще даже не заговаривали о помолвке. Я учусь управлять аэропланом! Я стану летчиком, и я люблю его. Разве этого не достаточно для одной недели, ты не находишь?

— Да, не спорю, но я не пойму, — задумчиво прищурилась Виктория. — Если он влюблен в тебя, почему не сделал предложения?

Себастьян открыл багажник, уложил чемоданы и направился к водительскому сиденью.

Виктория замолчала, но то и дело передергивала плечами от сдерживаемого недовольства. Ей хотелось рассказать о собственных увлекательных приключениях, но куда им до фиктивной помолвки. Виктория, любимица отца, не привыкла оставаться на заднем плане. К тому же из головы не выходила ссора с Китом.

— Ладно, но когда вы собираетесь сообщить тете, что помолвка разорвана? Вам лучше признаться пораньше, иначе начнут приходить подарки к свадьбе.

— Через несколько дней Джон уезжает в Кент, — грустно выдавила Ровена.

Виктория заерзала на сиденье, не зная, что предпринять. Никогда ранее она не видела сестру влюбленной, к тому же ничего не знала об ее избраннике — за исключением того, что тот питал склонность к рискованным маневрам в небе над Саммерсетом.

После приезда в особняк Виктория тянула время в надежде, что удастся ускользнуть в тайный кабинет. Болтала с Элейн и тетушкой, рассказывала о Лондоне, будто провела всю неделю, вращаясь в обществе. Пришлось постараться, выдумывая незнакомые графине имена. Виктория даже призналась, что посещала оперу и пару раз выезжала в свет, а в основном сидела у Кингсли и встречалась со старыми друзьями отца. Тетя Шарлотта недовольно поджала губы, но не нашла, что возразить.

Наконец Виктория посчитала, что соблюла приличия и посвятила достаточно времени обсуждению несостоявшихся свадебных приемов, и поспешила в спальню. Прихватила выданные Мартой кожаные папки и заперлась в тайном кабинете. Там зажгла в камине жаркий огонь, чтобы отогнать вездесущую промозглую сырость, и приступила к работе. На миг девушку охватило острое разочарование: она вспомнила, чем собиралась заняться после приезда из Лондона — писать статьи для «Ботанического вестника». Но Виктория стряхнула уныние, напомнив себе о важности порученного дела.

Одна из папок содержала инструкции, как лучше исполнять свою роль. Марта хотела сделать ее представительницей общества, а также задействовать в бумажных делах. В другой папке лежали составленные Викторией списки благотворительных организаций для женщин.

Она взяла в руки первую папку. В ней нашлась стопка визитных карточек с печатным заголовком «Союз суфражисток за женское равноправие» и приписанным красивым женским почерком почтовым адресом. К ней прилагался список фамилий на несколько листов, разбитый по группам. Сначала Виктория не поняла, по какому принципу проведено разделение, но вскоре изумленно вскинула брови. В первой группе значилась фамилия тети и еще двадцати женщин, которых считали в обществе светскими львицами. Они задавали стандарты, к которым стремились остальные англичанки благородного происхождения. Большинство женщин соответствовали тете Шарлотте — богатые, родовитые, среднего возраста.

Над следующей группой девушке пришлось поломать голову, но и эту загадку она решила. Там перечислялись законодательницы моды. Тоже богатые женщины, но моложе. Не все обладали титулами, но все вращались в хорошем обществе. Третья группа оказалась простой. В нее входили еврейки, которых терпели в свете благодаря состоянию и дотошности в соблюдении этикета. В четвертом списке — самом длинном — Виктория узнала лишь несколько фамилий. Ей потребовалось несколько минут, чтобы догадаться: это стремящиеся вскарабкаться по социальной лестнице жены нуворишей и американки. К списку прилагалась записка от Марты.

Рада приветствовать в наших рядах! Уверена, что Ваш вклад будет неоценим. Поскольку мое имя очернено в глазах общества, я давно не пользуюсь влиянием среди знати. Но Вы, дорогая моя, прекрасный кандидат, чтобы внушить свету симпатию к нашему делу. Думаю, следует делать упор на помощь бедным женщинам с детьми и замять политическую подоплеку. Многие дамы из высшего круга слепо верят мужьям и считают, что их лишили прав ради их собственного блага. Представьте себе! У меня кровь закипает, стоит лишь подумать об этих бедняжках! Так что при работе с ними лучше представляйтесь именем основной организации — Союз суф-

ражисток за женское равноправие. Оно не вызовет большого резонанса. Вы спрашивали, почему я советовала не распространяться о нашей работе, — вот и ответ. Конечно, дорогая моя, я не прошу Вас лгать о наших намерениях, но будьте осторожны и выбирайте, какую правду поведать.

Теперь насчет списка. Уверена, что Вы сумеете убедить тетю представить Вас перечисленным в нем женщинам, если Вы еще не знакомы. Скоро открывается светский сезон, так что Вам подвернется масса возможностей заявить о нашем деле. Не беспокойтесь, я не отправлю Вас в джунгли без подготовки! Мы проведем несколько уроков, так что приезжайте в Лондон при первой возможности. К тому же я ужасно соскучилась.

Пока Ваше задание заключается в том, чтобы выучить списки наизусть, убедить тетю, что Вы горите желанием занять уготованное Вам место в обществе, и организовать скорейшую поездку в Лондон. Я полностью убеждена, что Вы сумеете исполнить все в наилучшем виде, Вы у нас предприимчивая девушка.

Удачи,

Марта Лонг

Виктория нахмурилась. Занять место в обществе? Она ненавидела свет. Отец воспитывал в дочерях презрение к привилегиям и снобизму, а теперь ей придется вращаться среди подобных людей? Девушка содрогнулась. Марта даже не представляла, что за испытание подготовила новой помощнице. Однако нельзя отрицать мудрость в создании добрых отношений с теми, кто имеет возможность помочь организации материально. К тому же мужья этих женщин пользовались влиянием в парламенте. Жаль только, что именно ей придется завязывать с ними дружбу. Виктория думала, что работа приведет ее на передовую борьбы за права женщин, а не в чопорные салоны и гостиные высшего круга.

Интересно, что скажет няня Айрис? Ей следует порадоваться, раз ученица наконец-то нашла долгожданный выход своей энергии и способностям. Но в глубине души таилось подозрение, что пожилая женщина совсем не одобрит новую работу.

❖ ❖ ❖

Мир сошел с ума. Кит давно подозревал, что свет подойдет к концу прежде, чем у него появится возможность от души насладиться жизнью, и сейчас он собственными глазами разглядывал доказательство.

Леди Эдит Биллингсли из Эдельсон-Холла с радостью сообщает о помолвке своего сына, лорда Себастьяна Биллингсли, и достопочтенной мисс Ровены Бакстон, племянницы лорда и леди Саммерсет, лорда Конрада Бакстона и леди Шарлотты Бакстон, дочери покойного сэра Филипа Бакстона.

Дальше следовал довольно длинный текст, но Кит не мог на нем сосредоточиться. Он чувствовал себя Бенедиктом из «Много шума из ничего», когда тот сокрушался: «Вот до чего дело дошло! Неужели так мне никогда и не видать шестидесятилетнего холостяка?»[1]

На завтра Кит планировал отправиться в имение Биллингсли и провести там пару дней. А заодно вытряхнуть из Себастьяна дурь и заставить прислушаться к здравому смыслу. Если подумать, он сделает другу одолжение.

Молодой человек с отвращением швырнул газету на стол. Он сидел в чайной и дожидался знакомого, с которым они договорились зайти в клуб и сыграть пару раундов в теннис перед обедом. Если так пойдет, скоро у него не останется друзей, чтобы проводить

---

[1] Перевод Т. Щепкиной-Куперник.

вместе время! Все они переженятся на избалованных капризных девчонках, двойниках Виктории. Боже упаси от такой судьбы! По крайней мере, у старшей сестры характер поприятнее.

Но ведь Виктория не собирается замуж. Никогда.

Кит налил еще чая и снова развернул газету, на другой странице. Что за чушь! Куда она денется. Тетя найдет достойного кандидата, готового смириться с тем, что молодая жена разражается цитатами из поэм и сказок в самый неподходящий момент. Хотя, если вспомнить, Кит едва не помер от смеха, когда девушка встретила появление леди Биллингсли строфой про злого волка. Насколько он заметил, графиню Саммерсет чуть не хватил апоплексический удар.

Да, Виктория умна, и порой с ней можно весело провести время. Как в тот раз, когда они нашли в секретной комнате мертвую птицу и девушка настояла на церемониальном погребении в пламени. Кит с наслаждением наблюдал за ужасом подруги, когда та поняла, что запах ничем не отличается от жареного цыпленка и у нее слюнки текут.

Но при этом она чертовски сварлива. Никогда не знаешь, что ей не понравится. Себастьяну будет намного легче с Ровеной — та обладает ровным характером и неоспоримой красотой. Ценители восхищались прелестью бледной, как у мадонны, кожи, черных волос и зеленых глаз. Из двух дочерей сэра Филипа слава красавицы закрепилась за Ровеной, но лорд Киттредж не разделял мнения общества. На его вкус, девушка была слишком апатичной, а хваленая матовая кожа и в сравнение не шла с умным голубым взглядом и живостью Виктории. Небольшой рост и хрупкое сложение лишь подчеркивали неуклюжесть окружающих.

Но какое ему дело до внешности противной девчонки. Она не волнует его ни на йоту. Маленькая мисс Бакстон ясно дала понять, что о нем думает, и подчеркнула свое презрение, когда неохотно «приняла» извинения. Ей повезло, что Кит — истинный джентльмен и удержался от желания скрутить тощую шейку прямо на перроне.

Над ухом загудела назойливая муха. Молодой человек свернул газету и отмахнулся от нахалки. Ну и что с того, что он скучает по Виктории? Видимо, мужчина и женщина не могут долго оставаться закадычными друзьями. Он и не ожидал, что эксперимент сработает, если честно.

Муха вернулась. Кит раздраженно замахал газетой. С женщинами полно хлопот, а Виктория в этом отношении хуже всех. Только послушать, как она постоянно твердит о каких-то свершениях. Леди не должны работать. Их удел — служить украшением своего мужа. Да и джентльмены тоже не должны работать, черт подери. Они нанимают стряпчих, чтобы те присматривали за деньгами и выдавали годовое содержание.

Кит не виноват, что в присутствии подруги постоянно чувствует себя не в своей тарелке. Он выполняет все, что от него требуется. Так его воспитали родители, пусть и нувориши, по мнению старых английских семей. Молодой человек посещал все необходимые приемы и торжества, заказывал одежду только у Пулов, льстил и раздавал комплименты нужным людям. Он даже романы заводил с подходящими женщинами — настолько блистательными, что он ощущал себя на их фоне полным простофилей. И он не последний человек в свете. Пусть пока юный и неопытный, но подающий большие надежды.

Очередная погоня за мухой едва не привела к падению чашки с чаем. Глупое насекомое. И где Питер, в конце-то концов?

Но Виктория смотрела на него другими глазами. Прекрасными, но недоумевающими — как получилось, что Кит просыпается по утрам и не стремится с радостью взяться за работу? Это все ее отец виноват. Обеспеченный, преуспевающий мужчина, помешанный на изучении растений. Он испортил свою дочь, позволив ей вырасти в кругу интеллектуалов, художников, поэтов и изобретателей. Внушил неокрепшему уму, что каждый обладает талантами и страстью, нужно лишь открыть их в себе и суметь взрастить. Сэр Филип вырастил дочь с внешностью богини, эрудицией ученого, воображением шаловливой феи и темпераментом гарпии. И полностью забыл привить ей уважение к мужчинам.

Кит неожиданно обнаружил, что пылает ненавистью к сэру Филипу, а ведь они даже не были знакомы.

Муха спикировала в решительный вираж, и Кит вскочил, размахивая газетой, как одержимый. Что за притон, куда его заманили?

— Я вижу какой-то новый танец? — осведомился за спиной насмешливый голос.

— Где тебя черти носили? — буркнул лорд Киттредж. — Я тут уже несколько часов жду.

Молодой темноволосый джентльмен приподнял бровь:

— Дружище, я ни в чем не виноват. Опоздал всего лишь на пять минут.

— Неужели? — Кит бросил на стол монету.

— Кто-то явно не в духе. Несколько раундов в теннис, обед в клубе — и хорошее настроение обеспечено. Ты думаешь, она тебе еще понадобится? Быть может, в матче? — Питер многозначительно кивнул на зажатую в руке друга газету.

Кит бросил потрепанный бумажный рулон на столик.

— Нет! — с неожиданной для себя яростью отрезал молодой человек. — С ней все кончено.

ГЛАВА ОДИННАДЦАТАЯ

Когда Джонатон направил аэроплан вниз, Ровена прикрыла на миг глаза, чтобы просмаковать ощущение потери веса и хлещущего по щекам холодного ветра. На летных очках оседали капли тумана, и она недовольно утерла их рукой.

Самолет нырнул под покров облаков, внизу медленно поплыло лоскутное одеяло пустых полей.

Они испытывали новый аппарат. Обычно Джон брал девушку в полеты только на проверенных аэропланах, но на сей раз Ровена настояла на своем, и пилот сдался. Он не мог не признать ее растущее мастерство и храбрость. Новый самолет двигался медленнее, чем Люси, их любимая машина, но на лету держался устойчивее, гладко разрезая воздух, как скользящий по волнам корабль. Джонатон наклонил аэроплан вправо, и желудок Ровены прижался к ребрам в хорошо знакомом ощущении свободного полета. При выходе из глубокой петли Ровена наклонилась вместе с аэропланом, будто пригибаясь к холке лошади.

Нос высоко задрался; пилот начал снова набирать высоту. Вскоре облака затянули все вокруг. Мотор вибрировал, изо всех сил стремясь вверх. В мгновение ока пушистое облачное одеяло осталось внизу, и мир засверкал белым и голубым.

Джон выровнял самолет. Ровене хотелось кричать от восторга. На глаза навернулись слезы; линзы массивных выпуклых очков затянуло пеленой.

Да, возможность летать полностью изменила ее жизнь.

Что бы ни случилось, она никогда не вернется к унылой серости, что поглотила ее в последние месяцы. Пусть полеты считают не подходящим для леди занятием, но, если кто-то попробует приковать ее к земле, Ровена будет бороться до последнего вздоха. Наконец-то она нашла занятие, которое захватило все ее мысли.

Должны быть и другие женщины. Она встретится с ними и попробует стать похожей на них. Будет учиться. И пора положить конец шуточкам Джонатона и мистера Диркса, которыми те встречали все ее просьбы об одиночных полетах. Пришло время разорвать помолвку с Себастьяном и открыто заявить о своих намерениях. О своем будущем как пилота и о любви к Джону.

Девушка вскинула руки, чтобы обнять небо. Ее не заботило, что Джон сочтет жест глупым.

Она сделает все, чтобы отец гордился ею.

❖ ❖ ❖

— Напомни, как ты опять сломал руку?

— Мне послышалось или тебе весело? — Кит исподлобья уставился на Себастьяна. — Что за человек будет смеяться над другом со сломанной конечностью?

— Никто не смеется. В моем голосе лишь изумление и любопытство. Как получилось, что чемпион клуба по теннису не только уступил партию Питеру Тремейну, но и сломал в игре руку?

Двое друзей завтракали в парадной столовой Эддельсон-Холла. Вдоль одной стены располагался буфетный стол; рядом застыл лакей в ожидании пожеланий. Кит уставился на громоздкую повязку на правой руке. Сейчас ему не хватало лишь одного — научиться есть левой, и тут слуги никак не помогут.

— Меня отвлекли, — отрезал он.

Кит не стал уточнять, что краем глаза заметил у теннисного поля невысокую блондинку и на миг решил, что видит Викторию. Не успел он сообразить, что делает, как ноги сами понесли его в опрометчивый прыжок через сетку, он запутался и неудачно упал.

И чему тут удивляться. Они с Викторией даже не разговаривают, а она все равно продолжает отравлять ему жизнь.

Лорд Киттредж приехал в Эддельсон-Холл вчера ночью, не в силах больше выносить расспросы матери. К тому же ему требовалось отвлечься от постоянных мыслей о мисс Бакстон.

— Если хочешь посмеяться, давай поговорим о твоей помолвке с Ровеной. Стоило мне отвернуться — и ты тут же попался в женские сети? Ты совсем ума лишился?

Рука болела, и Кит сам понимал, что ведет себя грубо, но не мог остановиться. Поделом Себастьяну. Что за невоспитанный дикарь планирует свадьбу втайне от лучшего друга?

Себастьян изумленно уставился на него:

— Боже милостивый, успокойся. Хуже назойливой старухи.

— Всегда считал, что первым узнаю, если ты вдруг потеряешь голову от любви. Я бы привел тебя в чувство. И как ты мог забыть о нашем уговоре?

Лицо Себастьяна неожиданно накрыла тень усталости. Он наклонился к другу и шепотом признался:

— Между нами нет любви. Это фиктивная помолвка. Уловка. Ровена влюблена в другого. Получилось так, что ее отношения с тем юношей едва не переросли в скандал, но благодаря удачному недоразумению я его предотвратил. — Лорд Биллингсли задумчиво уставился в окно. — Это все довольно забавно, если подумать.

Кит заморгал. При виде Себастьяна никто бы не подумал, что ему весело. На ум, скорее, приходило выражение «убит горем». Из предосторожности Кит тоже понизил голос:

— Так ты не влюблен?

— Больше нет.

Ответ прозвучал так тихо, что Кит едва его расслышал. Он ничего не понимал.

— Значит, ты любил Ровену?

Себастьян удивленно вскинул голову и улыбнулся:

— Нет, конечно же нет. Хотя чем лучше я ее узнаю, тем больше уважения она вызывает.

— Ты согласился разыграть помолвку из уважения?

Кит нутром чуял, как элементарная причина грусти друга уходит у него из-под носа, но не мог ее уловить.

Вместо ответа Себастьян занялся завтраком.

— Тоже нет. Я просто хотел дать кому-то шанс на любовь. Можешь считать меня старомодным романтиком.

Да, Кит чувствовал, как уплывает почва из-под ног. Он специализировался на остроумных перепалках, а не на серьезных разговорах о сердечных делах, но тихое отчаяние в глазах друга не давало покоя.

— А что случилось с той женщиной, в которую ты был влюблен?

— Ее зовут Пруденс, и она вышла замуж за другого.

Кит удивленно откинулся на спинку стула:

— Та подруга Виктории?

Себастьян кивнул и прочистил горло:

— Кстати, как поживает Виктория? Я не видел ее с тех пор, как она вернулась от лондонских знакомых.

Лорд Киттредж еще не опомнился от услышанного признания, но видел, что друг хочет замять разговор о своих чувствах. Неудивительно.

— Думаю, Виктория поживает прекрасно. Она как кошка, всегда приземляется на четыре лапы. Я ее сам с тех пор не видел.

Себастьян с видимым любопытством посмотрел на него:

— Я думал, вы неразлучны. Что случилось?

Кит не знал, как ответить. Что случилось? Ничего, если не считать, что он повел себя как последний хам и обидел девушку. С другой стороны, будь она хоть немного похожа на обычных представительниц своего пола, то со слезами радости простила бы его по первой просьбе. Но обычно девушки навевали на него смертную тоску, а Виктория выгодно отличалась в этом смысле. Еще ни разу в ее обществе ему не приходилось скучать.

Молодой человек побарабанил пальцами по столу и только тогда решился поднять глаза на друга:

— Мы разошлись во мнениях.

— Ты влюбился, — присвистнул Себастьян.

Кит с размаху опустил ладони на стол и охнул от прострелившей сломанную руку боли.

— Я не влюбился. Мы друзья. Не более.

Лорд Биллингсли с сомнением вскинул брови:

— Уверен? Ты вел себя почти как человек, пока не поссорился с Викторией.

— Неправда, — надулся Кит.

— Ладно-ладно. Ты не влюбился. И даже ухом не поведешь, если она вдруг войдет в дверь. Я все понял.

— Отлично. Мне бы не хотелось применять силу.

Себастьян отодвинул тарелку, мгновенно подхваченную лакеем:

— Сегодня тебе придется развлекать себя самому. Мама ожидает несколько визитов. Наверняка меня позовут к гостям, засвидетельствовать свое почтение. Библиотека в твоем полном распоряжении. Я попрошу горничную навещать тебя в изгнании, чтобы мой друг не испытывал недостатка в горячем чае.

Кит делано содрогнулся. Если подумать, много усилий прикладывать не пришлось, но при мысли о светском рауте с матерью Себастьяна и ее подругами по коже поползли мурашки. Лучше уютно растянуться у камина и почитать. Рука пульсировала болью, однако Киту не хотелось принимать прописанную доктором настойку опия. Он видел, как люди впадали от нее в зависимость.

Горничная проводила его в библиотеку, но Кит не мог сосредоточиться на книге. В камине потрескивал огонь, на полках стояли тома на любой вкус, под рукой дымилась чашка чая, но в голове продолжали крутиться мысли о Виктории. И когда только эта сварливая, избалованная, эгоистичная пигалица успела вскружить ему голову?

И, что намного важнее, как избавиться от тоски по ней?

❖ ❖ ❖

Если леди Саммерсет и удивилась, когда все три девицы выразили желание сопровождать ее с очередным раундом визитов, то не подала виду. С другой стороны, Ровена подозревала, что выказывать удивление ниже достоинства тети.

Ровена ехала потому, что отчаянно нуждалась в совете Себастьяна. Пришла пора разорвать помолвку. Элейн собиралась оказать кузине моральную поддержку и боялась пропустить последующий скандал. Виктория... Старшая сестра нахмурилась. А зачем, собственно, ехала Виктория?

Будто по мановению волшебной палочки, Виктория повернулась на сиденье. Поскольку дам в машину набилось под завязку, одной из них пришлось сесть впереди, рядом с шофером, и Виктория вызвалась первая.

— Кого мы сегодня посетим, тетушка?

Тетя Шарлотта вытащила из стоящего рядом ридикюля список:

— Кинкэйдов, Ханиуэллов, Уинтропов и, конечно, Биллингсли. Эддельсон-Холл мы навестим напоследок и там же отобедаем. Сегодня в списке только друзья и родственники, ведь нам предстоит обсудить столько приготовлений.

Графиня мечтательно улыбнулась племяннице, и Ровена выдавила ответную улыбку. Конечно, предсвадебные хлопоты.

— Как интересно! — воскликнула сидящая рядом Элейн. — Ты будешь в центре внимания.

Ровена незаметно ткнула кузину в бок. Порой та не знала меры со своими поддразниваниями.

— Прекрати болтать чепуху, Элейн, — отрезала тетя Шарлотта. — Нам еще долго ехать.

Ровена чувствовала, как обиделась двоюродная сестра, и пожалела о своей несдержанности. Девушка откинула голову на кожаную спинку сиденья. Пульсация в висках явно давала понять, что день будет нелегким.

Перестав вслушиваться в разговор, Ровена мысленно перенеслась к Джону. Она вспоминала прощальный поцелуй перед отъездом пилота, как его губы искали ответ на незаданный вопрос. Пусть Виктория волнуется о помолвке, если уж ее пугает неопределенность. Ровена знала, что Джон ее любит. Просто все сложнее, чем кажется наивной младшей сестре. Со временем все само образуется.

В полудрему вторгся оживленный голос Виктории. О чем там она говорит с тетей? Ровена приоткрыла глаза.

— Знаете, тетушка, я так жду открытия светского сезона. И не только ради торжеств по случаю свадьбы Ровены. Я никогда еще не проводила сезон целиком, от начала до конца, представляете? Как вы думаете, у меня достаточно нарядов? Я знаю, что положено носить черное, но отец не хотел бы, чтобы мы горевали вечно. Может, мне заказать несколько платьев?

Ровена изумленно распахнула рот. Сестра ненавидела светские приемы и считала их пустой тратой времени. Ровена попыталась встретиться глазами с Викторией, но та, не отрываясь, смотрела на тетю.

Графиня восприняла возбужденное щебетание племянницы так же невозмутимо, как реагировала на все происходящее в своих владениях.

— Завтра мы вместе просмотрим твой гардероб. Если собираешься провести в обществе полный сезон, нужно по меньшей мере четыре новых бальных платья. Для Элейн осенью заказали два костюма и украшения, так что у нее есть все необходимое. А вот Ровене надо полностью приготовить приданое и обновить гардероб. — Тетя нахмурилась. — Поверить не могу, как я упустила вопрос с нарядами. Графу придется раскошелиться за срочность, но вам обеим нужны новые платья.

Виктория заулыбалась, будто в предвкушении череды бесконечных примерок, но Ровена хорошо знала сестру. Они обе любили красивые наряды, но терпеть не могли посещения портных и по возможности их избегали, а сейчас младшая буквально напрашивалась на визиты в модное ателье. Ровена прищурилась. Виктория что-то замышляет. Сначала восторг по поводу визитов, теперь наряды. При первом же удобном случае, когда они останутся наедине, надо вытрясти из хитрюги всю правду.

Но подходящий момент никак не подворачивался. Все желали рассмотреть антикварное фамильное обручальное кольцо, врученное Себастьяном. Ровена не хотела его принимать, но молодой человек настоял — по его словам, оно придавало достоверность обману. «К тому же ты первая невеста рода Биллингсли, которая питает какие-то чувства, пусть они адресованы и не мне», — шутил он. Шутка каждый раз крайне удручала Ровену.

При первой же остановке ее затянул водоворот поздравлений и восклицаний по поводу свадьбы. Виктория с хищным блеском в глазах ускользнула в толпу. Не успела Ровена выбрать момент, чтобы отвести сестру в укромный уголок, как тетя Шарлотта уже загнала девушек в автомобиль. Машина направилась к следующему особняку, где все повторилось. Придется подождать до Эддельсон-Холла, попросить у хозяев комнату, чтобы передохнуть перед обедом, и утащить с собой жаждущую светского общения сестру.

У дверей гостей встретил Себастьян и тепло поцеловал руку невесты.

— И как поживает моя прекрасная нареченная? — с озорной улыбкой осведомился он.

Ровена поборола желание дать ему пощечину. О, так он наслаждается посеянным в умах родственников обманом! С другой стороны, если припомнить грусть в его глазах при первом посещении имения Биллингсли, намного приятнее видеть фиктивного возлюбленного в хорошем расположении духа.

Ее снова закружил хоровод свадебных восторгов, но на сей раз, благодаря присутствию матери жениха, они приняли оттенок государственной важности. Любое, самое мимолетное замечание леди Биллингсли воспринималось как истина в последней инстанции и горячо поддерживалось тетей Шарлоттой и Себастьяном. После того как Ровене беспрекословно заявили, что лимонно-оранжевый цвет не имеет никакого сходства с апельсиновым, инициативу перехватила Элейн. Кузина прекрасно понимала, что пора положить конец нарастающей экзальтации, прежде чем ситуация полностью выйдет из-под контроля.

— Дорога выдалась утомительной. Не возражаете, если мы с Ровеной отдохнем и освежимся перед обедом?

Ровена закивала и постаралась придать лицу несчастный, изможденный вид.

— Конечно. Ларсон проводит вас в спальню.

— Виктория, ты не хочешь отдохнуть? — спросила Ровена, направляясь следом за дворецким.

Оживленно беседующая с леди Уортингтон сестра удивленно вскинула брови:

— Но я совсем не устала, Ро. К тому же не хотелось бы отрываться от столь увлекательного разговора. — Виктория наградила даму в лавандовом платье ослепительной улыбкой.

Женщина потрепала ее по колену:

— Иди, милочка. Сестра наверняка хочет поговорить с тобой о свадьбе.

Виктория неохотно подчинилась. Ровена успела заметить, как Виктория незаметно передала собеседнице какую-то карточку. Три барышни проследовали за дворецким в просторную спальню с окнами на сад скульптур, где состоялась ее первая прогулка с Себастьяном. Посередине стояла широкая, изукрашенная резьбой кровать, а перед жизнерадостно потрескивающим камином расположились удобные диванчики и кресла.

Элейн рухнула на полосатую софу и махнула кузинам рукой:

— Отдыхайте. Это даже не моя свадьба, но я чувствую себя загнанной в угол. Все как один считают, что я знаю какие-то щепетильные секреты. Так обидно, что надо держать рот на замке, представляете?

Ровена присела на диван и укуталась в плед:

— Представляю. Я чувствую себя так же.

Виктория недовольно уставилась на сестру и опустилась в соседнее кресло:

— Не понимаю, зачем было отрывать меня от разговора. Я прекрасно проводила время.

Ровена задумчиво рассматривала сестру. После переезда в Саммерсет здоровье Виктории улучшилось, но она стала тише и сдержаннее. Допустим, у нее появился очередной секрет, что вполне в порядке вещей. Виктория всегда носилась со своими тайнами, как будто важнее их нет ничего на свете, но на этот раз перемены в ней были совсем иного рода. Она вдруг стала очень уверенной в себе и казалась совсем взрослой.

— Именно поэтому я и хотела с тобой поговорить. Откуда внезапная страсть к появлению в обществе?

Ты всегда ненавидела светские обязанности сильнее меня, а теперь рвешься проехаться по соседям и умоляешь тетю Шарлотту представить тебя знакомым. Клянчишь бальные платья и примерки. Ждешь начала сезона. Что происходит?

Взгляд Виктории забегал по комнате.

— Нам всем необходимо какое-то увлечение, Ро. У тебя есть твой пилот и фальшивая помолвка, а мне хочется повеселиться. Ведь комитет будет на всех торжествах, верно? — (Элейн утвердительно кивнула.) — Видишь, что удивительного, если я хочу как можно больше времени побыть в кругу друзей?

— И лорда Киттреджа в том числе? — прямо спросила Ровена.

На миг лицо младшей сестры исказила острая боль, и Ровене захотелось прижать ее к себе и заверить, что все будет хорошо. Но выражение тут же сменилось дерзкой гримаской, вызывающей желание как следует отшлепать нахалку. Пруденс умела лучше управляться с Викторией, когда та начинала вредничать.

— Да, и Кита тоже. Как ты сама думаешь? И почему все всегда вертится вокруг мужчин?

— Вовсе нет! Я просто думала, что вас с Китом связывает особая дружба. — Ровена вскинула в знак примирения руки.

— Если тебе нравится забивать голову любовью, это не значит, что все обязаны следовать твоему примеру! Ты прекрасно знаешь, что я не собираюсь выходить замуж. Никогда. И Кит тут совершенно ни при чем!

Старшая сестра бессильно покачала головой. Тем более они отклонились от темы. Ровена взяла сестру за локоть. Виктория попыталась выдернуть руку, но Ровена не сдавалась, подсунула пальцы под кружевную манжету и вытащила несколько карточек кремового цвета. На визитках изящным шрифтом значилась надпись: «Союз суфражисток за женское равноправие». Внизу стоял почтовый адрес.

— Что это?

К немалому изумлению Ровены, Виктория бросилась на нее с яростью, невиданной после детских истерик. Ровена отшатнулась, прижалась к спинке дивана, но карточку все же вырвали у нее из пальцев.

— Не твое дело, моя дорогая, сующая свой нос куда не следует сестрица.

— Это их ты раздаешь всем подряд? Потому ты и хотела, чтобы тетя представила тебя соседям?

Ровена не понимала, что происходит. Почему Виктория настаивает на завесе тайны вокруг обычного женского общества? Все девушки их круга в свое время состояли в подобных организациях.

Бледное лицо сестры покрылось красными пятнами, рот упрямо сжался.

— А я не понимаю, почему ты все время лезешь в мои дела. Счастливо оставаться.

Виктория вскинула подбородок и гордо вышла из комнаты. К счастью, дверь она прикрыла за собой тихо.

Элейн выпрямилась на софе и потрясенно уставилась вслед Виктории.

— Что это с ней? Я такое видела только в детстве, когда она закатывала скандалы.

— Ты просто плохо ее знаешь, — фыркнула Ровена.

Но весь вечер ее тоже мучило недоумение.

Виктория, шагая по холлу, удивлялась самой себе. И почему она так разозлилась? Ничего страшного в том, что Ровена узнала о ее сотрудничестве с суфражистками. Она чувствовала, как ее бьет нервная дрожь. Все так запутано. Ей представился случай рассказать сестре о новой работе, но Виктория почему-то ощущала себя обиженной, будто Ровена разбередила не желающую заживать рану.

Так. Разве не пора уже выйти в гостиную? Виктория огляделась, но обстановка выглядела незнакомой. Хотя Эддельсон-Холл и не мог сравниться размерами с Саммерсетом, в особняке вполне можно было заблудиться. Светло-голубые (намного светлее и уютнее саммерсетских) стены покрывали портреты давно умерших Биллингсли и их любимых охотничьих псов.

С обеих сторон холл заканчивался украшенными резьбой раздвижными дверями, и девушке расхотелось возвращаться в наполненный сплетнями салон. Лучше найти укромный уголок и немного отдохнуть. Оказывается, поддерживать светскую беседу довольно утомительно.

Виктория хотела бы найти удобное оправдание своему поведению, но она знала, что виной всему упоминание Кита. Несмотря ни на что, она ужасно скучала по другу. И даже вспоминать о нем не могла без боли.

И сейчас ей пришлось встряхнуть головой, чтобы отбросить сожаления о потере. Кит сделал свой выбор — повел себя как эгоистичный невежа, забыл об их дружбе, будто та ничего не стоила. Виктория желала лишь одного — побыть в одиночестве. Хоть немного.

Она на цыпочках прошла по холлу, заглядывая по дороге в комнаты. Завернув за угол, Виктория сразу поняла, что отыскала идеальное место. Сотни книг на полках и удобная кожаная мебель придавали библиотеке атмосферу уюта и роскоши. Одну стену полностью занимали окна в мелком переплете, и на полу лежали квадраты солнечного света. В камине весело трещал огонь.

Виктория скользнула внутрь и бесшумно прикрыла раздвижную дверь в надежде на часок тишины и покоя перед обедом.

Что за чудесное местечко ей попалось, решила она, подходя к огромному, во всю стену, шкафу. Тот, кто обставлял комнату, отдавал предпочтение комфорту и с любовью вплетенным шотландским мотивам, если судить по разбросанным по креслам бело-зеленым пледам. Виктория повернулась к книгам, мечтая обнаружить среди внушительных исторических трудов томик стихов, и тут до нее донесся шорох. То ли фырканье, то ли чих. Она замерла с колотящимся в груди сердцем. Ее посетила ужасающая уверенность, что в библиотеке кто-то есть. Виктория беззвучно повернулась кругом, осматривая каждый уголок в поисках незваного гостя. Если подумать, это она вторглась в чье-то уединение, но девушка уже начала считать чудесную комнату своей. По крайней мере, на следующий час.

Никого. Виктория снова оглядела комнату и заметила уголок стоящего перед камином кресла. Высокая спинка полностью закрывала сидящего, но на подлокотнике виднелся рукав мужского пиджака.

Если Себастьян в гостиной, изнывает от разговоров о свадьбе, его отец мертв, то кто... Сердце перестало биться. Это же отец Себастьяна. По рассказам, он обожал библиотеку. Девушка уставилась на черную ткань рукава — тот выглядел вполне материальным. Внезапно с подлокотника соскользнула белая призрачная кисть и закачалась в воздухе, будто сама по себе. Виктория попыталась вскрикнуть, но у нее вырвался лишь писк. Громкий.

Человек вскочил на ноги и испуганно обернулся:

— Боги! Что ты здесь делаешь, женщина!

Кит.

Они молча уставились друг на друга.

— Как ты здесь оказался? — выдавила девушка.

— Почему ты всегда кричишь при виде меня?

Виктория робко улыбнулась, припомнив, как глубокой ночью Кит нашел ее тайную комнату в аббатстве Саммерсет. Уголки губ сами поползли вверх, но тут она вспомнила, что сердится, и нахмурилась:

— Потому что ты всегда меня пугаешь. Или же виновата та уродливая маска, что ты зовешь лицом.

— Правда? Ты первая женщина, которой не нравится моя внешность.

Губы Кита сложились в улыбку, и Виктории захотелось стереть ее пощечиной.

— Конечно, они слишком хорошо воспитаны, чтобы говорить правду, — задрала нос она.

— Сомневаюсь.

Улыбка все расплывалась, и желание прибегнуть к грубой силе росло. И тут Виктория заметила, почему рука Кита выглядит так странно.

От ладони до локтя ее покрывала тугая, намотанная поверх гипса повязка.

— Ты ранен! — бросилась к нему Виктория.

— Я сломал запястье во время игры в теннис. Ничего страшного. Доктор сказал, что снимет гипс через пять недель. Хотя есть и бриться трудновато.

Виктория взяла замотанную руку в свою; тепло пальцев обжигало ладонь.

— Почему ты здесь, а не дома?

— Ты, видимо, не знакома с моей матерью, — улыбнулся Кит. — Она настояла, чтобы я переехал к ней из лондонской квартиры. Следует сказать, там действительно было сложно управляться одному со сломанной рукой. Так что я вовремя вспомнил о данном обещании навестить Себастьяна. Здесь обо мне позаботятся. Через неделю придется вернуться домой. Надо дать матери возможность поухаживать за больным сыном.

Виктория заглянула в лицо Кита и заметила складки у рта и бледность кожи. Голубые глаза лихорадочно блестели.

— Тебе больно? — нахмурилась девушка и ласково подтолкнула его к креслу. — Ты принимал лекарства?

На столике стояла склянка из темного стекла и чашка чая. Напиток давно остыл. Виктория снова нахмурилась: почему хозяева так плохо следят за гостем?

— Ну-ка, ну-ка, не злись. Горничные заняты подготовкой к обеду и сплетнями. И нет, я ничего не принимал. Доктор прописал настойку опиума, но я не хочу рисковать.

— Не верь слухам. Опий в разумных дозах тебе не навредит. Будь у меня под рукой нужные травы, я бы смогла сделать другой отвар.

Виктория взяла с кресла клетчатый плед и укутала ноги Кита, затем нашла звонок и вызвала горничную. Служанка прибежала в считаные минуты.

Взяв на письменном столе листок бумаги, Виктория записала названия трав, которые, по ее мнению, должны оказаться в кухне. Она предпочла бы приготовить отвар собственноручно, но ей не хотелось оставлять Кита в одиночестве. К тому же неизвестно, как ее тетушка и леди Биллингсли отнесутся к такой вольности. Пришлось ограничиться указаниями горничной, вполголоса у дверей.

Служанка удалилась, и девушка вернулась к Киту, приложила к его лбу ладонь. Тот сидел, прикрыв глаза, но не спал.

— Мне кажется, у тебя небольшой жар.

— Наверное, простудился в тот же день, когда сломал руку. Дождь лил как из ведра, и я промок до нитки.

— Почему ты не взял зонтик?

— Знаешь, а ты очень милая, — недовольно заявил Кит. — Я думал, ты меня ненавидишь.

Несмотря на браваду, в голосе звучала нотка неуверенности. Виктория пододвинула потертый кожаный табурет для ног, стиснула в ладонях здоровую руку Кита и позволила себе отдаться чистой радости от встречи с другом.

— Конечно ненавидела. Но не могу же я ненавидеть тебя вечно! Не знаю, зачем ты так долго прятался от меня.

Лорд Киттредж открыл глаза и уставился на нее:

— И как я мог узнать, что ты соскучилась? Догадаться?

— Нет. Просто спросить. Когда мы решили стать друзьями, я говорила, что тебе придется забыть обо всем, что знаешь о женщинах. Если сомневаешься в чем-то, спрашивай. Я не буду хитрить и скажу прямо. Если не угодишь в очередной приступ ненависти.

Виктория улыбнулась, чтобы показать, что шутит и предлагает забыть о прошлом. Она устала от ссор, от отсутствия Кита и хотела вернуть прежние непринужденные отношения.

— Не знаю, сколько еще смогу выдержать подобные взлеты и падения, — покачал головой Кит.

— То есть? — нахмурилась девушка. — Я думала, ты не любишь скучать. А нашу дружбу никак нельзя назвать скучной.

Кит снова покачал головой и сморщился. Дверь отворилась, вошла горничная с подносом, на котором стояли два заварных чайника, а за ней последовала еще одна служанка, с белым тазиком, кувшином воды и чистым кухонным полотенцем.

— Я доложила миссис Биллингсли, и она просила передать, чтобы мисс звонила, если понадобится что-то еще. Госпожа поднимется проведать молодого лорда перед обедом, — отчиталась первая служанка.

Виктория кивнула:

— Вы нашли все травы для отвара?

— Все, кроме корня валерианы, мисс. Но остальное мы приготовили, как вы сказали. — Горничная указала на маленький чайник.

— Благодарю.

Виктория налила себе обычного чая и сделала глоток. От чайника с отваром шел запах мяты. Оставалось надеяться, что повариха добавила ингредиенты в правильном количестве и мята скроет горечь других трав и опия. Виктория вытащила из кармана припрятанную коричневую склянку с настойкой и долила в чайник около столовой ложки. Смесь из трав и опия поможет Киту быстро заснуть.

Затем налила лечебный чай в чашку и отнесла молодому человеку.

— Раскомандовалась, — проворчал тот.

Но на его губах заиграла слабая улыбка. Видимо, ему нравилось внимание к собственной персоне. Да и кто из мужчин не любит, когда за ними ухаживают? Даже ничего не зная о мужчинах, Виктория интуитивно догадалась об этой черте.

Девушка нашла маленькую подушечку и подложила Киту под голову. Тот с гримасой отвращения потягивал чай.

— Что они туда подмешали? Ты отравить меня хочешь?

— Нет. Поверь, если бы я задумала тебя отравить, я бы давно это сделала. Тут травы, которые рекомендовала няня Айрис для облегчения боли и жара.

— С няней Айрис спорить не берусь...

Виктория улыбнулась. Кит видел пожилую женщину всего раз, в ту страшную ночь, когда открылось истинное происхождение Пруденс, и немедленно проникся к ней симпатией. Няня ответила взаимностью. Если подумать, даже странно, что́ она нашла в этом ленивом, скучающем, циничном молодом человеке? Виктория налила в тазик немного воды, смочила полотенце и принялась протирать лоб пациента.

— Я и представить не мог, что ты способна быть такой душкой, — произнес Кит.

— Некрасиво говорить подобные вещи в лицо.

— Ты прекрасно знаешь, что я не пытаюсь выглядеть вежливым.

— Пей.

Под пристальным взглядом Виктории Кит сделал глоток и недовольно поморщился. Девушка насмешливо вскинула бровь. Кит что-то пробурчал и залпом допил содержимое чашки, к великому облегчению добровольной сиделки.

— Может, я тоже не слишком вежлива, — сказала она, возвращаясь к прерванному разговору.

— Да уж, вряд ли бы кто-то счел тебя эталоном благовоспитанности в нашу последнюю встречу.

Обвинение было высказано обиженным тоном, и Виктория подавила нарастающее раздражение. И почему он не может забыть о ссоре?

— Будешь знать, как не выполнять обещания, а затем появляться навеселе и будить весь дом.

Но в конце тирады Виктория улыбнулась, да и злости в ее голосе не слышалось.

Кит неожиданно стиснул ее руку:

— В том-то и дело. Я не могу гарантировать, что подобного не повторится. Я далек от образа истинного джентльмена.

Виктория заглянула в голубые глаза молодого человека, и сердце заколотилось от сияющего в них пламени.

— Значит, нам повезло, что мы всего лишь друзья, разве не так?

Она попыталась выдернуть руку, но Кит не отпускал. Будто в трансе, он медленно отобрал у нее полотенце.

— У тебя такие миниатюрные ручки. Я могу накрыть их одной ладонью. Смотри.

Виктория облегченно вздохнула. Глаза Кита закрывались, речь замедлялась. Еще пара минут — и он уснет.

— А как иначе, ты же большой сильный мужчина, а я хрупкая слабая женщина, — улыбнулась она.

Кит нахмурился, хотя веки его упорно смыкались.

— Чай няни Айрис нагоняет сон. И нет. Ты не слабая. Ты сильная. И красивая. С тобой интересно. — Кит наклонился к собеседнице. — И я совсем недавно понял одну вещь.

— Какую? — поинтересовалась Виктория, стараясь говорить негромко, убаюкивающе.

— Я даже не подозревал, как сильно хочу поцеловать тебя.

Кит отпустил ее руку, положил ладонь ей на затылок, нежно притянул к себе и прижался губами к ее губам. На миг Виктория застыла и не знала, что делать, но тут же отстранилась. Кит спал. На губах его расплывалась довольная улыбка. С колотящимся сердцем Виктория встала, не сводя глаз с молодого человека.

Тот не шевельнулся. Она поправила подушку и предалась панике. Что сейчас произошло?

Трясущимися руками Виктория собрала чашки на поднос. Ей и в голову никогда не приходили мысли о поцелуях, и она решила, что Кит о них тоже не задумывался. Они же просто друзья.

Виктория прижала пальцы к губам — на них еще сохранилось тепло первого в ее жизни поцелуя.

Девушка сама не заметила, как уголки рта изогнулись в улыбке. Теперь она понимала, почему поэты придают поцелуям такое значение, — целоваться весьма и весьма приятно.

Жаль, что нельзя повторить.

ГЛАВА ДВЕНАДЦАТАЯ

Пруденс возбужденно расхаживала по платформе, высматривая в толпе пассажиров Сюзи. Ее радовал приезд подруги, но ровно до того момента, как девушка осознала: посудомойка считает, что едет погостить в роскошные апартаменты с полным штатом прислуги. Какое же ее ждет разочарование, когда она увидит, что Пруденс лгала обо всем. А недавнее предостережение Мюриэль только подливало масла в огонь. Женщины готовили пирог с почками для своих семейств и с удовольствием сплетничали обо всем на свете, но тут разговор зашел о Сюзи. Тонкое, выразительное лицо старшей подруги омрачилось озабоченным выражением, но Мюриэль прожила долгую жизнь и умела держать рот на замке. Пруденс пришлось долго уговаривать ее рассказать, в чем дело. В конце концов мать Кейти сдалась и со вздохом вытерла руки о передник.

— Думаешь, разумно будет поселить в вашем доме постороннего человека, особенно так скоро после свадьбы?

Пруденс продолжила раскатывать тесто.

— Не понимаю, на что вы намекаете. Я доверяю им обоим — и Сюзи, и Эндрю...

— О боги, нет, — покачала головой Мюриэль. — Я забыла, что ты совсем еще ребенок, несмотря на возраст.

— Я не ребенок!

— Ты сама невинность. Но я о другом. Вы еще только учитесь, как жить вместе, как быть мужем и женой. Любому заметно, что ты скучаешь по сестрам. И вместо того, чтобы сблизиться с мужем, по сути незнакомым, совершенно чужим человеком, ты приглашаешь пожить лучшую подругу. Ты-то счастлива, но подумай, кто останется не у дел?

Пруденс переминалась с ноги на ногу, чтобы согреться на холоде. Она уже несколько раз поклялась сделать все, что в ее силах, лишь бы поддержать зарождающуюся между ней и Эндрю хрупкую близость.

— Пруденс!

Девушка развернулась на голос мужа. Улыбающийся Эндрю, в плотном шерстяном пальто с шевронами, с улыбкой на лице торопился по перрону.

— Что ты здесь делаешь? Я думала, ты сегодня собирался работать.

Эндрю взял ее за руки и поцеловал в щеку.

— По дороге к докам меня посетила отличная мысль: а не встретить ли мне вместе с моей красавицей-женой нашу гостью и не сводить ли их в кафе пообедать? Нас не так часто навещают друзья.

Карие глаза тепло улыбались. В горле у Пруденс пересохло.

— Я тебя не заслуживаю, — выдавила она.

— Не глупи. Сегодня особый день.

Тем не менее Эндрю выглядел довольным тем, что сюрприз удался. Очередной поезд со скрежетом тормозов остановился у перрона, и Пруденс надеялась, что ожидание вот-вот закончится. Она взяла мужа под руку. На перрон начали выходить пассажиры, и девушка вытянула шею, вглядываясь, пока не поняла, что смотрит не в ту сторону. Вряд ли Сюзи путешествовала первым классом.

— Ох!

Пруденс не успела развернуться, как посудомойка ринулась на нее с яростными объятиями. Не будь поддержки Эндрю, Пруденс непременно упала бы.

— Боже, как я рада тебя видеть! Лондон всегда такой темный? В нашем вагоне ехал ужасно противный мужчина. Всю дорогу мне улыбался. Вы живете далеко от вокзала? Только погляди, как ты похорошела! — Сюзи спохватилась и повернулась к Эндрю. — Спасибо, что пригласили меня погостить.

Пруденс с трудом отстранилась:

— Дай на тебя посмотреть!

Сюзи не изменилась: небольшого роста, но крепкая, редкие каштановые волосы затянуты в пучок, а широкая улыбка открывает слегка неровные зубы. В дорогу она надела строгую черную юбку и теплый жакет. Одежда выглядела новой. Видимо, посудомойка купила ее перед поездкой на свои скромные сбережения. Широко распахнутые глаза возбужденно вбирали все вокруг. Пруденс снова прижала Сюзи к себе. Она единственная из всех слуг тепло к ней отнеслась и помогла пережить мрачные, смутные месяцы в Саммерсете, когда Пруденс изгнали из господских покоев. Пруденс моментально забыла и о предостережениях Мюриэль, и о грозящем разоблачении сплетенного обмана. Давно она так не радовалась встрече.

Эндрю проверил, цел ли багаж гостьи — большой саквояж и ридикюль, — и повел девушек к выходу из вокзала. Пруденс придерживала подругу за руку, чтобы та не потерялась в толпе, а заодно чтобы в очередной раз убедиться, что Сюзи действительно здесь.

Недалеко от квартиры молодой пары Эндрю завел их в теплую чайную и заказал обед, достойный ее величества. На столик поставили чайник, сэндвичи, булочки с топлеными сливками, джем. Под конец Эндрю подмигнул жене и добавил к заказу большой кусок бисквитного торта.

Сюзи немедленно напустила на себя скучающий, пресыщенный вид, будто встречала подобный прием каждый день, и Пруденс гордо улыбнулась. Ее снова захлестнула волна благодарности мужу за его гостеприимство.

Пруденс кивком указала на багаж Сюзи:

— Лучше поставь сумки под стол, между нами. Иначе можешь больше никогда их не увидеть.

Маленькая посудомойка пораженно распахнула глаза:

— Неужели кто-то украдет их на виду у всего честного народа? Мама говорила, что в Лондоне воровство в порядке вещей.

— Со мной ничего подобного не случалось, но кто знает, — пожала плечами Пруденс.

Она и сама понимала, что относится к бедным районам города с предубеждением, привитым в мейфэрском особняке.

Официантка разлила чай по чашкам, и Пруденс благодарно улыбнулась.

— Сестры с ума сходят от зависти, — поведала Сюзи. — Никто из нашей семьи еще не покидал Саммерсета.

Пруденс пристыженно опустила глаза и принялась размазывать по булочке густые сливки. Она переживала о том, что значит приезд Сюзи для нее, и даже не задумалась о чувствах подруги. Но когда подняла голову, то обнаружила, что та улыбается до ушей и с эн-

198 ❖ Аббатство Саммерсет

тузиазмом запихивает в рот бисквит. Пруденс невольно рассмеялась:

— Расскажи обо всем, что происходит в Саммерсете.

В действительности ей не хотелось говорить о месте, где ее жизнь старательно превращали в ад, но Сюзи
наверняка распирало от новостей, да и Эндрю будет
интересно послушать, что творится в родных краях.

Сюзи принялась подробно пересказывать новости,
и Пруденс старалась внимательно слушать. Посудомойка не обладала даром повествования, и ее частенько приходилось останавливать и переспрашивать, кто
есть кто, но в целом Пруденс удавалось следовать за
нитью разговора, пока Сюзи не упомянула свадьбу.

— Погоди. О какой свадьбе ты говоришь? О моей?

Почти никто из обитателей Саммерсета не присутствовал на церемонии, и Пруденс не могла понять, каким образом та всплыла в рассказе.

— Да нет же, о грядущей свадьбе, конечно! Шуми-
ха по всему особняку, а сколько еще хлопот предстоит! А день пока так и не выбрали. Господи, я так рада,
что вырвалась из суматохи. Страшно подумать, что будет твориться в кухне.

Пруденс откинулась на спинку стула. Она все еще
ничего не понимала.

— Сюзи, объясни по порядку. О чьей свадьбе ты
говоришь? Мисс Элейн собирается замуж?

Замужество дочери графини казалось наиболее вер-
ным предположением; подготовка к нему наверняка
должна поставить особняк с ног на голову.

Сюзи изумленно распахнула глаза:

— А ты не знаешь? Как же так? Скоро свадьба
мисс Ровены! Она выходит за лорда Биллингсли.

Пруденс застыла. Будничные звуки вокруг отдалились, перед глазами поплыли черные пятна. Невыносимо кружилась голова. Она сжала в кулаке вилку и попыталась прийти в себя.

— Пруденс! Тебе плохо?

Встревоженный голос Эндрю пробился сквозь обложившую мир вату, и через несколько секунд комната выровнялась и перестала вращаться. Пруденс сделала глубокий вдох и задавила бушевавшую в сердце боль.

— Прости, — дрожащими губами улыбнулась она мужу. — Так неожиданно...

— Еще бы! — поддержала Сюзи. — Ведь мисс Ровена — твоя подруга. Я думала, ты знаешь.

Пруденс покачала головой и осторожно отхлебнула чая. В висках бешено стучало, сердце терзала ревность. Значит, Ровена собирается замуж за Себастьяна. Но как, почему так получилось?

— Нет, она мне ничего не писала.

Эндрю нахмурился и недоверчиво рассматривал жену.

— Тебе лучше? Может, пойдем домой?

— Все в порядке. Честно.

Мир внезапно стал таким хрупким. Пруденс боялась, что от малейшего неверного движения он разлетится на осколки. Но она нашла в себе силы широко улыбнуться мужу.

❖ ❖ ❖

К великому сожалению Виктории, жизнь в семейном особняке в Белгравии ничуть не напоминала проведенное в Мейфэре детство. Сейчас девушка пряталась от тети в одной из крохотных непосещаемых каморок дальнего коридора. Размеры дома вводили в заблуждение. Снаружи, с фасада, он казался чуть больше родного дома Бакстонов, но внутренние помещения тянулись в бесконечность. После замужества тетя Шарлотта поменяла обстановку, но особняк все равно выглядел старым. Тесные, набитые безделушками комнаты стояли унылыми памятниками иной эпохе — особенно в сравнении с просторными, наполненными солнечным светом залами, где провела детство Виктория.

Она отпила принесенного с собой чая и устроила уставшие ноги на мягкой, увешанной кисточками скамеечке для ног. В комнате пахло свежим воском. Сколько же слуг обитало в особняке, чтобы поддерживать его в порядке для любой неожиданной прихоти семьи. Она знала, что дядя и кузен Колин часто наезжают в Лондон без предупреждения, а тетя посещает столицу четыре-пять раз в год.

Виктория отчаянно желала выбраться из дома, чтобы повидаться с Мартой и рассказать ей о своих успехах. А успехи намечались, и немалые, особенно учитывая, как сложно выполнять порученную работу под носом у всевидящей графини. Девушка возвела сбор пожертвований на уровень искусства и надеялась, что Марта оценит ее усилия и поступившие в организацию суммы. Виктории пришлось извиниться перед сестрой и рассказать о новом увлечении, хотя она умолчала, что не только помогает по мере возможности, но и работает в обществе за жалованье. Ровена все равно не поймет, почему младшей сестре необходимо заниматься чем-то полезным и чувствовать себя независимой, — ее саму никогда не тревожили подобные мысли. Да, ей нравилось летать на аэропланах, но кто мог с уверенностью сказать, что вскоре полеты не потеряют привлекательности, как случилось в свое время с гольфом и теннисом?

— Мама тебя ищет, но я не скажу, где ты, если не выдашь меня. — Элейн бесшумно прикрыла за собой дверь. — Я бы поблагодарила тебя за сегодняшнюю импровизированную поездку в город, но в итоге мы провели весь день у портного. А я их с осени видеть не могу. — Кузина присела в соседнее кресло и закинула ноги на ту же скамейку, что и Виктория. — Ты не могла найти комнату, где уже разожгли огонь, или хотя бы захватить вторую чашку чаю?

— Я же не знала, милая кузина, что ты собираешься меня навестить. А попроси я затопить камин, тетя моментально узнала бы о моем убежище. Так что наберись терпения и учись.

Виктория поднялась с кресла и поморщилась. Сколько же примерок ей пришлось сегодня вынести! Затем она наклонилась перед украшенным резьбой мраморным камином и быстро разожгла огонь, к немалому удивлению двоюродной сестры.

— Надо же, сколько ты всего умеешь! — покачала головой Элейн.

— Отец еще в детстве меня научил. — Она вернулась в кресло и, поскольку воспоминание об отце вызвало привычный ком в горле, сменила тему: — Скажи-ка, дорогая подруга, как мне вырваться на несколько часов в город без присмотра?

— Можем пойти прогуляться, — пожала плечами Элейн. — Погода наконец установилась, так что предлог вполне правдоподобный.

— Я же сказала, без присмотра. — Виктория многозначительно уставилась на кузину.

— О, совсем одной? Неужели ты завела тайного возлюбленного? Или вы с Китом договорились о свидании? Рассказывай. Боюсь, мне в жизни не светят такие захватывающие приключения.

— Дурочка, — засмеялась Виктория. — Нет у меня тайного возлюбленного, а мы с Китом всего лишь друзья.

При воспоминании о нечаянном поцелуе в библиотеке пришлось скрыть улыбку. Жаль, она так и не видела Кита после той встречи.

— Ладно, тогда расскажи о своих суфражистках. Я давно о них задумываюсь. Пора бы и мне вступить в одно из обществ по борьбе за права женщин.

Виктория нахмурилась, с подозрением глядя на Элейн. Она давно поняла, что кузина отнюдь не так глупа и поверхностна, как может показаться с первого взгляда, — это все игра. Защитная реакция, выработанная жизнью с матерью, которая считает свою дочь пустышкой.

— Лучше выбери другую организацию. Тебе больше подойдет Национальный союз суфражисток.

Голубые глаза Элейн засверкали любопытством.

— И все же, сколько денег ты умудрилась собрать для своего общества? — В ответ на яростную гримасу Элейн небрежно помахала рукой. — О, да будет тебе. Я не собираюсь совать нос в твои тайны. Просто не забывай, что от меня ничего не скроешь.

Звук открываемой двери заставил девушек вздрогнуть. В комнату заглянула горничная. При виде барышень она испустила вздох облегчения:

— Вот вы где. Ее светлость вас ищет.

— Сколько тебе заплатить, чтобы ты забыла, что нас видела? — поинтересовалась Элейн.

Виктория же обреченно поднялась на ноги.

— У вас нет столько денег, мисс Элейн, — покачала головой служанка.

— Так я и думала, Нора, — вздохнула Элейн и позволила Виктории вытащить себя из кресла. — Какой уютный огонь, и все напрасно.

— Думай о хорошем. Теперь нас напоят чаем.

На следующее утро Виктория умолила тетю отложить примерки. Предлогом послужил визит к Пруденс. При упоминании названой сестры лицо графини превратилось в непроницаемую маску.

— Не забудь, что нам еще надо посмотреть украшения, — твердо заявила ее светлость.

Виктория отвела взгляд, пытаясь забыть о той ужасной ночи, когда решилась угрожать тете и дяде правдой о происхождении Пруденс. Тогда она впервые поняла, насколько устрашающей может быть леди Саммерсет, и пообещала себе никогда не переходить ей дорогу. Виктория решилась упомянуть подругу только для того, чтобы получить день свободы. Трудные времена требуют отчаянных мер.

Она посмотрела на грустное лицо Ровены. Виктория знала, что старшая сестра тоже скучает по Пруденс, и пообещала себе помирить их как можно скорее. На самом деле она и сама скучала по беглянке и жалела, что не может сегодня навестить ее.

Когда Виктория наконец выбралась из дома, она едва не прыгала от радости. По дороге она представляла, как чудесно будет обзавестись собственной квартиркой вдали от семьи. Иметь возможность идти куда пожелаешь, никому не докладываясь. Марта сумела добиться такой роскоши, и Виктория надеялась когда-нибудь последовать ее примеру.

Девушка вошла в здание бывшей конюшни. При виде ее Марта небрежно помахала рукой, будто они виделись пару часов назад. Сначала Виктория обиделась, но тут же рассудила, что церемонии ни к чему.

Зачем тратить время на приветствия, если всех ждет важная работа?

Марта, Лотти и еще несколько женщин что-то обсуждали тем особым, добродушным, но язвительным тоном, что постоянно звучал в этом просторном помещении, по чьей-то прихоти именуемом штаб-квартирой.

При приближении Виктории Марта подняла палец:

— Стоп, давайте ненадолго прервемся. Я хочу познакомить вас с Викторией Бакстон. Мэри Ричардсон, Лилли Йохансон, я вам о ней рассказывала. Ее история выйдет в следующем выпуске газеты на первой полосе. Также именно ей мы обязаны поступлением последних пожертвований.

Женщины захлопали, и Виктория зарделась от удовольствия.

— У меня есть еще несколько чеков...

— Чудесно, — одобрила Лотти. — Эта аренда поглощает деньги, как Гаргантюа.

Мэри же молча и сурово наблюдала за группкой. Широкий, упрямо сжатый рот, прямая спина — вся ее поза волнами излучала нервное нетерпение и желание вернуться к прерванному разговору.

— Я помешала? — вежливо поинтересовалась Виктория.

— Нет, — в один голос ответили Марта и Лотти.

— Да, — заявила Мэри. Она подняла бровь и постучала туфелькой по полу. — Прошу прощения за резкость, мисс Бакстон, но, как бы ни был важен сбор средств, деньги ничего не стоят, если не предпринимать никаких действий. Вы не согласны?

— Конечно согласна.

Виктория переводила взгляд с одной женщины на другую в поисках подсказки. Обе упорно хранили молчание. Может, это какая-то проверка? Лилли, тихая седая женщина, незаметно отошла в сторону, словно не имея желания ввязываться в спор.

— И как вы считаете, действия должны одобряться всеми членами общества? Или только избранными? — настаивала Мэри.

Девушка испуганно сглотнула:

— Зависит от принятого типа управления. Если мы говорим о демократии, то нужно получить согласие всех граждан с правом голоса. При диктатуре достаточно получить одобрение диктатора. Или самому стать диктатором.

Мэри Ричардсон театрально распахнула глаза:

— Прекрасно сказано, мисс Бакстон! — Женщина повернулась к Марте и Лотти: — Вы отлично выдрессировали свою ручную аристократку. Что еще умеет делать мисс Бакстон? Гавкать по команде?

Лотти возмущенно открыла рот, а Марта зашипела от злости, но Виктория их опередила:

— Я многое умею. Неплохо пишу, отлично заучиваю стихи и прозу, весьма талантлива в области выведывания чужих секретов и умею заваривать превосходный чай. Не хотите чашечку?

На миг все замерли, и тут Марта с Лотти взорвались смехом. Даже у Мэри дернулись уголки губ.

— Туше, мисс Бакстон, туше. Да, я бы не отказалась от чашки чаю.

Виктория триумфально направилась к угольной печурке готовить чай, но приподнятое настроение быстро испарилось. Три женщины в ожидании удалились в угол, где возобновили разговор. Девушку не пригласили принять в нем участие, и никто не поблагодарил, когда она принесла поднос с чайником.

В раздражении Виктория уселась у пустого стола и вытащила принесенные с собой бумаги, в том числе три чека от тетушкиных подруг. Тщательно перепечатала несколько копий составленного списка, где содержались все группы помощи попавшим в затруднительное положение женщинам, о которых смогла разузнать, и разложила листки по столам в комнате.

Виктория бросила взгляд на троицу. Судя по жестикуляции, беседа накалялась. В конце концов Мэри встала и пожала руки Марте и Лотти, затем подошла к столу, где сидела Виктория.

— Прошу прощения за грубость, мисс Бакстон. Иногда мои мысли так заняты планами, что я полностью забываю о правилах этикета. Мы находимся на войне, понимают это другие или нет. Я просто хочу, чтобы все руководительницы женских организаций осознали неизбежное и действовали соответственно.

Последний раз взглянув на Марту и Лотти, все еще оживленно переговаривающихся в углу, Мэри сурово кивнула на прощание и ушла.

Неужели движение суфражисток действительно напоминало войну? Марта дала Виктории задание отвечать на обращения попавших в беду женщин, просматривать почту и подсказывать, где они могут получить помощь. Чем глубже Виктория погружалась в работу, тем больше ее охватывала невыносимая тоска. Везде, куда ни глянь, женщинам требовалась помощь. Одной срочно нужен врач, другой — еда для детей. В письмах просили помочь с работой, пищей, деньгами на жилье, няней для детей или сиделкой для престарелых родителей — список мог продолжаться бесконечно.

Неожиданно радостные возгласы выдернули Викторию из грустных мыслей. Марта принесла корзинку с мясными пирожками. Виктория глянула на часы — она проработала три часа без перерыва.

За едой она попыталась высказать свои соображения.

— Конечно, это война, — подтвердила Лилли, жительница восточной части Лондона. — Чтобы изменить общество, нужно получить право голосовать за тех, кто понимает и разделяет наши заботы.

— И попробуйте найти мужчину, чтобы понимал женские проблемы, — вставила Лотти.

— Мой отец понимал. И его друзья тоже.

— Не обижайтесь, мисс Бакстон, — покачала головой Лотти. — Но где они все? Количество мужчин, готовых выступить ради нас против своих однокашников и коллег, стремится к нулю. Не сомневаюсь, что многие нам сочувствуют, но предпочитают помалкивать о своих взглядах.

— Нам нужно больше женщин, готовых делать грязную работу, чтобы привлечь внимание общества. Вы же понимаете, о чем я, — мрачно усмехнулась Лилли.

По дороге домой Виктория размышляла, что та имела в виду. Эмили Дэвисон пожертвовала ради борьбы своей жизнью. Виктория опасалась, что не обладает подобной преданностью и самоотверженностью, а всего лишь поддается праздному увлечению, пользуясь своим положением богатой аристократки со связями и свободным временем.

ГЛАВА ТРИНАДЦАТАЯ

Так получилось, что ситуация опять ускользнула у нее из рук? Ровена в панике наблюдала, как тетя Шарлотта и леди Эдит пустились в очередные пререкания по поводу свадебных приготовлений. Мать Себастьяна приехала с семейством Бакстонов в Лондон — по ее словам, докупить необходимые предметы туалета и украшения. Но девушка подозревала, что леди Биллингсли хочет лично проследить за подготовкой к торжеству. Сейчас, как никогда, Ровена радовалась собственной относительной независимости.

Хотя молодая пара отказывалась назвать родным точную дату свадьбы — во избежание масштабных затрат и в надежде выиграть время и подготовить разрыв помолвки, — казалось, уже ничто не остановит набирающую скорость лавину. Пока что все попытки сочинить правдоподобный повод для отмены свадьбы, не вызвав при этом скандала и ссоры между семействами, оканчивались неудачей.

Сегодня достопочтенные леди истово сражались за право выбора места проведения церемонии. К счастью, Ровена ухитрилась ускользнуть из особняка, пообещав тете, что пообедает с ней в городе. Тот факт, что ей удалось сбежать без надзора, приятно грел душу, особенно учитывая полученную утром записку.

P.!
Мы с Д. сегодня в городе. Жду тебя у Иглы[1] в два.
                                                        Дж.

Март стоял теплый, и небо над Гросвенор-Гарденс сияло синевой.

По дороге к набережной Виктории Ровена гадала, как Джонатону удалось уговорить Дугласа на поездку в Лондон. Девушка обменивалась с пилотом письмами через его мать. Если та и находила странным, что они пишут друг другу через посредника, то ничего не говорила, да и Кристобель радовалась каждому появлению Ровены, когда та заезжала забрать очередную порцию посланий от возлюбленного. Джордж, наоборот, ходил кругами и бросал на гостью косые взгляды, пока мать не выгоняла его из комнаты с извинениями за невоспитанность сына. Порой Ровена задумывалась, не повредился ли старший сын Уэллсов умом после смерти отца.

Ровена пересекла наискосок Кафедральную площадь, и мысли о Джордже вылетели из головы. Она радовалась возвращению в Лондон. Да, в Саммерсете лежали ее истоки, и ей нравилось аббатство, но родным домом оставалась столица. Там она прожила бóльшую часть жизни, с отцом, Викторией и, конечно, с Пруденс. Сердце сделало болезненный скачок, как всегда при воспоминаниях об отце и названой сестре — двух членах семьи, потерянных навсегда. Вслед пришли волнения о Пруденс: как складывается ее жизнь, счастлива ли она? Виктория говорила, что при последней встрече та выглядела довольной, но кто знает... Ровена хотела бы убедиться в ее благополучии лично.

---

[1] *Игла Клеопатры* — привезенный из Египта обелиск в центре Лондона, на набережной Виктории. — *Прим. переводчика.*

Объяснить, как все зашло так далеко и почему она ничего не успела сделать...

Девушка сделала глубокий вдох. Она не позволит омрачить сегодня свое счастье. Не даст возобладать серости последних месяцев, никогда.

Усилием воли Ровена перевела мысли на Джона. Миновало уже три недели с последней встречи и прощального объятия, а в небо они не поднимались еще дольше. Месяц назад состоялся последний опьяняющий урок. Джон наконец-то позволил ей сесть за штурвал и поучиться разворачивать аэроплан на поле. При одном воспоминании до сих пор учащался пульс. Джон назвал ее прирожденным пилотом.

В следующий раз он будет сидеть на пассажирском сиденье. А затем она научится летать сама. Одна.

Издалека донесся запах реки — странное сочетание гнили и дегтя. За домами показалась Игла. Ровена остановила первого попавшегося прохожего, у которого заметила свисающую из жилетного кармана цепочку для часов.

— Будьте любезны, не подскажете который час?

Мужчина вытащил часы и близоруко прищурился на циферблат:

— Половина второго, мисс.

— Благодарю.

В сквере у обелиска Ровена нашла скамейку и присела, наслаждаясь пригревающим спину солнцем. У ног собрались воркующие голуби, но вскоре поняли, что кормить их не собираются, и отправились на поиски более щедрых прохожих. По площади прогуливалось множество горожан, радуясь первому теплому дню после долгой зимы. В строгих черных колясках катили бледных младенцев, рядом бегали ошалевшие от неожиданной свободы не менее бледные дети, а почтенные джентльмены не спешили возвращаться с послеобеденного променада.

От мысли о скорой встрече с Джоном по телу побежали мурашки. На последнем свидании под крылом аэроплана «Мартинсайд С.1» пилот зацеловал ее до головокружения. Ровена блаженно закрыла глаза и предалась воспоминаниям.

Из неги ее вырвало легкое щекотание на шее. Ровена отмахнулась, но уже через мгновение почувствовала на затылке нежный поцелуй. Она перестала отмахиваться и затрепетала от удовольствия.

— Искренне надеюсь, что это мой благоверный повергает в шок добропорядочных нянюшек, а не кто-то иной.

— А как ты думаешь? — прошептал на ухо пилот, и Ровена снова задрожала.

— Джон!

Молодой человек перепрыгнул через скамью, подхватил девушку в объятия и прижался губами к ее губам. Через несколько мгновений Ровена, задыхаясь, оборвала поцелуй.

— Хватит! Нас арестуют за недостойное поведение на публике.

— Ни один бобби в здравом уме нас не тронет. Они будут завидовать мне со стороны.

Голубые глаза пилота сияли, и Ровена засмеялась, заразившись его радостью. Молодые люди присели рядышком на скамейку, Джон приобнял девушку за талию. От тепла его тесно прижатой ноги участился пульс.

— Не могу поверить, что ты действительно здесь. — Ровена прижалась к спутнику и провела ладонью по его щеке. — Как ты уговорил Дугласа на поездку?

Джон перехватил ее руку.

— Я не могу думать, когда ты так делаешь, — расплылся он в улыбке. — На самом деле Дугласа не пришлось уговаривать. Его пригласили на встречу с какими-то шишками из правительства, которые хотят подписать с нами контракт на поставку «Летучих Алис».

— О, я знала, что этот аэроплан далеко пойдет! — обрадовалась Ровена.

— Я тоже, — сжал ее руку пилот.

Они сидели в тишине, снова и снова переплетая пальцы. Ровена прислонилась к Джону. Ей хотелось неведомого, о чем она даже боялась спросить. Горло сдавило от наплыва чувств, дыхание перехватывало от желания.

Пальцы Джона крепче сжали ее руку.

— Дуглас занят встречами до конца дня. Мы остановились в «Паркроуз», в двух кварталах отсюда.

Голубые глаза заглянули в ее зрачки, и пилот тут же отвел взгляд. Тем не менее Ровена сразу поняла, что он имеет в виду. Грудь будто стиснуло обручем. Они могут остаться наедине... если она решится.

— Уютный отель?

— Достаточно, на мой вкус. — Джон выпрямился и застыл.

Сердце Ровены бешено колотилось. Она подвинулась ближе, хотя щеки и так горели — слишком откровенным было ее поведение.

— Хм. Думаю, надо самой посмотреть. Убедиться, что ты остановился в хороших условиях.

Пилот повернулся. Он не мог оторвать от Ровены глаз, будто собирался выпить ее взгляд.

— Ты уверена? — сипло переспросил он.

Ровене хотелось наконец-то запустить пальцы в длинные волосы и прижаться к Джону.

— Я еще никогда не была так уверена. Вернее, — с улыбкой добавила девушка, — за исключением того раза, когда сказала, что хочу стать пилотом.

Джонатон поднял ее на ноги и прижался губами к ее щеке. Ровена поняла жест как обещание. Они пошли медленно, — возможно, Джон давал время, чтобы передумать. Но необходимости не было. От жара руки на талии перехватывало дыхание. Ровена точно знала, что никто больше не вызовет у нее подобных чувств. И если она не сделает сегодня то, что задумала, то будет жалеть вечно. Что бы ни случилось дальше.

Потом она не могла вспомнить, о чем говорила и говорила ли вообще. Как очутилась в номере Джона. На лифте или пешком? Смотрел ли им вслед портье? Подробности потерялись навсегда.

Но она помнила чистый запах кожи пилота. Мягкие волосы под пальцами. Боль не запомнилась, ее вытеснила прохлада гладких простыней, обернутых вокруг сплетенных ног, и щекотка от колкой щетины на щеках. Воспоминания настолько яркие, что сохранятся на всю жизнь. Стоит лишь прикрыть глаза, и все касания вернутся, наполняя сердце радостью и болью.

— Я люблю тебя, — признался после Джон.

— Знаю, — ответила Ровена.

Пилот замахнулся подушкой, и Ровена со смехом рухнула ему на грудь. Кто знал, подумала она, прижимая губы к участку кожи, под которым билось сердце, кто же знал, что так удобно лежать на груди у мужчины. И что на ней растут волосы.

— Неудивительно, что молодым женщинам ничего не рассказывают, — промурлыкала Ровена. — Иначе они бы не хотели заниматься ничем другим.

— Все для вашего же блага, — прошептал в ее волосы Джон. — Девушка должна дождаться своего мужчины.

— А как обстоят дела у мужчин? — Она с любопытством подняла голову.

— Представь, что оба партнера совершенно не знают, что надо делать, — фыркнул Джон.

— Не знаю. Думаю, мы бы сообразили. — Ровена нахмурилась; в груди зашевелилась ревность. — А твоя первая женщина знала, что делать?

— Да. Она была старше меня. Наша горничная.

Ровена содрогнулась. Сразу вспомнился распутный дед, так и не потерявший в старости вкуса к молоденьким служанкам, и мама Пруденс, на чью долю выпало нести оставленную похотью графа ношу.

— Но... — Джон развернул ее к себе. — В моем сердце только ты.

Ровена взглянула в глаза любимого и попыталась собраться с мыслями.

— В моей жизни не было смысла, пока я не встретила тебя. Звучит как мелодрама, я знаю, но так и есть. Я давно отчаялась найти страсть к чему-либо. Раньше я чувствовала себя лишь наполовину живой.

Джонатон крепче прижал ее к себе, и Ровена снова положила голову ему на грудь. В ухо мягко стучало его сердце, и ее собственное начинало биться в такт.

— Что мы будем делать? — тихо спросил Джон.

Впервые она ощутила приступ настоящего страха. А что, если придется расстаться? Она же не сможет себя заставить отпустить Джона.

— Мы найдем способ рассказать родным. Твоя семья начала хорошо ко мне относиться — по крайней мере, те, кто приложил усилия, чтобы познакомиться поближе, невзирая на фамилию. Возможно, мои родственники поступят так же.

— В том-то и дело, — медленно произнес он. — Я не хочу примирения с твоими родными. Потому что я никогда не прощу твоего дядю за то, что он сделал.

Ровена села на кровати и прижала к груди простыню.

— Значит, моя семья для тебя ничего не значит?

Джон тоже приподнялся, и Ровена пожалела о возникшей между ними пропасти, намного шире, чем разделяющие их дюймы.

— Будь твой отец жив, все обстояло бы по-иному. Скорее всего, он не знал, что учинил над моим семейством его брат.

— Конечно не знал! — выкрикнула Ровена. — Он бы никогда не совершил подобного поступка!

— И я не против познакомиться с твоей сестрой, но на этом все. Я не желаю оскорблять память отца, так что придется положить предел.

— Понимаю, — кивнула Ровена и вгляделась в упрямые, жесткие черты, но не нашла ничего, кроме искренности.

Но, одеваясь, она не могла отогнать мысли о собственной жертве. Ведь ей придется забыть о тете и дяде, кузинах и Саммерсете. А если дядя не одобрит ее выбор? Неужели она и наследства лишится? Надо поговорить со стряпчим.

В задумчивости она не замечала, как сзади подошел Джон, пока не попала в объятие сильных рук.

— Я сделаю все, чтобы ты не жалела о выборе, — прошептал пилот.

Ровена улыбнулась. Все тревоги разом отошли на задний план, вытесненные прикосновением к шее мягких губ.

— Я и так не жалею, — прошептала она.

❖ ❖ ❖

Кит беспокоился. Ощущение было незнакомым. Естественно, причиной беспокойства стала Виктория — в последнее время благодаря милой занозе жизнь то и дело переворачивалась вверх тормашками, шла наперекосяк и выкидывала коленца.

По крайней мере, в лондонском доме матери подавали обильный горячий завтрак, причем не слишком рано. После смерти отца мать продала загородное поместье и круглый год жила в Лондоне. Втайне Кит недоумевал, как отцу вообще удалось уговорить жену переехать в провинцию. В молодости за миссис Киттредж водилась скандальная слава. С годами ее начали считать эксцентричной. Деньги проложили родителям Кита путь в высший свет, но они так и не научились наслаждаться купленными привилегиями. Кит часто недоумевал, зачем они вообще прикладывали столько усилий, чтобы пробиться в недосягаемые круги общества. Сына Киттреджи вырастили настоящим джентльменом, таким же праздным и бесполезным, как его сверстники из аристократических семей. И только недавно наследник начал понимать странную вещь: те женщины, что вызывали у него хоть малейший интерес, с презрением относились к безделью и предпочитали деятельных, по лукавому выражению Виктории, мужчин.

Кит свирепо проткнул вилкой сосиску.

— Кто-то в дурном настроении, — произнесла за спиной мать и поцеловала сына в макушку. — Как твоя рука, дорогой?

— Ты просто сама любезность, — нахмурился молодой человек. — Почему ты сегодня такая добрая?

— Я всегда добрая, — проворковала леди Киттредж.

Она подошла к резному буфету из красного дерева и положила себе на тарелку омлета и ветчины, а на десерт взяла вазочку с плавающей в сливках и сахаре клубникой. Села за стол напротив сына и налила чашку крепкого кофе, который неизменно предпочитала чаю.

К завтраку мать надела один из своих восточных нарядов — по крайней мере, она их так называла, — полупрозрачное, безумно дорогое, скроенное по подобию кафтана платье из тончайшего шелка с широким поясом. Платье подчеркивало пышный бюст и удачно скрывало не менее пышную талию.

— Ты добра, только когда хочешь чего-то добиться, — проворчал Кит.

— Видишь? Так и знала, что ты в плохом настроении. Я же твоя мать, от меня ничего не скроешь.

Кит уставился на нее, но леди Киттредж невозмутимо поднесла вилку ко рту и ответила таким же пристальным взглядом. Темные глаза оставались непроницаемыми. Казалось, воздух вот-вот заискрится, но неожиданно она улыбнулась:

— Так и быть. Я просто жду, когда ты расскажешь мне о Виктории.

— Ага!

— Что поделать. Ведь другим матерям не приходится выуживать из детей новости.

— Ты единственная женщина во всем королевстве, которая считает, что ласковое отношение к своему отпрыску называется «выуживать», — фыркнул Кит.

— Зато другие матери такие предсказуемые. По крайней мере, со мной не скучно.

— Этого не отнять.

— Так как насчет девушки?

— Не понимаю, о чем ты.

Он уткнул глаза в тарелку, чувствуя себя загнанным в угол, — мать всегда умела читать его мысли, как открытую книгу. С другой стороны, не родился еще тот мужчина, который мог на равных противостоять леди

Киттредж. Единственным спасением оставалось глухое молчание.

— А Колин думает иначе. Он заходил вчера. Тебя не было, но бедный мальчик выглядел голодным. Пришлось его накормить.

Кит обреченно прикрыл глаза. Все понятно. Попав в лапы матери, Колин растаял, как воск. Не устояли бы и лучшие из мужей. Годы добавили солидности и так пышной фигуре, но леди Киттредж не потеряла изюминки и умела по желанию излучать неотразимое обаяние. Прямые черные волосы, решительная челка, миндалевидные темные глаза — скорее причуда природы, чем наследство азиатских предков — придавали внешности матери оттенок щекочущей чувства экзотики. Мужчины теряли головы и считали ее общество намного более увлекательным, чем оно того заслуживало. Колин ничего не мог противопоставить отточенному годами мастерству.

— Виктория — его младшая кузина, если не ошибаюсь? Как странно. Я никогда не видела тебя в обществе столь юных девушек.

Кит снова фыркнул.

— Что? — с распахнутыми от любопытства глазами переспросила мать.

Он вздохнул. Зачем оттягивать неизбежное. Лишь Всевышнему ведомо, что успел наговорить Колин.

— Виктория вовсе не ребенок, а вполне взрослая женщина. В большинстве случаев. Она... — Кит замялся, подыскивая нужное определение, — многогранная.

Леди Киттредж вскинула бровь:

— Неужели? Как интересно.

— Не думаю. Зачем спрашивать, если не хочешь слушать.

— Прости, дорогой, ты прав, — вздохнула леди Киттредж. — Дело в том, что, как правило, я нахожу «многогранность» других женщин надуманной и скучной. Будь добр, передай то пирожное, рядом с сосисками. Кстати, как сосиски? Я, пожалуй, тоже попробую. Благодарю. А теперь рассказывай. Обещаю, что выслушаю.

Кит поставил перед матерью тарелку и пополнил свою. Как ни странно, он обнаружил, что не прочь поговорить о Виктории. До чего дошел мир! Раньше у него никогда не возникало желания обсуждать что-либо с матерью.

— Опиши ее. Колин сказал, что у нее красивые волосы.

Кит задумался и покачал головой:

— Я бы не назвал Викторию красавицей. Красота — слишком избитое понятие. Оно ей не подходит. Вик небольшого роста, хрупкая. Лицо в форме сердечка, голубые глаза.

— Только не говори, что влюбился в голубоглазую блондинку. Как банально. — Губы матери изогнулись в улыбке, и Кит наградил ее гневным взглядом. — Прости, прости.

— Она не такая, как все. Невероятно умна и не дает мне почивать на лаврах. И не боится говорить вслух то, о чем остальные умалчивают. Мы просто друзья.

— Мужчины и женщины не бывают «просто друзьями», — небрежно отмахнулась леди Киттредж.

— Сначала я тоже так говорил, но теперь мне кажется, что она права.

— Нет, поскольку один из пары обязательно влюбится в другого, — покачала головой мать. — Если повезет, влюбятся оба, но подобное случается редко.

Киту показалось, что в темных глазах матери затаилось сочувствие.

— Ты думаешь, не повезло мне? — буркнул он и сам удивился скрытой в ответе враждебности.

Несколько минут они ели в тишине, но в итоге Кит не выдержал:

— Она постоянно говорит, что не хочет замуж.

— Значит, придется заставить ее передумать и затем жениться на ней, — буднично заявила мать.

Кит в изумлении уставился на нее:

— Жениться? Я и словом не упомянул о женитьбе.

— Мой дорогой глупый мальчик, — покачала головой леди Киттредж, — ты только о ней и говоришь.

— И зачем я только пытался с тобой посоветоваться? Ты явно не в своем уме! — заявил Кит.

Леди Киттредж кивнула и отправила в рот последний кусочек пирожного.

— Но я никогда не теряла голову от любви в такой степени, как ты сейчас.

Под злодейский смех матери Кит выскочил из комнаты.

ГЛАВА ЧЕТЫРНАДЦАТАЯ

Пруденс с неприязнью оглядывала серебристую рыбину. В ответ на нее уставился затянутый пеленой глаз.

— Я не люблю селедку, — пожаловалась она. — Зачем мне учиться ее готовить?

Мюриэль и Сюзи не обращали на ее жалобы внимания и продолжали расставлять ингредиенты.

— Давайте лучше попробуем приготовить пикшу или осетра.

— Селедка дешевая, — просто сказала Мюриэль. — Порой, кроме нее, нечего будет подать к столу, так что надо уметь готовить ее разными способами.

Сюзи, занятая измельчением хрена, энергично закивала:

— К тому же она вкусная. Мне нравится рыбный паштет, особенно с тостами или суффолкскими галетами.

— Я люблю вываренную в молоке, — причмокнула пожилая женщина. — К ужину ты станешь экспертом по блюдам из сельди.

— Жду с нетерпением, — сморщила нос Пруденс.

— Отлично. Тогда налей в кастрюлю воды, примерно до половины, и поставь на плиту. Селедку обычно коптят, так что она жесткая. Надо сперва ее размягчить.

Сюзи провела в Лондоне уже несколько дней, и Пруденс все ждала, когда посудомойка спросит, где обещанная роскошь. Но, к немалому удивлению, Сюзи молчала. Сейчас же Пруденс неожиданно осенило: Сюзи действительно считала ее квартирку приличным жильем, а перенесенную из мейфэрского особняка мебель — последним писком моды. И все же Пруденс не могла избавиться от стыда за ложь и хвастовство, тем более перед добросердечной подругой. Хотя Сюзи все же задала ей взбучку за отсутствие прислуги.

— Почему твои слуги не занимаются стиркой? — спросила она после первого посещения подвала.

— У меня их нет, — призналась Пруденс. — Я их выдумала.

Сюзи непонимающе распахнула карие глаза:

— Ради всего святого, зачем ты тогда говорила, что у тебя полный штат?

— Наверное, я боялась, что ты покажешь Ро и Вик мои письма... — беспомощно пожала плечами Пруденс. — Пусть считают, что я променяла Саммерсет на роскошную жизнь в Лондоне, а не на это. — Она обвела рукой бедную обстановку квартиры.

Сюзи поджала губы и осуждающе шмыгнула носом:

— Знаешь, только избалованные барышни станут стыдиться подобной жизни. У тебя есть красивые наряды, чистая квартира и добрый, любящий муж. Зачем еще придумывать воображаемую прислугу?

Пруденс покачала головой и улыбнулась все еще увлеченно занятой приправами Сюзи. Та ходила в школу всего несколько лет, затем ей пришлось забыть об учении и идти работать, но частенько она понимала жизнь намного лучше, чем образованная подруга.

— Теперь положи рыбу в кипящую воду, сними кастрюлю с плиты, накрой и оставь на десять минут.

Пруденс в точности выполнила указания наставницы.

— А теперь?

— Теперь рыбины снова мягкие. И не забывай, что селедка продается с внутренностями; так намного вкуснее.

Пруденс стиснула зубы, чтобы не расплакаться. «Вкуснее?»

Через несколько часов, после расправы с рыбой всеми мыслимыми способами, ей пришлось признать, что селедка не так плоха, как она представляла. Домой, к ужину, ей выдали банку соуса, приправленного хреном и кайенским перцем, и Пруденс даже преисполнилась уверенности, что сумеет приготовить галеты по-суффолкски — особый вид дважды пропеченных лепешек, по рецепту Мюриэль. Эндрю будет в восторге.

Самое любимое время наступало после уроков: женщины убирались в кухне и выпивали по чашечке чая, а затем Пруденс отправлялась домой. Посиделки помогали развеять одинокие дни, когда муж работал или учился. Сегодня радости добавляло и присутствие Сюзи, которая быстро нашла общий язык с Мюриэль, что неудивительно — они были скроены из одного прочного материала. Пруденс с улыбкой вспомнила попытки пожилой женщины уговорить Сюзи переехать в город.

— Здесь столько возможностей для молодой женщины, — убеждала Мюриэль. — Не стоит зарывать свои таланты в провинции. Мир меняется. Ты можешь работать на фабрике или пойти на курсы и найти работу в конторе, как моя Кейти. У вас теперь есть выбор! А когда мы сможем голосовать...

— Будто нам разрешат, — фыркнула Сюзи.

— О, помяни мои слова, разрешат! Одна из моих квартиранток как раз работает в женской организации.

— И Виктория тоже, — вставила Пруденс.

— Знаю, — закивала мать Кейти. — Они с Лотти состоят в одном обществе.

Вот, значит, как Виктория нашла работу.

— И какая из себя эта Лотти? — с любопытством спросила Пруденс.

Ей нестерпимо хотелось узнать, что за жизнь складывается без нее у Виктории.

— Вроде ничего. — Мюриэль скорчила гримасу. — Довольно милая. Не хочу никого осуждать, но, на мой вкус, она слишком серьезная. Хотя предана делу. Если подумать, женщины без перспектив на замужество часто посвящают себя различным организациям.

Сюзи рассмеялась.

— Виктория тоже увлечена борьбой за равноправие, — возразила Пруденс.

— О, это совсем другое. Виктория святая, а Лотти просто одинокая.

Позже, на послеобеденной прогулке, Пруденс вспоминала слова Мюриэль. Сюзи не захотела составить компанию под предлогом написания писем, так что пришлось отправляться одной. На сей раз Пруденс доехала на метро до старого дома в Мейфэре. Она не навещала особняк после того, как забрала свои вещи.

Пруденс неспешно шла по тротуару, помахивая ридикюлем и зонтиком. Уже неделю зонтик не раскрывался, поскольку март радовал горожан необычайно теплой погодой. Посещение старого квартала вызвало приправленную горечью и одиночеством ностальгию. Не важно, что произошло в Саммерсете. Проведенное здесь детство было счастливым. Куда ни взгляни, любая мелочь вызывает тысячу воспоминаний. Вот небольшой парк, куда сестры Бакстон ходили на уроки верховой езды. Три шаловливые девочки в строгих костюмах ездили гуськом за учителем на толстых, добродушных пони. Часто Виктория плохо себя чувствовала, и Ровена с Пруденс отправлялись вдвоем. Пруденс чуть не прыснула со смеху, когда вспомнила, как наставник спешился, чтобы вынуть камешек из подковы лошади, а они с сестрой воспользовались случаем и пустили пони галопом. Естественно, далеко они не ускакали, ибо бежать было некуда, да и незачем, но в памяти осталось восхитительное ощущение свободы.

Но тут из глубин памяти снова всплыла антипатия к Ровене, и Пруденс отвернулась от парка и заторопилась прочь. Несколько минут она простояла у фасада особняка, размышляя, как сложилась бы жизнь, если бы не смерть сэра Филипа. Ведь она никогда не познакомилась бы с Эндрю.

Небо затянули угрожающего вида тучи, и она заспешила к станции метро, чтобы укрыться до начала ливня. Дома наверняка ее ждет чашка горячего чая, а на плите уже готовится ужин. Не поспоришь, что Виктория подала гениальную мысль пригласить Сюзи в Лондон. Мало того что Пруденс с удовольствием проводила время с подругой. Без ее ненавязчивой помощи Пруденс до сих пор захлебывалась бы в домашних делах. И тем не менее она чувствовала, что ее близость с Сюзи заставляет мужа отстраняться все дальше и дальше. Пруденс твердо пообещала себе наладить отношения с Эндрю. Ведь от него она видела только добро.

Деревья с только что проклюнувшимися листочками гнулись и шумели, а вырванные с подставок газеты носились в воздухе воздушными змеями. Пруденс не успела увернуться, и газетный лист закрыл ей лицо, обернулся вокруг головы бумажным осьминогом. Следующий завернулся вокруг лодыжек. Со смехом девушка попыталась освободиться из газетных пут.

— Кажется, на вас напали новости, — произнес рядом мужской голос.

Пруденс замерла. Она узнала бы этот голос где угодно. Мужчина снял газету с ее лица и застыл. Они в оцепенении смотрели друг на друга. Как в первый раз, когда встретились взглядами в церкви на похоронах сэра Филипа, а затем снова увиделись в Саммерсете. Будто мир вокруг испарился — ничто не существовало ранее, и Вселенная исчезнет, стоит лишь отвести глаза. Пруденс ни разу не посещало подобное чувство после бегства из Саммерсета, когда ее подстегивали одиночество и горькая правда о собственном происхождении. Себастьян не знал, кто ее отец, — и, дай бог, никогда не узнает. Глупо было надеяться, даже на миг, что у них есть будущее. Его не предвиделось тогда, а сейчас и тем более. Она замужем. Себастьян помолвлен с Ровеной.

Так почему она не может отвести взгляд? Почему больше всего на свете ей хочется оказаться в его объятиях?

— Благодарю, — наконец выдавила Пруденс и опустила глаза.

Себастьян все еще держал в руке пойманную газету.

— Почему вы уехали так быстро? Я думал, между нами есть какая-то связь... — Он выпалил вопрос так быстро, будто тот крутился у него на языке месяцами.

Кто знает, скорее всего, так и было.

В минуту паники Пруденс хотела сделать вид, будто не понимает, о чем идет речь, но ее и так глодал стыд за поспешный отъезд. Зря она исчезла без единого слова, без прощания. Себастьян заслужил хотя бы объяснение.

Застучали капли дождя, но Себастьян и Пруденс не двигались.

— Вы же знаете о споре, разве не так? — не выдержала девушка. — О том, что сотворила Ровена?

— Она не хотела...

— Не надо ее защищать, — вскинула руку Пруденс. — Я пытаюсь объясниться... — (Себастьян послушно замолчал.) — После ссоры меня вызвали наверх, к леди Саммерсет.

Пруденс прикусила губу. Дождь полил сильнее, но Себастьян ждал, да и ей не хотелось двигаться, чтобы, не дай бог, не разрушить связывающие их хрупкие чары. Себастьян смотрел на нее черными как уголь глазами, полными невыразимой муки. Пруденс пронзило сознание, что она причина его страданий. Она же не хотела причинять ему боль.

— Я узнала кое-что, что сделало дружбу — и любые отношения между нами — невозможными.

Себастьян выпустил газету, но ее уже изрядно намочило дождем, так что листок бессильно опустился на землю. Молодой человек придвинулся ближе. Пруденс инстинктивно вскинула руки, отстраняясь. Но Себастьян придержал ее за локти. Тепло его пальцев обжигало сквозь тонкую шерсть пальто.

— Что? Что вы узнали, Пруденс? Разве вы не верили, что я помогу вам? И в любом случае не брошу на произвол судьбы?

Пруденс отчаянно замотала головой. В глазах закипали слезы и проливались по щекам. К счастью, они тут же мешались с каплями дождя.

— Если хотите убедиться, что я говорю правду, спросите свою невесту! — Пруденс выплюнула рожденные болью слова, и Себастьян отшатнулся, как от пощечины.

— Возможно, я так и поступлю, миссис Уилкс.

Они уставились друг на друга. Бездна между ними неотвратимо ширилась. Хотя Пруденс считала, что это к лучшему, слова больно ранили ту наивную половинку, которая еще цеплялась за надежду, что они с Себастьяном когда-нибудь смогут быть вместе.

И тут лорд Биллингсли поцеловал ее. Губы прижались к губам, поначалу причиняя боль, причем намеренно. Пруденс понимала, что Себастьяну нужно излить горечь. Но тут он издал странный горловой звук, и все изменилось. Губы стали нежными, они просили прощения. Против воли она почувствовала, как откликаются ее душа и тело. Она ответила на поцелуй с жаром, какого не подозревала в себе.

Даже с Эндрю она не испытывала ничего подобного.

Задыхаясь, Пруденс отпрянула. В глазах Себастьяна крылись невысказанные — невозможные — слова. Девушка бросилась бежать. Он что-то кричал вслед, звал ее по имени, но она не могла вернуться.

❖ ❖ ❖

Виктория проскочила наискосок Трафальгарскую площадь к Национальной галерее. Дорога до музея заняла чуть больше времени, чем предполагалось, и еще издалека девушка увидела вышагивающую у входа Мэри Ричардсон. Небо над площадью посерело и затянулось тучами, угрожая пролиться дождем в любой момент.

— Извините, что опоздала, — выдохнула Виктория. — Я не сразу получила вашу записку...

— Ничего страшного, вы же пришли. Я знала, что смогу положиться на вас. Пусть мы встречались всего один раз, я с первого взгляда поняла, что вы меня не подведете.

Бледная кожа женщины выглядела почти прозрачной, а темные глаза смотрели куда-то вдаль, сквозь собеседницу. Мэри выглядела возбужденной, хотя Виктория не могла понять почему. Длинный черный плащ полностью скрывал фигуру, а одну руку Мэри держала неподвижно, прижатой к телу — видимо, повредила.

— Что вы хотели мне сказать?

— Не сейчас, давайте зайдем внутрь. Там все поймете.

Поскольку сегодня вход в музей был бесплатным, в галерее собралось много народу. Несколько минут Мэри с Викторией следовали за людской вереницей, затем отделились и свернули в зал нидерландской живописи.

Девушка склонила голову и всмотрелась в одну из небольших картин Годфрида Шалькена, помеченную как «Мужчина, предлагающий монеты и золото девушке».

— Никогда не любила нидерландскую школу. Очень угрюмые цвета, навевают тоску.

— Знаете, что навевает тоску на меня? — спросила Мэри.

Она взволнованно расхаживала по залу и не обращала внимания на картины. Виктория не понимала, зачем назначать встречу в музее, если не собираешься рассматривать выставленные там произведения искусства.

— Меня угнетает мысль, что деньги ценятся больше, чем права человека. Правительство погрязло в лицемерии. Если бы мужчины нашли способ получать прибыль с суфражисток, мы бы давно голосовали наравне с ними.

— Согласна, — кивнула Виктория. — Я...

— Вы же слышали об Эммелин Панкхёрст? — продолжала Мэри, не глядя на Викторию. — И о ее дочерях? Она возглавляет Женский социально-политический союз. Искренне предана нашему делу и трудится без устали.

Виктория кивнула. Мэри все продолжала невидяще расхаживать между работами нидерландских мастеров.

— Ее арестовали вчера ночью на перроне в Глазго, сразу после митинга. Полиция обращается с безупречной во всех отношениях женщиной как с обычной преступницей.

Мэри встряхнулась, как ощетинившаяся собака. У Виктории вертелся на языке вопрос о самочувствии, но и так становилось ясно: с женщиной происходит что-то странное. Виктория жалела, что рядом нет Марты или хотя бы Пруденс — та умела успокаивать плачущих детей, сохнущих от любви девиц и даже бешеных псов. Уж она бы знала, что делать с Мэри Ричардсон, чье возбуждение нарастало с каждой минутой.

— Они отняли у нас миссис Панкхёрст. Пришло время забрать у них что-то ценное взамен.

— Что?

— Не важно, не важно, — покачала головой Мэри. — Идемте со мной. — Она подхватила Викторию за руку, вывела из зала и дотащила до экспозиции испанских полотен. — Стойте здесь. Притворитесь, что рассматриваете Мадонну. По моему сигналу отвлеките внимание.

— Что?! — переспросила ничего не понимающая Виктория.

Но Мэри уже отошла. В животе Виктории образовался ледяной комок. Она стояла, где приказано, и боялась пошевелиться. Что задумала эта женщина? Девушке хотелось бежать, но ее будто приковало к месту. Она рассматривала Мадонну, словно от картины зависела ее жизнь. Краем глаза Виктория заметила, как Мэри достала из ридикюля блокнот для зарисовок и принялась делать наброски, передвигаясь по залу. Неподалеку сидели двое охранников и пристально наблюдали за входящими в помещение. У дверей служитель музея помогал посетителям советами. Мэри не обращала на них никакого внимания.

Виктория чувствовала себя глупо — наверняка ее неподвижная фигура бросалась в глаза, — но ноги словно приросли к полу. Девушка нахмурилась и прищурила глаза, будто внимательно изучая мазки на холсте. Лучше постараться выглядеть настоящей ценительницей искусства.

На лбу собирались капельки пота, икры свело от напряжения. Может, просто уйти, пока не поздно? Никто не свяжет ее присутствие с действиями Мэри, какую бы акцию протеста та ни замышляла. Но тут в памяти всплыли сказанные на ступенях музея слова — Мэри надеется на нее. Ноги Виктории задрожали, легким стало тесно в груди. О нет. Только не это.

Мэри поймала ее взгляд, кивнула и решительно направилась к одному из полотен. Виктории казалось, что время в комнате замедлилось. Женщина вытащила из рукава топор. Вот почему ранее она прижимала одну руку к телу!

Когда Виктория увидела топор, крик сам вырвался из груди. Охранники и служитель повернулись к ней, и тут зал наполнил звук разбитого стекла. Ничего не понимая, работники музея подняли головы к стеклянному куполу в центре потолка.

Виктория продолжала кричать. За спинами охранников Мэри как одержимая взмахивала топором, нанося удары по холсту с изображением Венеры.

Служители кинулись к Мэри. Один поскользнулся, но другому удалось вырвать топор. Виктория опомнилась и ринулась бежать. Поскользнувшийся охранник попытался исправить оплошность и вцепился в сообщницу, но Виктория вырвалась и кинулась к лестнице. Сзади кричала Мэри. Виктория бегом скатилась по ступеням. Впереди спасительным маяком покачивалась парадная дверь музея. Если повезет, снаружи можно затеряться в толпе.

Дышать становилось все сложнее. Ноги подкашивались, легкие сжимало стальным обручем.

За спиной кричали люди. Чьи-то руки грубо схватили ее.

— Вот она! Они вместе пришли!

Виктория открыла рот, чтобы заявить о своей невиновности: она не знала, что замышляет Мэри, и закричала только потому, что увидела топор, — но не выдавила ни звука. Перед глазами поплыли темные пятна, и все вокруг померкло.

❖ ❖ ❖

Когда Виктория открыла глаза, царили сумерки. Она лежала на кровати, застеленной белыми простынями, в каморке настолько тесной, что могла одновременно дотронуться до противоположных стен, не вставая с постели. Сильный запах камфары и хлорки не мог перебить въевшуюся вонь от мочи.

Определенно это не дом. Дверь открылась, и Виктория зажмурилась, как ребенок, который боится заглянуть под родительскую кровать — вдруг там притаились чудовища.

— Она еще без сознания, — произнес женский голос.

— Ей крупно повезло. Могла бы умереть. Я еще ни разу не видел, чтобы кто-то так боролся за каждый вздох, — ответил мужчина. — Больше я ничего не могу для нее сделать. Сообщите надзирательнице, когда пациентка придет в себя.

Надзирательнице?

— Обязательно, доктор.

Дверь снова захлопнулась, следом раздался безошибочный звук запираемого замка. Виктория распахнула глаза и попыталась сесть, но тут же поняла, что ее рука прикована наручником к стальному изголовью кровати. Виктория непонимающе уставилась на наручник, изо рта невольно вырвался крик. Загремел ключ, и в комнату ворвалась женщина в накрахмаленном белом чепце. За ее спиной стоял мужчина в грязном белом халате.

— Что случилось? — встревоженно спросила сиделка.

— Заставьте ее замолчать. Иначе снова доведет себя до приступа, — приказал врач.

Женщина с силой ударила Викторию по щеке. Крик прервался, и девушка в ужасе отшатнулась:

— Вы меня ударили.

— Да. И если будешь кричать, ударю еще.

Непокорность и страх взяли верх над разумом. Виктория открыла рот и разразилась оглушительным криком, брыкалась, пока доктор не ворвался в комнату и не наградил ее двумя пощечинами. Мужчина снова занес руку, когда вернулась сиделка со стеклянным флаконом и тряпкой.

— Подержите ее! — приказала женщина.

На помощь врачу пришел молодой рослый парень, и вдвоем они распластали бьющуюся Викторию на кровати. Сестра накрыла рот и нос Виктории пропитанной эфиром тканью, и второй раз за день мир потемнел.

ГЛАВА ПЯТНАДЦАТАЯ

— Доложите мне, как только она вернется, — попросила Ровена дворецкого перед ужином.

В столовую Ровена вошла с улыбкой на губах, хотя внутри все кипело от негодования. Больше всего на свете ей хотелось свернуть младшей сестре шею. Как смеет она заставлять ее волноваться, тем более сейчас, когда голова забита иными проблемами. Оба семейства начинали терять терпение. И тетя, и мать Себастьяна все настойчивее спрашивали про дату свадьбы.

И, будто назло, Себастьян сообщил, что пока не готов разорвать помолвку. Более того, раз Ровена заварила кашу и он благородно подыграл, чтобы спасти ее репутацию, придется ей смириться с фарсом еще на какое-то время. Ровена согласилась, что требование справедливо, но не понимала намерений лорда Биллингсли. Почему он не хочет положить конец розыгрышу? Ведь наверняка на него тоже наседает мать с вопросами о свадьбе.

А теперь еще Виктория куда-то пропала. Днем сестра получила записку и поспешно вылетела из дома с обещанием вернуться к чаю. Подошло время ужина, и тетя с гостями недоумевали, куда подевалась Виктория.

При виде Ровены Себастьян поднялся. Лондонская столовая была значительно меньше парадного зала

Саммерсета, но не уступала ему в роскоши. Главным украшением комнаты служил роскошный чиппендейловский обеденный стол на двадцать персон.

Под любопытными взглядами собравшихся Себастьян отодвинул для невесты стул.

— Как прошел день, дорогая? — И на миг положил ладони ей на плечи, прежде чем придвинуть стул к столу.

Ровена внутренне поежилась от заложенной в жест ласки и нежного обращения, но сумела выдавить приветливую улыбку:

— Хорошо, благодарю... любимый.

— Они такие милые! — воскликнула мать Кита с противоположного конца стола. — Я почти готова снова поверить в любовь до гроба!

Леди Киттредж расплылась в улыбке, но Ровена успела заметить озорной блеск черных глаз.

Искренне говорит миссис Киттредж или шутит? Трудно определить, что у нее на уме. Ровена бросила Киту вопросительный взгляд. Она знала, что Себастьян посвятил друга в подробности помолвки. Может, тот рассказал матери?

Кит пожал плечами и отрицательно покачал головой.

— От Виктории есть известия? — спросила тетя, многозначительно глядя на пустое место за столом.

Ровена выдавила очередную улыбку. Оставалось надеяться, что графиня не заметит ее беспокойства раздражения.

— Боюсь, сестру задержали дела.

Она так старательно улыбалась, что к третьей перемене блюд у нее свело щеки. Под орлиным взором тети и леди Биллингсли Себастьян безукоризненно разыгрывал роль заботливого жениха, да так, что девушка то и дело краснела от его восторженных комплиментов.

— Разве она не восхитительна? Конечно, Ровена всегда прекрасно выглядит, но сегодня в ней искрится особое очарование.

Тем не менее в голосе молодого человека звучала горечь, а бокал вина рядом с его тарелкой быстро пустел.

Девушка металась между желанием стукнуть его как следует и беспокойством. В последнее время Себастьян приобрел не водившуюся за ним ранее резкость, и Ровена недоумевала, что послужило причиной.

Тетя Шарлотта планировала посадить мать Кита рядом с Викторией, чтобы дать им возможность познакомиться поближе, а в итоге единственным соседом миссис Киттредж оказался глухой генерал. Недовольство матери Кита ощущалось с другого конца стола. А сам Кит выглядел так, будто его ударило молнией. Он то и дело обводил глазами гостей, словно подруга в любой момент могла материализоваться из воздуха.

Подали пятую перемену блюд: слоеный бургундский пирог с говядиной. Тетя Шарлотта встала, держа наготове бокал. Ровена удивленно подняла голову. Леди Биллингсли ласково глядела на нее, а Себастьян не отрывал глаз от графини.

— Как многим из вас известно, мы с леди Биллингсли давние друзья и никогда не скрывали, что мечтаем об объединении наших семейств. Ранее мы возлагали надежды на Элейн и прочили ее в пару Себастьяну. — (Ровена в тревоге глянула на кузину, и Элейн вяло улыбнулась в ответ.) — Но, к немалому нашему удивлению и восторгу, невестой Себастьяна стала моя дорогая племянница. Также не секрет, что мы с Эдит не любим долгих помолвок, и сегодня жених нас порадовал, когда сообщил, что долго ждать не придется. Счастливая пара назначила свадьбу на первое августа.

Ровена невольно ахнула, и Себастьян накрыл ее ладонь своей.

За столом пробежал шумок и перешептывания. Дядя Конрад встал рядом с женой:

— Поскольку мой брат, к глубокому сожалению, покинул этот мир, его долг выполню я. С гордостью провозглашаю тост за Ровену и Себастьяна — пусть будут счастливы до конца своих дней!

Гости дружно вскинули бокалы. Ровена никак не могла прийти в себя. Когда разговоры за столом возобновились, она пригнулась к жениху:

— Зачем ты так поступил?

— До августа еще достаточно долго, — прошептал в ответ Себастьян. — Приготовления не успеют зайти слишком далеко, а мать наконец-то отстанет от меня. Не понимаю, чем ты недовольна. Можешь проводить больше времени с Джоном. Улыбайся, на нас смотрят.

Но Ровена устала от притворства. Ей хотелось найти способ встречаться с Джоном, выйти за него замуж, а не играть в жениха и невесту с Себастьяном. И где, черт побери, Виктория?

Когда мужчины перешли в кабинет к сигарам и кларету, тетя задала тот же вопрос.

— Наверное, осталась ночевать у Пруденс, — ответила девушка.

Она понятия не имела, куда подевалась сестра, но скрывать правду от вездесущей тети вошло в привычку. Оставалось лишь молиться, чтобы Виктория поскорее вернулась домой.

При упоминании Пруденс тетя немедленно перекочевала в другой конец зала, к матери Кита, и оставила Ровену в покое. Ровена отправилась искать Элейн.

— Виктория пропала, — шепотом призналась она. — Она говорила, куда собирается?

— Она мне ничего не рассказывает, — покачала головой Элейн. — Может, она на работе?

Ровена пожала плечами. Адрес Пруденс оставался для нее загадкой, так что обратиться к ней не получится. Да и при одной мысли о встрече с названой сестрой ей становилось не по себе.

— Я сказала тете, что Виктория гостит у Пруденс, но не уверена. Что делать?

— Как считаешь, она действительно осталась ночевать у подруги?

Ровена угрюмо уставилась в свою чашку чая. Жаль, что дамам не подают чего-нибудь покрепче.

— Мы говорим о Виктории. Возможно все.

— Надо как можно скорее рассказать мальчикам, — заявила Элейн. — Кит с ума сойдет, когда услышит, что твоя сестра пропала.

— Она не пропала. Просто... еще не вернулась.

Хотя мысли Ровены не могли оторваться от помолвки и обиды на Себастьяна, она понимала, что кузина права. Пора обратиться за помощью.

Когда гости снова сошлись вместе в бильярдной, кузины отвели в сторону Колина, Кита и Себастьяна и быстро посвятили в проблему. Кит ошалело оглядел комнату, словно надеялся обнаружить Викторию в укромном уголке.

— Уверена, с ней все в порядке, — твердо заявила Ровена. — Ты же хорошо ее знаешь. Скорее всего, она у Пруденс.

При упоминании названой сестры Себастьян встрепенулся, и Ровена с подозрением прищурилась. Кит с надеждой вскинулся:

— Кажется, я знаю, как ее найти. — И неожиданно покраснел. — Вернее, мой шофер должен знать адрес. Он отвозил меня к одной из подруг Пруденс, Кейти. Виктория иногда туда заходит.

— Я поеду с тобой, — кивнула Ровена.

— И как ты собираешься выбраться из особняка? — отрезвила ее Элейн.

— Скажу тете Шарлотте, что у меня болит голова и я собираюсь лечь. Встретимся перед домом, — добавила девушка лорду Киттреджу.

Тот кивнул:

— Мы с Колином отправляемся в клуб, не так ли, дружище? Пока матушка здесь, никто не кинется нас искать.

— А долго она там пробудет? — заволновалась Ровена.

— От бриджа ее не оторвать.

Кит незаметно указал на карточный столик. Тетя Шарлотта как раз усаживалась в паре с его матерью против лорда Саммерсета и глухого генерала.

— Поторопись.

Ровена подошла к тете, сообщила о недомогании, послушно поцеловала подставленную матерью Себастьяна щеку и заспешила в прихожую за плащом.

— Готовы? — раздался через несколько минут за спиной голос Кита.

Ровена кивнула и с его помощью уселась в автомобиль.

— Не понимаю, зачем так поступать, — пробурчал молодой человек.

— Это Виктория. С нее бесполезно спрашивать разумного объяснения всех поступков. Вам известно что-нибудь о ее должности в Союзе суфражисток за женское равноправие? Как она вообще с ними связалась?

— Я узнал об обществе уже после ссоры, так что у нас не было времени расставить все по полочкам, — пожал плечами Кит. — Помню, что она ужасно расстроилась из-за «Ботанического вестника».

— При чем тут «Вестник»?

— Виктория вам не рассказывала? Редактору понравилась ее статья, он обещал опубликовать работу и даже выслал чек. Расхваливал талант, пока не узнал, что автор — женщина. Виктория не указывала в письмах полное имя.

— О нет, — вздохнула Ровена.

— О да. Редактор ужасно удивился, когда увидел на пороге издательства молоденькую девушку. Виктория приехала, чтобы обсудить с ним будущие статьи и, возможно, договориться о работе. Скорее всего, с суфражистками она познакомилась через своих друзей, у которых останавливалась в Лондоне.

— Через Пруденс? — недоуменно переспросила Ровена.

— Нет. Она жила у Кейти.

— Значит, она сказала, что поедет навестить Пруденс, а сама прожила неделю у Кейти, встретилась с редактором «Ботанического вестника» и нашла работу в организации суфражисток? — (Кит кивнул.) — Бог ты мой! Остается лишь надеяться, что с ней ничего не случилось. Иначе Скотленд-Ярд сломает голову уже в самом начале поисков.

— Виктория... — Кит замялся. Ровена внимательно наблюдала за его лицом в темноте салона. — Очень независима.

— Мягко сказано. Но если честно, она, скорее, избалована и привыкла, что ей во всем потакают. Мы с Пруденс обе виноваты. Но сестра родилась такой маленькой и хрупкой, а потом мы оглянуться не успели, как вырастили чудовище.

— Она не чудовище, — отрезал Кит. — Пусть Виктория переменчива и склонна к неожиданным порывам, но в этом нет ничего плохого. У нее чистые намерения.

— О боже, смилуйся над нами. Вы влюбились, — выдохнула Ровена.

Кит замолчал, но отрицать не стал. Ровена пыталась привыкнуть к открытию. Она и раньше подозревала, что лорд Киттредж неравнодушен к сестре, но настолько увлеклась собственным романом, что не следила за развитием их отношений. И когда дружба переросла в нечто большее? Ровена поежилась, сердце упало под тяжестью сожалений. Неужели Виктория начала чудить из-за недостатка внимания со стороны старшей сестры?

Ровена вздохнула и покачала головой. Уже не важно. Сейчас главное — найти пропажу и убедиться, что она жива и здорова. Но затем... Ровена твердо пообещала себе, что все изменится. Она была слишком поглощена собой: сначала горем после смерти отца, потом чувством вины после разрыва с Пруденс, а теперь все мысли занимали Джон и полеты. Но что может быть важнее благополучия младшей сестры? Ровена решила посвятить себя заботам о Виктории, если та найдется. Она содрогнулась и поспешно перефразировала: когда найдется.

К дому Кейти подъехали уже затемно. Ровена смутно помнила милую, но застенчивую горничную из мейфэрского особняка. Вполне в духе Виктории подружиться со служанкой. Да и Пруденс, как оказалось, водила с ней знакомство. Только сама Ровена, как обычно, осталась в стороне. Может, она всегда была «слишком поглощена своими мыслями»? С этим горестным откровением Ровена подошла к квартире Кейти.

Довольно скоро дверь приоткрыла худощавая женщина в возрасте, глянула в щелку на Кита и нахмурилась:

— Что тебе здесь надо, пьянчуга?

Затем заметила Ровену и распахнула в удивлении рот. Дверь тут же открылась нараспашку.

— Мисс Ровена! Какими судьбами?

— Мы знакомы? — удивленно подняла брови Ровена.

— О, конечно нет, мисс. Прошу прощения. Несколько раз видела вас издалека. Я мама Кейти. Заходите же скорее.

Женщина проводила гостей в комнату со сводчатыми дверями с обеих сторон, не забывая бросать на Кита недовольные взгляды. В одной из дверей стояла Кейти в капоте и недоуменно моргала со сна.

Ровена не стала тратить время на любезности.

— Вы видели сегодня Викторию?

— Нет, — покачала головой Кейти. — Мам, она не заходила днем?

— Нет, я не видела ее уже неделю. Она навещала нас только раз после той поездки.

— А вы знаете, где она может быть? — упавшим голосом спросила Ровена. — Сестра получила утром записку, сказала, что надо срочно отлучиться, и никто ее больше не видел.

— Лотти! — крикнула Кейти в направлении одной из дверей. — Виктория приходила сегодня на работу?

— При мне ее не было.

На пороге появилась женщина в просторной ночной сорочке и чепце. При виде Кита она покраснела и скрестила на груди руки.

— Не могли бы вы дать мне адрес конторы, где работает сестра?

Если Виктория не появится сегодня, с утра надо будет первым делом наведаться в ее организацию.

Мать Кейти принесла листок бумаги и карандаш, и Лотти, довольно неохотно, записала улицу и номер дома.

— Ты знаешь, где живет Пруденс? — спросила Ровена у бывшей горничной. — Может, Виктория решила заночевать у нее.

— Конечно, сейчас напишу адрес.

— Спасибо за помощь, — поблагодарила на прощание Ровена. — Если сестра заглянет к вам, передайте, что мы ее ищем и очень волнуемся.

Женщины пообещали сразу же сообщить обо всех новостях, и Ровена с Китом заторопились к машине.

— Вам не показалось странным, что эта особа в ночной сорочке не хотела давать нам адрес женского общества? — спросила Ровена, когда они устроились на заднем сиденье.

— Не знаю. Я не мог оторвать глаз от ее чудного чепчика.

Ровена закатила глаза:

— Ладно-ладно. Вы правы. Она явно написала его с большой неохотой.

— Да. Когда найдем Викторию, надо будет хорошенько расспросить ее об этом обществе.

— Ей нравится там работать, но она не рассказывала, чем именно занимается, — задумчиво протянул Кит.

Автомобиль остановился у лавки бакалейщика, и Ровена со вздохом обратилась к шоферу:

— Кажется, вы ошиблись. Или нам дали неверный адрес.

— Мисс, я думаю, что леди, которую вы ищете, живет в квартире над лавкой, — снисходительно пояснил водитель.

Ровена нахмурилась. Жить над лавкой? Ох, Пруденс. До чего я тебя довела?

❖ ❖ ❖

— Ничего не хочешь мне рассказать?

Вопрос мужа пригвоздил Пруденс к полу. Сердце заколотилось, и она судорожно сглотнула. В памяти тут же всплыл поцелуй с Себастьяном.

— Не знаю, о чем ты?

Они стояли в спальне. Эндрю отработал в порту целый день и хотел лечь пораньше. Поскольку у них еще гостила Сюзи, Пруденс взяла за правило навещать мужа перед сном, чтобы провести несколько минут наедине. Эндрю стоял спиной к ней у маленького комода, выделенного под его вещи. Наряды Пруденс занимали весь шкаф.

Неужели муж узнал о поцелуе? Лицо залило краской стыда. За последние дни она с трудом, но сумела изгнать из головы мысли о Себастьяне. Незачем напоминать о нем Эндрю — муж только обидится. К тому же Пруденс точно знала, что повторения не будет, никогда. Она считала поцелуй заменой тому, что должно было произойти в тот давний полдень, когда лорд Биллингсли впервые намекнул ей на свои чувства.

Эндрю повернулся. В руках он держал рубаху, на лице отражалось недоумение.

— Я не ношу такие рубашки. Зачем ты купила мне дюжину новых? Мне они не нужны, да и лишних денег у нас нет.

От облегчения у Пруденс подкосились колени, и она с размаху плюхнулась на кровать. Эндрю присел рядом, все еще обиженно разглядывая обнову. Пруденс прижалась к мужу, глубоко вдохнула. От мягкой, потертой сорочки пахло чистотой и мылом. Глаза налились слезами. Чем она заслужила его доброту?

— Я испортила твои рубашки, — призналась Пруденс. — Насыпала много синьки, и они окрасились. Не хотела тебе говорить... Виктория и так невольно выдала, что я неумеха в домашнем хозяйстве. Поэтому я пошла и купила новые сорочки и простыни.

— А простыни тоже испортились?

Пруденс кивнула и прижалась щекой к груди Эндрю. Его голос звучал как-то сдавленно, и она не решалась поднять глаза. И как ей пришло в голову целоваться с Себастьяном? Ведь она мечтала стать Эндрю хорошей женой, а в итоге то и дело портила белье, пережаривала обеды и засматривалась на других мужчин. «Когда я превратилась в столь ужасную женщину?» — с ужасом подумала Пруденс.

Из груди Эндрю вырвался смех, и она испуганно отстранилась.

— Что такое?

— Почему ты не сказала мне, глупышка? Или ты боялась, что я разозлюсь?

По щекам потекли слезы радости и в то же время унижения.

— Я не хотела, чтобы ты разочаровался во мне.

Эндрю прижал жену к груди:

— Как я могу разочароваться в тебе? Неужели ты не понимаешь, почему я на тебе женился? Если бы я искал домохозяйку, в Саммерсете достаточно служанок на выбор. Но я выбрал тебя, разве не так?

— Почему? — невнятно пробормотала Пруденс в грудь мужа.

Тот ненадолго замолчал.

— По двум причинам, — наконец признался он. — Ты же знаешь, что я родился в бедной крестьянской семье. Родители не признавали книжной премудрости, и после начальной школы мне пришлось учиться самому, втихаря. Я не хочу, чтобы детям довелось повторить мой путь. Хочу дать им большее. И тут появилась ты — умная, образованная, настоящая леди. Я даже не мечтал познакомиться с подобной женщиной. Только тебе я доверил бы воспитание своих детей.

Пруденс едва сдержала нахлынувшую нежность.

— А вторая причина? Ты говорил о двух.

— Твои глаза, — ласково выдохнул в ее волосы Эндрю. — В них жила печаль. Мне захотелось стереть ее и сделать все, что в моих силах, чтобы грусть не возвращалась.

Пруденс прильнула к мужу. Крепкие руки сжали ее в объятиях, и она отчаянно пожалела, что за стеной находится Сюзи. Эндрю хмыкнул, будто подслушал распутные мысли.

— Я люблю тебя, — яростно прошептала девушка.

— Я тоже тебя люблю.

Еще час Сюзи и Пруденс посвятили сплетням и домашним делам. Сюзи учила подругу штопать носки, ведь Эндрю неукоснительно поставлял нуждающиеся в починке запасы.

В это время дня присутствие маленькой посудомойки было особенно кстати. Ранее Пруденс никогда не приходилось проводить много времени в одиночестве, и она тяжело переносила дни, когда Эндрю работал или учился, потому что и вечером он ложился рано. Чтение, прогулки и визиты к Кейти и Мюриэль помогали далеко не всегда.

Стук в дверь испугал обеих девушек. Пруденс бросила взгляд на дверь спальни, но там стояла полная тишина.

Сюзи подхватила со стола тяжелый подсвечник, и подруги вдвоем отправились открывать. С напускной уверенностью Пруденс потянула на себя входную дверь.

При виде лица Ровены пульс взлетел до небес. Она бы с удовольствием захлопнула дверь перед носом названой сестры, но потрясение не давало двинуться с места. Рот распахнулся от удивления.

Ровена грустно улыбнулась. В прекрасных зеленых глазах стояли слезы.

— Здравствуй, Пруденс.

Ровена отметила, что сестра изменилась. Она всегда была красавицей, но теперь в посадке головы появилась некая зрелость, которой не наблюдалось раньше. А новообретенная мягкость черт явственно говорила о влюбленности.

В Себастьяна.

Пруденс попыталась захлопнуть-таки дверь, но Ровена вовремя подставила туфельку.

— Виктория пропала.

— Что значит «пропала»? — через комок в горле выдавила Пруденс.

— Утром она получила записку и ринулась куда-то сломя голову. С тех пор ее никто не видел.

Пруденс открыла было рот, но Ровена ее опередила:

— Я уже заезжала к Кейти. Там-то мне и дали твой адрес.

Больше всего на свете Пруденс не хотелось пускать Ровену в дом. Один лишь звук ее голоса напоминал о двух самых горьких мгновениях жизни, но Пруденс никогда не подводила Викторию, если та в ней нуждалась. И сейчас не время ломать привычку. Она распахнула дверь и посторонилась:

— Заходи.

Потом повернулась к Сюзи — та успела незаметно поставить подсвечник на место — и попросила вскипятить чайник. Пруденс старалась не замечать неприкрытого облегчения на лице Ровены. Собственная боль была еще свежа в памяти, и Пруденс не собиралась считать приглашение жестом примирения.

Она зажгла лампу и присела за стол. Сюзи занялась приготовлением чая, пока Ровена и сопровождающий ее мужчина неловко топтались посреди комнаты.

Представления прошли без излишних церемоний.

— Пруденс, — произнесла Ровена, — это Кит, друг Виктории. Кит, это наша сестра Пруденс.

Молодой человек забавно вздернул брови:

— Мне кажется, мы встречались, но все равно, приятно познакомиться.

Пруденс покраснела. Да, она уже видела его, но в ту встречу не отрывала глаз от Себастьяна.

— Взаимно.

Дверь в спальню отворилась, и вышел Эндрю. К облегчению Пруденс, он слышал незнакомые голоса и полностью оделся. Она быстро представила Кита и Ровену и слишком поздно вспомнила, что муж знаком с ними — ведь он служил лакеем в Саммерсете.

— Чем я могу помочь? — спросил Эндрю, когда ему пересказали новость о пропаже Виктории.

Он встал за спинкой стула, где сидела жена, и взял руку Пруденс в свою. До чего же ей повезло с мужем. Больше она никогда не позволит себе забыть его доброту.

— Сегодня уже поздно что-либо предпринимать, — ответил Кит. — Завтра утром мы с Ровеной отправимся в штаб Союза суфражисток за женское равноправие, разузнаем, что им известно.

— И вы не знаете, кто назначил Виктории встречу?

При мысли об одинокой, испуганной Виктории, голодной и раненой, где-то там, в темноте, у Пруденс сжималось сердце. Где она может быть?

Ровена покачала головой:

— Ты же помнишь, каково с ней. Она все держит в секрете. Тем не менее я удивляюсь, почему сестра никому не похвасталась работой с суфражистками, даже несмотря на любовь к тайнам. С тобой она говорила о новой должности?

— Да, сказала, что нашла работу, но не вдавалась в подробности. Помню только, что ее назначили представительницей организации — весьма странно для новичка, на мой взгляд.

Сюзи долила в чашки чай, и Пруденс сделала глоток. Решившись, она повернулась к Ровене:

— Я поеду завтра с вами.

Старшая сестра прикрыла лицо руками, тонкие плечи задрожали. Пруденс хотела было уточнить, что волнуется исключительно за Викторию, но смолчала. Сейчас не время.

Вскоре Ровена и Кит ушли, пообещав сообщить, если получат до утра новости. Дверь за ними захлопнулась, и Эндрю сгреб жену в охапку.

— Все будет хорошо, — твердо прошептал он в растрепанные волосы. — Уверен, Виктория объявится еще до завтрака, живой и невредимой.

Но из-за плеча мужа Пруденс видела Сюзи, и выражение лица девочки не обнадеживало.

ГЛАВА ШЕСТНАДЦАТАЯ

Когда Виктория снова открыла глаза, в комнате горела лампа. Девушка пару раз моргнула и испуганно вздрогнула, когда над ухом раздался женский голос с сильным ист-эндским выговором:

— Я вижу, что ты пришла в себя, так что не прикидывайся спящей. И не вздумай кричать, иначе доктор отправит тебя в лечебницу для буйных. Поверь, милочка, ты сто раз пожалеешь, что туда попала.

Виктория замерла. В нос ударил запах мочи и хлорки. Крохотное окошко над головой почти не пропускало света и было забрано решеткой. Сердце забилось чаще.

— Скажите, где я!

— А «пожалуйста» ты забыла? Я понимаю, что ты видавшая виды суфражистка, а я всего лишь сиделка. Но это не значит, что можно забыть о хороших манерах.

Виктория попыталась сесть, но обнаружила, что на сей раз ей приковали не только руку, но и ногу. Женщина рассмеялась:

— Я не хочу, чтобы ты снова меня лягнула.

— Простите, — искренне взмолилась Виктория. — Пожалуйста, скажите, где я?

Женщина подошла ближе. Поверх полосатой бело-синей блузки и длинной юбки из дешевой фланели похрустывал накрахмаленный фартук. Волосы при-

крывал белый льняной чепец. От женщины сильно
пахло щелочным мылом — не самый изысканный аро-
мат, но несравнимо лучше, чем застарелая моча. Глаза ее поражали яркой, живой синевой.

— Так-то лучше. Ты в Хэллоуэйской тюрьме.

Виктория всхлипнула. Пульс участился, легкие сда-
вила тяжесть. Ей пришлось закрыть глаза и отсчитывать неглубокие вдохи, пока стянувший грудь обруч
не исчез.

— Почему я здесь?

— Ты не знаешь? — В голосе сиделки звучало не-
поддельное удивление. — Вот так новость. Обычно
ваша братия гордится своими подвигами. Или ты не
помнишь?

Девушка крепко задумалась. Она помнила, что зашла в Национальную галерею с Мэри, а потом...

Память вернулась с полной силой, и Виктория за-
стонала.

— Ага, значит, вспомнила.

Девушка снова попыталась сесть, но скоро сдалась
и, обессилев, упала на матрас. Подушка кусалась и на-
тирала шею. Оставалось надеяться, что виной деше-
вое полотно, а не клопы.

— Я думала, тюрьмы совсем другие.

— Это не тюрьма, — фыркнула женщина. — Ты
сейчас в больнице. Тебя принесли сюда полумертвую.
У тебя какое-то заболевание легких?

— Да... у меня астма.

Виктория чуть не подавилась ненавистным названием, но выговорила. Все равно от болезни никуда не
денешься, как ни скрывай ее от других.

Сиделка кивнула и сделала пометку в карте.

— Доктор так и решил. И не волнуйся. Вскоре тебе представится случай изучить камеру изнутри. Хотя
вы, суфражистки, обычно получаете поблажки. Толь-

ко не пытайся заморить себя голодом. Иначе нам придется кормить тебя насильно, а я в жизни не видела ничего противнее. — Женщина строго посмотрела на Викторию и пощупала пульс.

— Почему я должна голодать? — недоуменно переспросила Виктория.

Она слышала, конечно, об устраиваемых суфражистками голодных забастовках, но всегда считала, что попытки довести себя до смерти не помогут делу.

— А почему другие это делают? — вполне резонно заметила сиделка. — Но ты так молода и так сражалась за каждый вдох... Уверена, ты воспринимаешь смерть иначе, чем большинство этих экзальтированных дамочек. Тебе сильно повезло, что ты выжила, душенька. Я думала, что уже ничего не поможет. Тебя принесли синюю, как моя блузка. В туалет надо?

Виктория кивнула, и женщина указала на ведро в углу.

Девушка содрогнулась.

— Что поделать, без затей, но, с другой стороны, зачем тратить деньги на тех, кто нарушает закон. А сейчас, если пообещаешь не закатывать истерику, я тебя развяжу и сделаешь свои делишки. И смотри мне, не выкидывай номера. А то позову Эда и заставлю все делать при нем.

Виктория в ужасе пообещала вести себя паинькой. После сиделка уложила ее в постель и посоветовала поспать.

— Ты выглядишь разумной девушкой, так что не буду тебя приковывать. Смотри мне, я не хочу получить из-за тебя взбучку. Нарушишь обещание — и я спеленаю тебя, как младенца. — В подтверждение своих слов сиделка потрясла наручниками.

— Обещаю, — прошептала Виктория, побелевшая как полотно. — Спасибо.

Женщина оправила постель. От холода ломило кости, и даже жесткий матрас и серые кусачие одеяла казались чудесным пристанищем. Сиделка повернулась к двери, и Виктория схватила ее за руку.

— Постойте, — взмолилась она, так как боялась отпускать последнюю преграду, стоящую между ней и скрывающимися за дверью неведомыми ужасами. — Когда будет суд? Я смогу повидаться с родными?

Женщина покачала головой и выключила лампу. Теперь единственным источником света оставался дверной проем. У кровати собирались длинные тени.

— Не знаю. Сложно сказать.

— Как вас зовут? — Виктория любыми способами пыталась оттянуть неизбежное.

— Элинор. Я еще зайду перед концом смены. А пока постарайся поспать.

Полоска света сморщилась и пропала. В комнате воцарилась абсолютная темнота, и Виктория задрожала. Она не любила оставаться ночью одна и долгие годы спала с Пруденс, чтобы не мучили кошмары.

Но здесь никто не прогонит страхи. С другой стороны, вряд ли воображение способно придумать что-то страшнее случившегося.

По щекам потекли слезы. Как она здесь оказалась? Зачем откликнулась на записку? Мэри безумна, в этом нет никаких сомнений. Виктория на миг задумалась, где находится одержимая женщина, и решила, что она наверняка заперта в этой же тюрьме.

Виктория утерла ладонями слезы. Дядя вытащит ее отсюда при первой возможности. Лорд Саммерсет пользуется влиянием, к тому же он богат. Наверняка он что-то предпримет.

С упавшим сердцем она припомнила прочитанные за последние месяцы газетные статьи. Публика двоя-

ко относилась к суфражисткам, но закон твердо стоял на своем. Большинство судей не питало симпатии
к женскому движению и придерживалось мнения, что
лучше упечь непокорных нарушительниц в тюрьму
и выбросить ключ.

И они считают, что она действительно хотела уничтожить картину... Виктория содрогнулась.

В коридоре что-то упало, донеслись приглушенные
голоса: это сиделки и санитары совершали обход па-
лат и проверяли пациентов. Виктория замерла. Снаружи есть люди, значит она не одинока. Шум отдалял-
ся, становился все тише, и вскоре Виктория слышала
лишь собственное прерывистое дыхание. Затем донесся монотонный, тихий стон, и сердце запрыгало в груди. Она крепко зажмурила глаза, чтобы отогнать тем-
ноту, и начала цитировать вслух:

> Варкалось. Хливкие шорьки
> Пырялись по наве,
> И хрюкотали зелюки,
> Как мюмзики в мове[1].

И замолчала. Нет, «Бармаглот» Льюиса Кэррол-
ла в темной каморке звучал слишком страшно. Отец
обычно всклокочивал себе волосы и читал его с ужа-
сающими гримасами. Папа! Девушка сглотнула и начала заново. На сей раз она выбрала Киплинга:

> Слушайте пчел! Слушайте пчел!
> Но пусть каждый из вас бы молчать предпочел,
> Но все вы расскажете пчелам своим, —
> Иначе мы меду совсем не дадим[2].

---

[1] Перевод Дины Орловской.
[2] Стихотворение Р. Киплинга «Песня Пчелиного Мальчика», перевод Г. Усовой.

Сначала стихи лились шепотом, но постепенно слова вырывались все громче и прогоняли тени. Пульс и дыхание вернулись в норму. Виктория порылась в памяти в поисках других стихотворений Киплинга. Благо она их знала предостаточно. Не надо думать об одиночестве и темной комнате. О камере в печально известной тюрьме, где содержали убийц и воров. Где женщины проводили всю свою жизнь, забытые и брошенные миром. Виктория всхлипнула и забилась глубже под одеяло.

В порыве отчаяния она перешла от поэзии к прозе: «Это рассказ о великой войне, которую вел в одиночку Рикки-Тикки-Тави в ванной большого дома в поселке Сигаули»[1].

❖ ❖ ❖

Должно быть, Виктория задремала. Забытье то и дело прерывали невнятные сны, а просыпаясь, она сталкивалась с ужасной явью. Через несколько часов ее окончательно разбудил звук отпираемых засовов. Виктория уставилась на дверь и молилась увидеть в проеме Элинор.

Свет ослепил, но девушка с облегчением услышала голос сиделки:

— Ну вот, я же говорила, что приду навестить тебя.

— Спасибо, — со слезами благодарности выдавила Виктория.

— О, прекрати. Мне больше нравилось, когда ты грубила.

Женщина помогла ей подняться, разрешила воспользоваться отхожим ведром и пощупала пульс.

---

[1] Рассказ из «Книги джунглей» Р. Киплинга, перевод К. И. Чуковского.

— Пока дышишь, ты свежа как огурчик. А теперь мне нужно надеть на тебя наручники, но, если пообещаешь хорошо себя вести, я прикую только одну ногу.

Виктория согласно закивала. Элинор устроила ее на постели.

— Вечером, скорее всего, не смогу тебя проведать, — покачала головой сиделка. — Посмотри на себя. Одно только платье стоит больше, чем мое месячное жалованье, и ты еще чем-то недовольна. Я тоже хочу получить право голоса, но не собираюсь рисковать всем, ради чего надрывалась всю жизнь. Вы просто сумасбродные девчонки.

В высокое окошко над кроватью пробивался слабый утренний свет. Виктория наблюдала, как он становится ярче. Через какое-то время снова загремел засов, дверь открылась. В каморку вошла женщина в серой форме, ее сопровождала сиделка в такой же, как у Элинор, одежде.

— Говорила же, она готова, — заявила сиделка. Быстро осмотрела Викторию и сняла наручники.

Другая женщина с суровым, неулыбчивым лицом швырнула на кровать черное платье.

— Переодевайся, да побыстрее. — Затем повернулась к сиделке. — Она, может, и готова, да я не знаю, куда ее поместить. Все камеры высшего разряда заняты.

Виктория старалась поторопиться, но пальцы отказывались повиноваться, и она не могла справиться с пуговицами.

— Если у вас нет места, можете меня отпустить, — язвительно предложила Виктория.

Женщина в сером замолчала и непринужденно взмахнула висящей на поясе дубинкой. Виктория сглотнула и принялась расстегивать пуговицы с удвоенным рвением.

Когда она переоделась в простое черное шерстяное платье, надзирательница крепко взяла ее под руку и увлекла за собой. Виктория с некоторой грустью покидала ужасную каморку. Она не знала, что ждет впереди, а мириться всегда проще со знакомым злом.

Ее провели по длинным коридорам без окон и втолкнули в камеру размером четыре на четыре фута с единственным стулом. Серая женщина, как окрестила ее про себя Виктория, ничего не говоря, жестом указала на стул. Виктория села. И принялась ждать.

К тому времени, когда про нее вспомнили, она жутко проголодалась, хотела пить, а также боролась с необходимостью срочно посетить уборную. Вошедшая в комнату женщина так походила на первую, что вполне не могла оказаться ее близнецом.

— Ты пропустила завтрак? — недовольно спросила женщина, будто Виктория нарочно доставила неудобства. — О боги! И почему мне приходится за всем следить?

Надзирательница принесла чашку воды, и Виктория с жадностью ее выпила.

— Придется обойтись этим. Лишней порции я принести не могу.

Виктория хотела заметить, что, поскольку завтрака ей не досталось, вряд ли справедливо говорить о «лишней» порции, но вспомнила про дубинку и промолчала.

Девушку провели по длинному коридору в просторное помещение с высоким, на три этажа вверх, потолком. По каждой стене, как детские кубики, располагались одна над другой ряды камер. Когда Виктория огляделась, она поняла, что камеры находятся на разных этажах. Надзирательница провела ее по огромному залу в следующий коридор, с голыми каменными стенами. «Что ж, зато пожара можно не бояться», — отметила про себя Виктория. В замке Хэллоуэй, как его называли лондонцы, просто нечему гореть.

По пути они остановились у запертой кладовой, и женщина нагрузила Викторию двумя серыми шерстяными одеялами, стеганым покрывалом и белым полотенцем. Затем взяла большой жестяной кувшин и наполнила под ближайшим краном. К тому времени, когда они подошли к предназначенной камере, у Виктории распухла и болела нога, прикованная ночью к кровати. Но она не решалась жаловаться. От одного взгляда на дубинку по спине разбегались мурашки страха. До вчерашнего вечера никто не поднимал на нее руку, и Виктория не могла поверить, что теперь ее могут ударить просто так, без причины и объяснений, и совершенно безнаказанно.

Размеры камеры составляли десять на пять футов; бетонные блоки стен покрывал неровный слой краски. Большое, забранное решеткой окно на задней стене выглядывало бог весть куда. В дальнем углу стояли сложенная пополам койка с матрасом, железный умывальник с полотенцем, несколько жестяных ведер и деревянный табурет. С потолка свисала голая лампочка.

— Застели постель чистым бельем и сложи.

Виктория испуганно бросилась исполнять приказание. Женщина поставила кувшин на табурет и без слов покинула камеру. Щелчок замка вызвал приступ ужаса. Виктория зажала ладонью рот, чтобы сдержать крик. Она отчаянно боялась лечебницы для буйных, которой припугнула Элинор. С другой стороны, неужели там может быть хуже, чем здесь? Но Виктория верила сиделке и не хотела убеждаться на собственном опыте.

Она бросилась к окну. По двору кругами гуляли женщины. Длинный строй снова и снова обходил двор, а по углам стояли одетые в серую форму охранницы. На всех заключенных были одинаковые черные платья.

Вспомнив наказ надзирательницы, Виктория разложила постель и перестелила. Потребовалось некоторое время, чтобы понять, как справиться с койкой, и, когда Виктории все же удалось, она ощутила странное чувство удовлетворения. Затем села на табурет и принялась ждать.

Виктория решила, что пока не станет предпринимать попыток связаться с дядей. Нет, надо поговорить с Мартой. Если та сумеет вызволить ее отсюда, лучше избавить родных от позора. Она не сделала ничего дурного. Виктория не знала, что замышляет Мэри, и кричала не для того, чтобы отвлечь внимание. Крик сам вырвался, когда она увидела оружие в руках сумасшедшей. Любой закричал бы, доведись ему увидеть одержимую женщину с топором в руках. Судья поверит и отпустит ее домой. Обязательно. Она не преступница и никогда раньше не сидела в тюрьме. Надо сообщить Марте. Наверняка та не раз сталкивалась с подобными ситуациями и знала, как надо действовать.

Принятое решение и надежда подняли дух на пару часов. Двор опустел, наступило время обеда, но в камеру никто не заходил. Шло время, и по-прежнему никого. Неужели про нее забыли? Или так обращались со всеми суфражистками, в наказание?

Виктория могла судить о времени лишь по вытягивающимся теням во дворе. Чтобы не думать о голоде, она пересчитала все камни на потолке. Выпила воды, но не решилась опустошить кувшин до дна — вдруг о ней действительно забыли. Завернулась в одеяло, чтобы отогнать навязчивую, пробирающую до костей, ледяную сырость.

Когда она ела в последний раз? Вчера за завтраком. Копченая рыба, яйца, ягоды со сливками. Свежие булочки. Рот наполнился слюной. Хороший завтрак. Она всегда плотно завтракала. На глаза навернулись непрошеные слезы, и на сей раз Виктория не смогла задавить рыдания. Плакала до полного изнеможения, пока не одолели усталость и сон.

Виктория проснулась в темноте. Никто не приходил. Она воспользовалась ведром в качестве уборной, намочила уголок полотенца в оставшейся в кувшине драгоценной влаге и протерла лицо и руки. В камере пахло мочой и плесенью.

Погас свет. Виктория окончательно осознала, что ей грозит невыдуманная опасность. За целый день никто не заглянул в камеру, не принес еды. Если суфражистки устраивали голодные забастовки, значит их все-таки кормили. Следовательно, это не принятое в тюрьме наказание.

О ней просто-напросто забыли.

Виктория понимала, что кричать в комнате с каменными стенами, да еще ночью, бесполезно, поэтому ощупью добралась до кровати и залезла под одеяло. Утром она начнет борьбу за жизнь, попытается привлечь внимание охранников. Сейчас ей ничего не оставалось, как спать.

Как назло, она проспала полдня, а страх перед темнотой не давал закрыть глаза. Так что она уставилась в наползающую со всех сторон тяжелую черноту. Окно из единственного источника света днем превратилось в опасный, полный теней мир. Воображение услужливо подсовывало истории о Дракуле и Франкенштейне. Грудь потихоньку начало стискивать. Нет. Если случится приступ, она умрет. И Виктория стала отсчитывать вдохи, пока обруч не исчез, да и потом продолжила. Веки наливались тяжестью.

Должно быть, она снова заснула, потому что, когда открыла глаза, небо за окном посветлело. Солнце пряталось за облаками, но Виктория предположила, что начался день. Когда же включат верхний свет? В тюрьме должно существовать расписание, и завтрак понесут в определенное время.

Виктория выждала, сколько смогла, и принялась колотить ведром в железную дверь. Стук сопровождался криком, но вскоре от усилий закружилась голова. Виктория продолжала стучать, пока руки не занемели. В конце концов она сдалась и свернулась клубочком на кровати. В ушах все еще звенело.

❖ ❖ ❖

Ровена в ужасе осмотрела здание, к которому их подвез шофер, и развернула бумажку с адресом.

— Вы уверены, что не ошиблись?

Кит зарычал и обратился к Пруденс — та сидела напротив него на заднем сиденье.

— И как часто она сюда приходила?

Пруденс пожала плечами и потянулась к дверной ручке.

— Пару раз в неделю. А чего вы ожидали? Это же не Национальный союз суфражисток. Вряд ли они могут себе позволить снять красивое здание. Вероятно, все деньги уходят на борьбу.

Ровена поняла намек и придержала язык. Сейчас не время выяснять отношения с Пруденс, нужно найти Викторию. Девушки выбрались из машины и начали подниматься по лестнице. Кит замыкал шествие.

Ровена ожидала, что Пруденс постучит, но та распахнула дверь и замерла на пороге. Посередине просторного, пустого помещения невысокая темноволосая женщина упаковывала вещи в коробку. Ровена протиснулась в проем. Женщина заметила гостей и испуганно вздрогнула:

— Чем могу помочь?

— Это штаб Союза суфражисток за женское равноправие? — спросила Ровена.

После короткой заминки женщина кивнула. Она то и дело бросала взгляды на Кита, явно обеспокоенная его присутствием.

— Я ищу свою сестру, Викторию Бакстон. Вы виделись с ней в последние дни?

— Викторию? — Голос женщины взлетел от удивления. — Нет, я не видела ее довольно давно, если подумать. Я решила, что ей надоело. Многие увлекающиеся натуры долго не выдерживают.

— Вы ошибаетесь насчет сестры. К тому же у меня сложилось впечатление, что она проделала немалую работу для вашей организации.

Женщина то и дело поглядывала на Кита, пока тот неторопливо обходил и осматривал комнату.

— Что вам нужно? — в конце концов не выдержала она.

— Просто любопытствую, — пожал плечами Кит.

— Не стоит.

Женщина попыталась смягчить резкость улыбкой, но Ровена ясно видела, что присутствие Кита ее смущает.

— Не знаю, что Виктория вам рассказывала, но она проработала у нас совсем недолго, — продолжила женщина. — Славная девушка, мы все хорошо к ней относились, но не слишком предана делу.

— Предана кому? Союзу суфражисток за женское равноправие или Лиге женского равноправия? — Кит поднял какой-то листок и вопросительно вскинул бровь.

— Обеим организациям, — с натянутой улыбкой выдавила женщина.

— А почему у вас два названия?

У Ровены волосы на затылке встали дыбом. Что-то не вязалось в ответах.

Женщина снова улыбнулась, на сей раз тренированной улыбкой оратора, предназначенной для успокоения публики.

— Прошу прощения, что не представилась ранее. Меня зовут Марта Лонг. Наши организации называются так, потому что у них различные цели. Названия позволяют предотвратить путаницу. Но к Виктории это не имеет никакого отношения.

— Вы переезжаете? — Ровена кивком указала на коробки.

— Нет, просто небольшая уборка. Надеюсь, вы найдете Викторию. Очень милая девушка. Дайте мне знать о ее судьбе. А сейчас меня ждут неотложные дела.

Глаза Ровены налились слезами отчаяния. Короткий разговор уничтожил всю надежду на то, что они быстро найдут сестру. Более того, теперь неминуемо придется признаться дяде и тете.

— У вас были назначены на вчерашний день какие-то протесты? — спросила Пруденс.

— Нет, по крайней мере, мне о них ничего не известно. — Марта снова улыбнулась. Ровене не нравилось ее настроение — чересчур радостное для человека, у которого пропал один из сотрудников. — С другой стороны, мне не докладывают об акциях всех суфражистских групп. А теперь прошу меня извинить.

Намек прозвучал предельно ясно. Причин для задержки не осталось. И Виктории здесь определенно не было.

Пока Ровена спускалась по лестнице, Пруденс поговорила на улице с каким-то мальчишкой и протянула ему монету.

— Кто это? — спросила у машины Ровена.

— Что-то тут не так. Не знаю, имеет ли это отношение к Виктории или нет, но лучше проследить, куда отправится Марта Лонг после работы. Я дала мальчишке шиллинг и пообещала больше, если он принесет к вечеру какие-нибудь новости.

Пруденс помахала рукой перебежавшему на другую сторону улицы мальчику и забралась в автомобиль. Ровена покачала головой и последовала за ней.

— И что теперь? — спросил Кит.

— Придется рассказать дяде и тете. Никто не знает, где Виктория, и нам потребуется помощь, чтобы ее найти.

Пруденс подвезли до дома, и Кит приказал шоферу ехать в Белгравию.

— Да уж, нелегкий разговор нас ждет, — поежился Кит, выходя из машины.

— Мягко сказано.

На ступенях особняка ожидал Себастьян. Он бросил один взгляд на лицо Ровены и крепко прижал ее к себе. Из двери выглянул Колин. Кит покачал головой, и молодые люди скрылись в особняке. Ровена осталась стоять в объятиях жениха.

— Мне так жаль, — произнес Себастьян.

Ровена подняла залитое слезами лицо, и он поцеловал ее в щеку.

— Пойдем. — Себастьян жестом указал на дом. — Я пойду с тобой.

Разговор с дядей и тетей в полной мере оправдал дурные предчувствия Ровены.

— То есть ты знала, что Виктория не ночует у Пруденс, и ничего нам не сказала?

Написанные на лице графа неодобрение и разочарование легли на плечи девушки тяжелым грузом. В который раз ее неспособность что-то предпринять привела к беде. Ровена с трудом заставила себя кивнуть.

Дядя покачал головой и поднялся:

— Пойду в кабинет. Надо позвонить в полицию.

Жена остановила его касанием руки:

— Обожди. — Графиня позвонила. Через миг в комнату вошел дворецкий. — Кэрнс, будьте добры, возьмите одну из горничных и обыщите комнату мисс Виктории. Обратите внимание на корзину для бумаг. Если комнату уже убирали, просмотрите мусор. Ищите доставленную вчера записку. Благодарю. — Леди Саммерсет перевела взгляд на племянницу. — Я крайне разочарована. Конечно, я понимаю твое желание защитить сестру от наших с дядей нареканий. Но тебе не кажется, что подобный поступок трудно назвать рассудительным?

Дядя Конрад повернулся к жене:

— Я все же считаю, что надо сообщить властям.

— Безусловно. Но сначала проведем небольшое расследование. Если Виктория сбежала по собственной воле, стоит задуматься о чести семьи. Как жаль, что они с сестрой не ценят своей репутации. К тому же Ровена и так ждала целую ночь, прежде чем сообщить нам. Несколько минут ничего не изменят.

Ровена опустила глаза. Она понимала, что заслужила резкие слова. Пренебрегла безопасностью сестры, и вот результат. Оставалось лишь надеяться, что Виктории не придется платить за ее глупость.

Тетя Шарлотта снова позвонила. В комнату скользнула горничная.

— Принеси чаю. И закуска тоже не помешает.

Графиня оглядела выстроившихся эскортом вокруг племянницы Колина, Кита и Себастьяна:

— Если нам придется рассылать следопытов, прежде их необходимо накормить. Надеюсь, у вас есть друзья, способные помочь в поисках юной девушки?

Ровена с облегчением откинулась на спинку стула и прикрыла глаза. Тетя полностью взяла все в свои руки. Девушка корила себя, что не решилась обратиться к ней раньше.

— Ровена, у тебя еще есть возможность исправить ошибку. Расскажи все, что знаешь об увлечениях сестры. У нее есть молодой человек?

Кит вытянулся, и взгляд Ровены невольно обратился к нему. Должно быть, тетя заметила, потому что многозначительно подняла брови.

— Нет, — покачала головой Ровена.

— Тогда объясни подробно, какую должность Виктория занимает в Союзе суфражисток за женское равноправие. — Ровена потрясенно раскрыла рот, и тетя ответила укоризненным взглядом. — Разумеется, я знаю. Неужели твоя сестра считала, что будет просить денег у моих друзей и никто из них не догадается сообщить мне? Я содрогаюсь при мысли о том, какую сумму ей удалось собрать, да еще таким недостойным способом. Должно быть, Виктория вела себя очень настойчиво.

— При желании она умеет быть настойчивой, — согласно закивала Ровена. — Хотя я не знала, что она собирает деньги. Виктория рассказывала, что устроилась в женскую организацию, но не уточняла, чем именно будет заниматься. Сестра не склонна к откровенности. Она так и не переросла детскую тягу к секретам.

— Вы сказали, что она собирала деньги, — вмешался Кит. — Ваши друзья давали деньги ей напрямую или пересылали на счет организации?

— И то, и то, насколько мне известно.

— Жаль, что я ничего не знал, — сморщил нос дядя Конрад. — Уж я бы непременно пресек подобное сумасбродство. Если Виктории скучно и некуда девать свои силы, существуют другие, более уважаемые благотворительные организации.

В комнату вошел Кэрнс. Дворецкий держал в руке голубой лист бумаги. Он с поклоном подал записку графине, та прочла и передала мужу.

— Вы знаете особу по имени Мэри? — спросила тетя Шарлотта, пока граф пробегал глазами строчки.

Ровена отрицательно покачала головой.

Дядя Конрад провел ладонью по лицу:

— О боже! Кэрнс, будьте любезны, поднимитесь в мой кабинет и принесите утреннюю газету.

Граф опустился в кресло и прикрыл глаза рукой. Жена встревоженно кинулась к нему:

— Конрад! Ты меня пугаешь. В чем дело?

— Кажется, я знаю, где Виктория.

— Тогда поедем за ней! — вскочил со сжатыми кулаками Кит.

— Боюсь, что все не так просто, — покачал головой граф.

Кит выхватил записку у него из рук. Ровена встала рядом и читала через плечо.

Дорогая Виктория!

Вот и возможность проявить себя. Буду ждать у Национальной галереи в два пополудни. Никому не говорите.

Мэри

Грудь сжало дурным предчувствием — скорее от реакции дяди, чем от содержимого записки.

— Ничего не понимаю. Национальная галерея? Какое отношение имеет эта записка к пропаже сестры?

В комнату вошел Кэрнс с газетой. Дядя бросил взгляд на первую полосу и поднял лист, чтобы все видели. Ровена жадно вчиталась в заголовок.

СУФРАЖИСТКИ ИЗРЕЗАЛИ БЕСЦЕННОЕ ПОЛОТНО «ВЕНЕРА С ЗЕРКАЛОМ» В НАЦИОНАЛЬНОЙ ГАЛЕРЕЕ!

Если бы не своевременная помощь Кита, Ровена рухнула бы на колени. Себастьян поддержал девушку с другой стороны, пока все встревоженно просматривали статью.

Вчера днем печально известная активистка женского движения Мэри Ричардсон и не опознанная свидетелями женщина изрезали знаменитый шедевр Веласкеса «Венера с зеркалом».

— Нет. Виктория тут ни при чем, — затрясла головой Ровена. — Она, конечно, глупая девочка, но никогда не поднимет руку на бесценное полотно. Она слишком уважает искусство.

— Надеюсь, ты права, — вздохнул дядя. — Но если Виктория каким-то образом замешана в нападении, сейчас она в тюрьме.

ГЛАВА СЕМНАДЦАТАЯ

Должно быть, Виктория снова провалилась в сон. Когда она в очередной раз открыла глаза, в камеру струился солнечный свет. Она выглянула в окно, и руки опустились при виде пустого дворика. Ее крики опять никто не услышит.

Она умрет в этой камере. Викторию захлестнула холодная волна безнадежности. Образование, работа, все старания стать независимой женщиной, изменить мир к лучшему... Все напрасно. Она умрет здесь, не принеся никому пользы, не оставив и следа. Родные даже не узнают, что произошло, не услышат от нее извинений. И зачем она все скрывала от сестры? Может, знакомые правы и она действительно ведет себя как ребенок?

Щелкнул замок. Виктория села на кровати и, не веря своим глазам, уставилась на открытую дверь.

В проеме стояла крайне удивленная надзирательница в серой форме. Она придерживала за локоть другую женщину в одежде заключенной.

— Что ты здесь делаешь? Камера значится как пустая.

Горло все еще саднило от криков.

— Меня... забыли, — кое-как выдавила Виктория.

— Да уж. Ладно, подожди немного. Наверное, произошла ошибка.

Надзирательница захлопнула дверь и повернула в замке ключ прежде, чем Виктория успела взмолиться, чтобы ее не оставляли одну. Боже, неужели она опять заперта в одиночестве?

Виктория завернулась в одеяло и неотрывно уставилась на дверь. Довольно скоро та отворилась. На пороге стояла Элинор в сопровождении другой охранницы.

При виде знакомого лица Виктория разразилась слезами. Женщина ринулась к девушке и прижала к себе.

— Боже мой. Что за нелепая путаница! — Сиделка гневно повернулась к женщине-конвоиру. — Получается, я не могу доверить вам никого из своих пациенток!

— Я тут ни при чем, — пробормотала охранница.

— Хватит препираться, принеси еды.

— Но...

— Сейчас же!

Элинор отпустила девушку и подала ей белое полотенце:

— Приведи себя в порядок. Тебя уже ждут. Как только поешь, пойдешь со мной.

Виктория дрожащими руками вытерла лицо. Сиделка проверила ей пульс и приложила ладонь ко лбу.

— Сколько ты здесь находишься?

— Меня отвели сюда сразу после больницы. Надзирательница не знала, куда меня поместить.

— Боюсь, это моя вина, — покачала головой Элинор. — Я уговорила доктора настоять на одиночной камере, ввиду твоего состояния. Опасалась, что знакомство с другими заключенными обернется шоком и очередным приступом. Наверное, все одиночные камеры оказались заняты, и тебя отвели сюда. Эти ком-

наты редко используются, обычно в них содержат ча-
хоточных.

Надзирательница вернулась с небольшой буханкой
твердого ржаного хлеба и кувшином со свежей водой.
Виктория изо всех сил сдерживалась, чтобы не запих-
нуть еду в рот целым куском.

— Почему вы вернулись за мной?

— Доктор попросил выйти в утреннюю смену,
и мне стало любопытно, как дела у новенькой. Мы до
сих пор не знаем твоего имени, ведь тебя доставили
без сознания. Я спросила, куда поместили Джейн
Джонсон — так зовут безымянных пациенток. Никто
не знал. Просмотрела бумаги, расспросила охранников и поняла, что тебя потеряли. Тогда я подняла тревогу. Даже не представляю, сколько бы пришлось искать, если б эту камеру не предназначили для другой
женщины. Начальство довольно равнодушно отнес-
лось к пропаже безымянной заключенной.

— А вы почему беспокоились? — спросила с на-
битым ртом Виктория.

— Если честно, даже не знаю, — пожала плечами
сиделка. — Возможно, потому, что слышала, как ты
читала такие красивые стихи, чтобы отогнать ночные
страхи. Не могла выкинуть из головы. В любом случае
тебя нашли, и пора предстать перед главной надзирательницей. Тебя еще не оформили по всем правилам.
Водили уже к судье или магистрату? — (Виктория отрицательно покачала головой.) — Так как тебя зовут?

— Виктория Бакстон.

Элинор, во главе маленькой процессии, бодро зашагала по длинному коридору. С каждым уносящим
прочь от ужасной камеры шагом Виктория чувствовала, как в тело возвращается жизнь. Вскоре тяжелые
железные двери с засовами по сторонам коридора сме-

нились обычными деревянными. Женщины вошли в административную часть здания. Элинор оставила Викторию с конвоиром, а сама заглянула в кабинет, чтобы переговорить с надзирательницей.

В отличие от клиники и огромного зала с рядами камер, двери здесь прекрасно пропускали звук. Виктория слышала возбужденный голос сиделки:

— По одному ее говору понятно, что она принадлежит к высшему свету! И ее родные сильно разозлятся, когда узнают, как с ней обращаются. Она даже судью еще не видела!

Через несколько минут из комнаты с сосредоточенным видом выскочила невысокая, неприметная женщина, и Викторию проводили в потрепанный кабинет с двумя столами и рядами шкафов для бумаг. Размеры сидящей за столом женщины устрашали. Очки в стальной оправе, брезгливо сморщенный нос и сурово сжатые губы лишь усиливали впечатление.

При виде Виктории надзирательница поднялась. Элинор пожала руку девушки:

— Возможно, мы больше не увидимся, Виктория. Если, конечно, у тебя не случится очередной приступ. Было приятно познакомиться.

Виктория подавила мольбу. Ей не хотелось расставаться с доброй сиделкой. Как только Элинор вышла из кабинета, надзирательница предложила ей сесть.

— Меня зовут миссис Лидделл, и тюрьма Хэллоуэй находится в моем ведении. Насколько я понимаю, произошла ошибка, и вы провели несколько часов без пищи и элементарных удобств. Мне жаль, что так получилось, — у нас нет привычки терять заключенных, — но извиняться я не собираюсь. Не я сделала тот выбор, что привел к данной ситуации.

Невзрачная женщина вернулась в кабинет и передала миссис Лидделл стопку бумаг. Затем уселась за

вторым столом и принялась печатать. Надзирательница откинулась в кресле, просматривая документы. На
Викторию не обращали внимания, и она с завистью
смотрела, как летают по клавишам печатной машин-
ки пальцы секретарши. Ей самой никогда не добиться подобной сноровки.

Миссис Лидделл прочистила горло, и Виктория повернулась к ней.

— Вашу сообщницу, Мэри Ричардсон, приговорили к шести месяцам заключения за порчу принадлежа-
щего государству имущества.

Виктория всхлипнула, и надзирательница покачала головой:

— Поскольку вы не имели прямого отношения
к уничтожению картины и не держали в руках орудие
преступления, думаю, ваше наказание будет мягче.
К тому же Мэри не первый раз попадает за решетку.
Вы, насколько я знаю, прежде не нарушали закон. Правильно, мисс Бакстон?

— Никогда, — отчаянно закивала Виктория.

— Завтра с утра вас примет магистрат. Если хотите, можете передать известие своей семье.

Виктория подумала было о дяде Конраде, но тут
же покачала головой:

— Нет. Я лучше свяжусь с главой нашей организации.

Миссис Лидделл поджала губы:

— Зря. Родным будет проще вам помочь, но как
знаете. Надиктуйте мисс Ларк записку. Она оформит
все бумаги, затем отошлет ваше послание. Желаю хорошего дня, мисс Бакстон.

Виктория поняла намек и отошла к столу женщи-
ны-мышки. После ответов на бесчисленные вопросы
набросала записку, адресованную Марте Лонг из Со-

юза суфражисток за женское равноправие, где попросила сообщить об аресте Ровене и указала адрес особняка дяди. Родные уже сходят с ума от переживаний, и наверняка граф с женой злы на блудную племянницу. Конвоир отвела Викторию обратно в камеру. В одиночестве страх нахлынул с новой силой, но теперь в нем пробивалась надежда. Осталось немного. Наверняка утром Марта приедет в тюрьму и расскажет судье, что ее подчиненная никак не могла быть замешана в преступлении. Виктория проведет в тюрьме максимум один-два дня.

Но Марта так и не приехала.

Заседание суда прошло как в тумане. Девушка пыталась объяснить судье и присяжным, что не причастна к порче «Венеры». Но поскольку она была вынуждена признать знакомство с Мэри и просьбу отвлечь охрану музея, судья не пожелал поверить, что кричала Виктория от удивления, а не в преступных целях.

— Три месяца тюремного заключения в Хэллоуэе.

Три месяца.

Приговор громом прозвучал в ушах. Ноги подкосились. По пути в камеру Виктория начала задыхаться, и ее отвели в больничное крыло. Элинор на месте не было, но в клинике нашелся ингалятор. После того как приступ миновал, Викторию заперли в камере.

Потянулись монотонные, безрадостные дни.

Хуже всего Виктория переносила ночи. Свет выключали в восемь вечера. Предстояло провести десять мучительных часов в темноте. Виктория подолгу слепо всматривалась в потолок и читала вслух стихи, пока на рассвете ее не одолевал сон.

В семь утра выливали грязную воду и приносили скудный завтрак из ржаного хлеба и чая. Большой кувшин с водой приходилось растягивать на весь день.

В восемь двери открывались, заключенных выстраивали длинными рядами и вели в часовню. Разговаривать не разрешалось, и Викторию каждый раз поражало, как много женщины ухитряются передать друг другу без ведома охранников.

Она не могла поверить, что все они совершили проступки против закона и заслужили наказание. Многие выглядели как заботливые матери и жены. Скорее всего, на свободе у них действительно остались семьи.

Однажды в часовне Виктория заметила Мэри, и девушку едва не стошнило. К счастью, Мэри не обратила на нее внимания. Виктория с радостью не встречалась бы с ней до конца жизни.

После службы женщин разводили по камерам. Время от времени их навещал врач, а при возникновении жалоб или просьб — тюремный управляющий. Один раз заходила Элинор, и при виде знакомого строгого лица Викторию охватила невыразимая радость. В десять, независимо от погоды, заключенных выводили во двор на прогулку. Из-за своей болезни Виктория могла отказаться, но тем не менее старалась выходить на свежий воздух каждый день, чтобы хоть ненадолго позабыть о камере.

После прогулки в камере разрешалось читать или шить. По четвергам кто-нибудь из помогающих в тюрьме добровольцев провозил по коридору тележку с книгами. Заключенные могли взять две. В первый раз Виктория выбрала «Джейн Эйр» и «Робинзона Крузо». Она уже их читала, но сейчас остро чувствовала одиночество и оторванность от мира главных героев. Раз в неделю приносили газету. Виктория никогда не следила пристально за новостями, но теперь тосковала по любой весточке из внешнего мира.

Кормили отвратительно. Хотя со временем она начала подозревать, что непривычным к обильному трехразовому питанию женщинам вполне хватало крохотных порций. На завтрак и обед давали маленькую буханку ржаного хлеба. Виктория часто задумывалась, сколько же их печется за неделю в тюремной пекарне. Ужин был самым сытным, к тому же заключенные ужинали в общей столовой. В первый день дали бобы с картофелем; на второй — пудинг на сале с гарниром из картошки; и на третий — тушенку с картофельным пюре. Подобно неизменному черному хлебу, картошка фигурировала в каждом блюде.

К концу первой недели Викторию порадовали неожиданным визитом доктор и Элинор. Врач объявил Викторию здоровой и вышел из камеры, оставив женщин наедине.

— Я отправила в нашу организацию записку и просила их сообщить семье, но до сих пор не получила известий. Это... нормально?

Сиделка задумчиво склонила голову:

— Для обычных заключенных, я бы сказала, да. Но с суфражистками обращаются намного лучше. Родные пробовали с тобой связаться? Посещения запрещены, но ты можешь получать письма. А почему ты не написала сразу семье?

— Я же работаю в Союзе суфражисток за женское равноправие, — пожала плечами девушка. — Думала, они знают, что делать в подобных ситуациях.

Виктория внезапно осознала, что ее преданность организации вовсе не гарантирует ответной заботы. Легкие начали сжиматься.

— Вы сможете передать весточку моим близким?

Элинор бросила взгляд на закрытую дверь и кивнула:

— Поторопись. Мне надо догнать доктора.

Виктория надиктовала адрес Пруденс, поскольку точно знала, что та незамедлительно отправится к Ровене. Оставалось лишь надеяться, что они на время забудут о ссоре и объединятся перед общей бедой. Больше всего на свете Виктории сейчас хотелось услышать от родных слова утешения... в том числе и от Пруденс.

Пруденс удивленно заморгала при виде скромно одетой женщины на своем пороге.

— Прошу прощения?

В последнее время Пруденс плохо спала из-за кошмаров. С тех самых пор, как Ровена передала известие об аресте Виктории, Пруденс с трудом заставляла себя что-то делать. Безусловно, семья пыталась помочь Виктории, но пока граф не сумел добиться даже официального признания, что племянница содержится в тюрьме Хэллоуэй.

— Вы Пруденс Уилкс? — спросила женщина с сильным ист-эндским выговором, и Пруденс кивнула. — Меня зовут Элинор Джеймс. Я работаю в Хэллоуэйской тюрьме.

Последнее предложение прозвучало с вопросительной интонацией, будто гостья ждет от Пруденс подтверждения.

Сердце девушки радостно забилось, и она кивнула:

— Заходите.

Сюзи вышла на рынок, а Эндрю с утра пораньше отправился на урок. Пруденс, чтобы скрыть волнение, предложила женщине лучшее кресло и спросила, не хочет ли она чая.

— Не откажусь, — ответила Элинор. — Я только что с работы.

Пруденс поставила греться чайник и повернулась к гостье, не в состоянии оттягивать главный вопрос:

— Как Виктория?

— Отважная юная леди, правда? Все уже хорошо.

— Уже?

— Ее доставили к нам синей, едва дышащей.

Пруденс прикрыла рукой рот. Ей часто представлялось в кошмарах, как Викторию скручивает приступ, а ингалятора под рукой нет.

— С ней все в порядке, — отогнала ужасную картину Элинор.

— Спасибо вам.

Девушка накрыла стол к чаю и присела за стол. Сиделка недоуменно разглядывала обстановку.

— Если честно, когда мисс Бакстон попросила меня проведать родных, я не ожидала, что окажусь в Кэмден-Тауне.

— Мы выросли вместе и с детства считали себя сестрами. Подозреваю, она опасалась, что ее настоящая семья забудет связаться со мной. Я же побегу к ним, как только договорим.

— Вполне разумно, — кивнула Элинор. — Виктория попала в несколько странное положение. Ее поступление в тюрьму сразу не оформили, а главной надзирательнице не хочется признаваться в допущенной ошибке. Вероятно, поэтому родственникам трудно установить ее местонахождение. — Сиделка поднесла к губам чашку. Пруденс пригнулась ближе, вся внимание. — Прекрасный чай, благодарю.

Пруденс кивнула и сдержала готовую вылететь просьбу поторопиться.

— Викторию приговорили к трем месяцам. Сообщница получила вдвое больший срок. По словам очевидцев, ваша сестра не прикасалась к картине. Но Виктория бросилась бежать с места преступления, и судья счел это доказательством вины. Другая женщина, Мэри, бежать не пыталась.

— Наверное, Виктория бежала от страха, когда увидела, что замышляет эта Мэри, — фыркнула девушка.

Сиделка бросила на нее острый взгляд:

— Я тоже так подумала, но судья придерживается другого мнения. После вынесения приговора Виктория отправила весточку в организацию, где работала, но почему-то не стала сообщать семье. Никаких заявлений тюремным властям от ее организации не последовало.

— Можно ее навестить?

— Боюсь, что нет, — покачала головой Элинор. — Она может встречаться с добровольцами из благотворительного комитета и адвокатом, но посещения членов семьи и друзей запрещены. Спасибо за чай — то, что надо.

Сиделка поднялась с намерением уйти, но Пруденс положила ей руку на локоть.

— Почему вы нам помогаете? В тюрьме сотни заключенных. Но вы готовы хлопотать ради Виктории.

— Знаете, пусть мне и не нравятся радикальные методы суфражисток, но я сопереживаю их борьбе. Я тоже хочу голосовать и принимать важные для страны решения. Так что помогаю им, как могу. А Виктория совсем еще ребенок. И я не верю, что та, кто помнит наизусть стихи Киплинга, способна уничтожить хранящийся в музее шедевр.

Пруденс поблагодарила женщину, но еще долго после ее ухода обдумывала новости. Нет, она тоже не считала, что Виктория способна состоять в заговоре, цель которого — испортить произведение искусства, и не важно, с какими намерениями. Девушка следила за газетными новостями о судьбе Мэри Ричардсон. На первых страницах публиковались фотографии и рассказы о сенсационных выходках суфражистки. Например, когда та напала на королевскую процессию, чтобы вручить его величеству прошение. И как Викторию угораздило связаться с такой компанией?

Погруженная в размышления, Пруденс накинула пальто и побежала к остановке метро, чтобы быстрее добраться до Белгравии. От волнения дрожали руки. Кроме Сюзи и Вик, она не видела обитателей Саммерсета с той жуткой ночи, когда узнала правду о своем отце. Возможно, все резкие повороты судьбы были неизбежны в любом случае — по крайней мере, после смерти сэра Филипа, ее верного защитника.

Пруденс нерешительно застыла на парадных ступенях величественного лондонского особняка, но уже через секунду гордо вскинула голову. Нет, она не пойдет через вход для прислуги. Она больше не служанка. И тоже принадлежит к роду Бакстонов, пусть и связана с ним скандальным образом. Пруденс позвонила и с замирающим сердцем принялась ждать Кэрнса. Дворецкий открыл дверь и укоризненно нахмурился.

— Мне необходимо повидаться с Ровеной и лордом Саммерсетом, — опережая возражения, заявила Пруденс. — У меня есть новости о Виктории.

Кэрнс неодобрительно поджал губы, но выбора у него не оставалось. Дворецкий провел девушку в гостиную и громко объявил о ее приходе. Пруденс замешкалась, когда осознала, что в комнате полно людей и среди них Себастьян. И как она раньше не подумала, что может встретить здесь лорда Биллингсли. Они с Ровеной собираются пожениться. Грудь сдавило от боли.

Ровена кинулась к ней, раскинув руки, и Пруденс ничего не оставалось, как ответить на объятие тем же, хотя в душе еще теплились обида и злость. В сторону Себастьяна Пруденс решительно не смотрела.

— Что случилось? — спросила Ровена после поцелуя в щеку.

Пруденс повернулась к лорду Саммерсету. С графиней, своей бывшей мучительницей, она старалась не встречаться взглядом.

— Сегодня ко мне заходила сиделка из тюрьмы Хэллоуэй. Она передала известия от Виктории.

На миг в гостиной воцарился бедлам, а граф с облегчением прикрыл глаза. Впервые Пруденс видела на его лице отражение подлинных чувств, если не считать постоянного раздражения. Кит схватил девушку за руку:

— Как она? С ней все в порядке?

Выходка Кита немного сбила Пруденс с толку, и она не сразу собралась с мыслями.

— У нее все хорошо, насколько это возможно. Сначала она попала в тюремную больницу, потому что ее доставили с приступом. Видимо, бумаги при поступлении не оформили, и начальство потеряло ее почти на день. Тюремные власти не хотят признавать ошибку, поэтому вы никак не можете получить ответ, где ее содержат. По крайней мере, так считает сиделка.

Лорд Саммерсет кивнул:

— Слушанье уже было? Приговор вынесли?

— Три месяца, — с глубоким вздохом ответила Пруденс.

Ровена покачнулась, и Себастьян поддержал ее за локоть, а затем приобнял за талию. Пруденс не могла оторвать от них взгляд. Ей пришлось обхватить себя руками, чтобы сдержать рвущиеся наружу чувства потери и гнева.

— Что-то тут не так, — покачал головой граф. — Почему Виктория не написала нам? Ей нужен адвокат.

Оторвав наконец взгляд от руки Себастьяна, Пруденс ответила лорду:

— Она думала, что в женской организации лучше знают, как вести такие дела. Но естественно, они даже не откликнулись на просьбу о помощи.

— Эта суфражистская группа распалась, разве не так? — спросил Кит.

— Откуда ты знаешь?

— Я провел небольшое расследование, — пожал плечами молодой человек. — Поговорил с одной из сотрудниц. Уже несколько дней никто не видел ни Марту, ни ее заместительницу. Причем Лотти выехала со всеми пожитками из комнаты, что снимала у Кейти. Да и штаб-квартира стоит пустая.

— Значит, тогда она все-таки собирала вещи! — воскликнула Ровена.

— Выходит, что так, — кивнул Кит.

Поднялась леди Саммерсет:

— Судя по всему, внезапный отъезд связан с собранными Викторией деньгами. Либо они пытаются откреститься от безумной выходки Мэри Ричардсон. После ее поступка популярность женского движения сильно упала в глазах публики.

Пруденс стиснула руки и сделала глубокий вдох. «Вик, что же ты натворила?»

— Наверное, поэтому они и предложили Виктории работу. Ради ее связей в обществе, — угрюмо произнес лорд Биллингсли.

Звук его голоса отдался в ушах Пруденс болью, и она бросила на Себастьяна взгляд из-под ресниц. Он все еще обнимал Ровену, но, судя по вытянутому лицу и упрямо сжатому рту, казалось, будто это невеста поддерживает жениха, а не наоборот.

Пруденс тяжело сглотнула. Пора уходить.

— Мне надо идти. К тому же сиделка больше ничего не сказала.

Леди Саммерсет склонила голову:

— Благодарим за своевременные новости.

— Я тоже хочу, чтобы Виктория как можно скорее выбралась из тюрьмы. И помочь ей сможете только вы.

— Спасибо, — поднялся граф. — Позволь, я позову шофера, и он отвезет тебя домой.

— О, не беспокойтесь.

— Глупости, — вмешалась леди Саммерсет. — Это меньшее, что мы можем для тебя сделать.

Пруденс обиженно выпрямилась. Она не нуждалась в благотворительности от хозяев Саммерсета.

Должно быть, Кит уловил ее настроение, потому что быстро поднялся:

— У меня автомобиль стоит перед входом. Я вас отвезу.

Ровена стиснула руки Пруденс:

— Спасибо, спасибо большое, что поделилась новостями!

Зеленые глаза с мольбой вглядывались в ее лицо, и Пруденс заново ощутила горечь потери. Но Себастьян по-прежнему ласково придерживал невесту за локоть. У Пруденс защипало губы при воспоминании о поцелуе на улице. Видеть Себастьяна с другой было невыносимо. Пруденс сухо кивнула и отвернулась.

— Я очень признателен, что вы сразу же сообщили нам, — признался в машине Кит. — Еще ни разу не чувствовал себя таким беспомощным. Надеюсь, граф сможет что-то предпринять. Три месяца — даже подумать страшно.

Пруденс обернулась, удивленная болью в голосе молодого человека.

— А каков ваш интерес во всем этом, мистер Киттредж?

Кит надолго замолчал. Автомобиль медленно катил по городу в надвигающихся сумерках.

— Виктория — мой друг, — наконец признался молодой лорд.

— Мне кажется, тут что-то большее.

— Не знаю, как так получилось, — невесело рассмеялся Кит. — Внезапно все изменилось... — Он замолчал. Пруденс с интересом всматривалась в профиль собеседника на соседнем сиденье. — Если смогу уговорить Викторию на помолвку, стану первым женатым членом комитета, — проборматал Кит.

— На помолвку? — Пруденс покачала головой. — Виктория всегда твердила, что не собирается замуж. И я склонна верить в ее искренность.

— Знаю. Придется потрудиться.

— Пожелаю удачи. К тому же вы с Викторией можете устроить двойную свадьбу, в один день с Ровеной и Себастьяном.

— Вряд ли, — фыркнул молодой человек. — Эти двое никогда не поженятся.

Пруденс с интересом выпрямилась:

— Почему вы так считаете? Они же обручены, разве не так?

— Это уловка. Ровена влюбилась в какого-то парня и уверена, что дядя с тетей не одобрят знакомства с ним. Себастьян согласился ей помочь.

Сердце Пруденс замерло. Ей хотелось забросать Кита вопросами, но в то же время она мечтала забыть услышанное, чтобы никогда больше не думать о Себастьяне. И зачем она заговорила об этом? Да, больно представлять себе лорда Биллингсли с Ровеной, но, по крайней мере, так она могла поставить точку на несбывшемся. А теперь ее снова будет преследовать вина за одиночество и разбитое сердце молодого человека. Ранее Пруденс могла утешаться тем, что Себастьян нашел новую любовь, как она сама нашла Эндрю. Потому что Пруденс любила Эндрю, пусть чувство и отличалось от влечения к Себастьяну. Но она ценила доброту мужа, его непоколебимую преданность и тихую силу. И собиралась хранить ему верность, несмотря на любые жертвы.

Даже если придется смириться с разбитым сердцем.

ГЛАВА ВОСЕМНАДЦАТАЯ

Ровена галопом влетела на поляну перед домом Уэлл-сов. Сердце восторженно парило. При последней встре-че с Джоном он пообещал навестить на следующей неделе мать. И намекнул, что, если Ровена успеет вер-нуться в Саммерсет, ее ждет долгожданный самостоя-тельный полет. Она думала, что семья переедет в по-местье намного раньше, но никто не предполагал, что пропадет Виктория. Сейчас же... в душе Ровены бур-лило счастье. Она со смехом осадила лошадь. Порой девушка чувствовала себя виноватой: как можно ра-доваться, когда младшая сестра в тюрьме, — и тем не менее не могла обуздать чувства. Одна лишь мысль о полете с Джоном переполняла ликованием, то и дело выплескивающимся наружу смехом.

Тете Ровена сказала, что хочет переехать в Саммер-сет, чтобы подготовить особняк к прибытию Виктории. Делать в Лондоне все равно было нечего. Дядя Конрад при помощи стряпчего сумел добиться встречи с управ-ляющим тюрьмой и преуспел в сокращении срока при-говора до восьми недель. Даже два месяца казались вечностью, но сестре предоставили целую камеру, ее содержали по возможности отдельно от остальных за-ключенных, за исключением утренней службы и про-гулок. Виктории и ее родным ничего не оставалось, как ждать.

Ровена спрыгнула с лошади и собиралась привязать ее к жерди, когда за спиной раздался голос:

— Вам здесь больше не рады, мисс Бакстон, так что забирайтесь на коня и уезжайте.

— Я приехала не к вам, Джордж. Я ищу Джона. Он сказал, что будет дома на этой неделе.

— Брат уже уехал.

От довольного выражения на лице Джорджа ей стало не по себе. Что-то не так. Ровена обернула вожжи вокруг жерди и направилась к дому:

— Тогда я проведаю Маргарет и Кристобель.

Мужчина схватил ее за руку и подтолкнул обратно к лошади:

— Я же сказал, что вам здесь не рады.

— Да как вы смеете так со мной обращаться! Не трогайте меня! — Ее голос прозвучал несколько визгливо, но Ровена не на шутку перепугалась.

— Почему же? А, понимаю. Потому что я не принц голубых кровей, как ваш жених? Джон рассказал, как мило вы обнимались с лордом Биллингсли. Брат больше не хочет иметь с вами дела.

— Где Джон? — с колотящимся сердцем спросила Ровена.

— Я не собираюсь вам ничего рассказывать. Мне достаточно, что вы разбили ему сердце, как я и предупреждал. Хорошего от Бакстонов ждать не приходится. А сейчас полезайте на лошадь и больше не показывайтесь здесь. — Джордж угрожающе шагнул вперед, и Ровена невольно попятилась.

Ей не хотелось сдаваться перед Джорджем, но ничего не оставалось, как размотать вожжи и взобраться на нервно переступающую лошадь — той тоже не понравился подобный прием.

Ровена пустила коня шагом, и уже на выезде из поместья ее окликнула Кристобель. С растрепанными на ветру волосами она изо всех сил бежала со стороны огорода.

— Ровена! (Ровена подъехала к Кристобель.) — Джон на взлетной площадке. Поторопитесь туда и помиритесь с ним.

Ровена наклонилась и ласково коснулась щеки девочки:

— Спасибо.

— Кристобель! — закричал сзади Джордж. — Иди в дом!

— Мне пора. — Кристобель попятилась.

— Не волнуйся, — кивнула Ровена. — Все будет хорошо.

Но пока скакала по проселочной дороге, сама засомневалась в своих словах.

Чтобы не загнать лошадь, по дороге к ангарам Ровена чередовала галоп и шаг, хотя в висках стучало от нетерпения. Джордж не знал, что помолвка ненастоящая, но ведь Джону это известно. Что он такого видел, что решил расстаться с ней и даже сказал брату? Перед ангаром стояло несколько автомобилей. Ровена привязала лошадь позади сарая, подальше от аэропланов, и заторопилась ко входу. Рядом с машинами мистер Диркс наблюдал за взлетающим к горизонту самолетом.

— Мистер Диркс! Где Джон?

Великан повернулся. Рыжие усы печально обвисли, глаза грустные.

— Только что поднялся в воздух. Он в дурном настроении, мисс, ох, в дурном. Я не хотел пускать его за штурвал.

— Мне нужно с ним поговорить. Джон не понимает... — Ровена запнулась, не в состоянии объяснить то, чего сама не знала, но если Джон так зол, значит произошла какая-то ошибка.

Мистер Диркс кивнул.

Ровена окинула взглядом небо. Про себя она благодарила теплую, безоблачную мартовскую погоду. Когда вернется Джон, неизвестно. Возможно, он приземлится, только когда закончится топливо. Мистер Диркс извинился — его ждал разговор с заказчиками, — и Ровена рассеянно кивнула. Руки дрожали от волнения. Что, если ей так и не представится шанс объясниться с любимым и узнать причину его злости? Можно списать размолвку на интриги Джорджа, но ведь Кристобель тоже знала о ней. А одна мысль, что Джон обижен на нее, вызывала тошноту. Надо немедленно поговорить с пилотом.

Ровена моментально приняла решение. Незаметно попятилась, пока не очутилась в ангаре. Там подошла к «Летучей Алисе» и украдкой проверила, полон ли бак. Нет, горючего явно недостаточно.

Прикусив губу, она бросила взгляд на склад, где хранили бочонки с топливом. Тихо проскользнула вдоль стенки, подняла один и дотащила до аэроплана. Ей уже доводилось видеть, как заправляют самолеты, так что Ровена медленно налила горючее в бак.

Крышку удалось навинтить с нескольких попыток, так дрожали пальцы. Девушка поставила бочонок на место и замерла перед пропеллером. Еще не поздно передумать. Сердце скакало, будто собиралось выпрыгнуть из груди. Нет. Хватит ждать у моря погоды. Виктория всегда ругала старшую сестру за апатию. Пришло время действовать. Она знала, что любит Джона, — осталось лишь найти его.

На рабочем столе, где мистер Диркс держал запасные детали, Ровена обнаружила кожаный летный шлем. Сняла шляпку, надела его и как могла заправила волосы.

Затем бросила последний взгляд на распахнутые двери ангара, раскрутила пропеллер и забралась в кабину. Сделала глубокий вдох и повернула заводную рукоять. Пришлось подождать, пока на шум не заглянут механики. Ровена ни разу не видела, чтобы аэроплан заводили в ангаре, и истово надеялась, что мистер Диркс занят. Ей не хотелось обманывать добродушного великана, да и вряд ли удалось бы. В ангар заглянул один из рабочих и удивленно воззрился на девушку.

— Мистер Диркс разрешил мне потренироваться управлять самолетом на земле. Поможете мне выкатить его в поле? — Ровена очаровательно улыбнулась.

К счастью, механик не заметил собирающихся на ее лбу капелек пота. Он кивнул и побежал к дверям за помощью. Ровена облегченно вздохнула — мистер Диркс не появился.

Пока аппарат выталкивали на открытое поле, Ровена пристегнулась. С другого конца самодельного аэродрома к самолету двинулась высокая фигура. Девушка свернула в сторону, аэроплан набирал скорость. Мистер Диркс замахал руками, но поздно. Ровена сосредоточенно уставилась на приборную доску. Манометр масла, спидометр и давление топлива. Запомнила красные отметки на спидометре: верхняя обозначала максимальную допустимую скорость, при которой аппарат не развалится, а нижняя — скорость срыва, за коим грозит падение.

С застывшим в горле комом Ровена поставила ноги на педали и потянула на себя штурвал.

Неожиданно ее охватило безмятежное спокойствие. Оно не покинуло ее, даже когда нос аэроплана оторвался от земли — легко, как пушистое семя одуванчика.

— Молодец, «Алиса», так держать, — похвалила Ровена.

Самолет поднялся в воздух. Вместе с ним взлетело сердце, и на миг Ровена забыла о своей миссии. Она летела. Парила в воздухе. Сама. Холодный ветер хлестал по щекам, но глаза, защищенные очками, прекрасно все видели. Поглядывая на приборы, она поднялась на нужную высоту и повернула на запад, где скрылся аэроплан Джона.

Он ужасно разозлится, мелькнула мысль.

Но пилот и так зол. И даже если ему не понравится выходка с самовольным полетом, Ровену это не беспокоило. Она тренировалась, знала, что делает, и, что гораздо важнее, знала, что нужно сделать. В бок ударил порыв ветра, самолет содрогнулся, но Ровена моментально выправила курс.

Она рождена для полетов. Слева в небе мелькнула какая-то точка, и Ровена направила аэроплан туда. «Алиса» поднырнула, но девушка крепко держала штурвал, и самолет послушно выровнялся. Ровена усмехнулась. «Алиса» вела себя как капризная лошадь.

Ровена осторожно, соблюдая дистанцию, подлетела к аэроплану Джона. Тот, должно быть, уже направлялся обратно к полю. Ровена облетела его широким кругом и заметила потрясение и злость на лице пилота. Джон сбавил скорость и жестом приказал следовать за ним. «Алиса» заняла позицию чуть позади и сверху и полетела следом.

Над полем она начала медленно отпускать штурвал и постаралась припомнить все, что знала о посадке. Джон всегда говорил, что взлеты и приземления — самые опасные моменты любого полета. Затаив дыхание, она смотрела, как Джон опускает свой аэроплан на землю. Теперь ее черед. Ровена сделала круг над аэродромом. Внизу Джон выпрыгнул из кабины и яростным жестом сорвал с головы шлем.

«Алиса» сделала еще круг, потихоньку снижаясь, и наконец вышла на прямую. С глубоким вдохом Ровена потянула штурвал вниз, до упора. От соприкосновения с землей застучали зубы, и рука на рычаге невольно дернулась. Аэроплан круто повернул направо и со скрежетом остановился.

Ровена сидела в кабине, не в состоянии разжать руки. В ушах колотилось сердце. Приземление прошло не так гладко, как хотелось бы, но все же она только что совершила свой первый самостоятельный полет.

Она отстегнула ремни и встала на подгибающихся ногах. Один из механиков добежал до нее раньше Джона и помог выбраться из кабины. Ровена сняла очки и расстегнула шлем.

И тут кто-то схватил ее за руку и развернул на месте.

— Какого черта ты делаешь?

Ровена вырвала руку из хватки Джона.

— А ты как думаешь? Я искала тебя!

Синие глаза потемнели.

— Я чуть было не решил, что ты пытаешься убить себя.

— Не глупи. Все прошло на отлично. Я знала, что делать в воздухе. Ты же сам меня научил.

— Сколько раз ты поднималась в небо? Меньше дюжины, а училась управлять аэропланом целых три раза. Как ты можешь считать себя пилотом? Почему ты считаешь, что это дает право подвергать риску дорогой аппарат, причем чужой, и свою жизнь в придачу?

Подбежали механики. Молодые люди замолчали и уставились друг на друга, не желая ссориться при посторонних. Аэроплан медленно заталкивали в ангар. Ровена стянула перчатки и сунула в карман.

— А почему ты так беспокоишься о моей жизни? — поджала она губы. — Твой брат недвусмысленно сообщил, что ты больше не желаешь иметь со мной дела и в ваш дом мне дорога закрыта. Смотри, у меня даже следы остались в доказательство.

Ровена закатала рукав и показала набухшие синяки в форме пятерни на локте — там, где Джордж ухватил ее за руку у дома Уэллсов. При виде их гнев Джона испарился. На его лице появилось выражение неподдельного ужаса. Он трепетно провел кончиками пальцев по отпечаткам и выдавил:

— Я убью его.

Ровена вырвала руку и опустила рукав:

— Не стоит. Мне нужно знать лишь одно: что случилось? Почему ты сказал брату, что между нами все кончено? И какого черта ты решил поговорить по душам с Джорджем, который меня ненавидит, прежде чем объяснился со мной? — По щекам потекли горячие злые слезы.

— Можешь разыгрывать невинность, но я вас видел, — ощерился Джон. — Я приходил к лондонскому особняку твоей тети, надеялся встретить тебя. В голове вертелось одно: как замечательно, что Диркс решил поехать в столицу, у меня есть шанс повидать любимую. И знаешь, что я увидел? — (Ровена недоуменно покачала головой. Она не понимала, к чему клонит Джон.) — Тебя с твоим фальшивым женихом. Обнимались на парадных ступенях, совсем стыд потеряли. Он нежно шептал на ушко, а ты цеплялась за него, будто чудом встретила последнего мужчину на земле. Тогда ты не вспоминала обо мне? Выходит, я для тебя ничего не значу!

Ровена отшатнулась от яростных обвинений. О чем он говорит? Она порылась в памяти, но так и не вспомнила ничего подходящего.

— И когда же ты видел меня с Себастьяном?

— Пару недель назад. Ты вышла из машины с каким-то мужчиной, затем из дома показался Себастьян, и ты со всех ног ринулась в его объятия. — Джон выплевывал обвинения, будто в суде.

— Я не знаю, о чем ты говоришь, — вспыхнула девушка. — Я никогда...

И тут она вспомнила. Видимо, Джон все прочитал по ее лицу.

— Теперь только попробуй назвать меня лжецом! — Он сделал шаг, и Ровена отшатнулась от его искаженного яростью лица. — Почему ты не могла просто разорвать наши отношения? Или захотелось испробовать запретный плод, закрутить роман с человеком низкого происхождения? Получается, я был всего лишь экспериментом?

Сердечная боль оказалась так велика, что отдавалась по всему телу. Ровену сотрясало от макушки до кончиков пальцев.

— Видимо, тебе мало того, что нас связывало. Ты предположил худшее и даже не усомнился в своих выводах! Совсем как Джордж. В тот день пропала Виктория. Мы не знали, что с ней произошло. Через пару дней нам сообщили, что она попала в тюрьму за преступление, которого не совершала. Так что ты видел, как Себастьян утешал меня, когда я считала свою младшую сестру мертвой.

Они молча смотрели друг на друга. Джон тяжело дышал, но Ровена заметила, как в выражение его лица закрался стыд. Пилот понял, что она говорит правду.

— Как дела у сестры? — в конце концов выдавил Джон.

— Насколько мы знаем, хорошо. Я ничего не могла сделать для нее в Лондоне, поэтому вернулась в

Саммерсет. К тому же ты сказал, что будешь здесь. Я приехала поздно ночью, а с утра уже скакала к твоему дому... — Ровена замолчала. К горлу подкатывали слезы. — Как ты мог подумать... и сказать Джорджу... Неужели ты просто решил, что я... — Больше Ровена не смогла выдавить ни слова.

Джон взял ее под локоть и отвел подальше от работающих в ангаре механиков. Туфли тут же промокли от влажной травы, а ветерок осушил слезы на лице.

— Когда я увидел тебя в его объятиях... Наверное, я сошел с ума. Разом всплыли все предупреждения, что нашептывал брат. Я ревновал. И изнемогал от боли.

— Как ты мог сомневаться во мне? — Ровена высвободила свою руку. — После всего, что произошло между нами.

Джон отвернулся и устремил задумчивый взгляд на горизонт.

— Может быть, этот случай как раз и подчеркивает лежащую между нами пропасть, Ровена. — Он грустно опустил глаза. — Для меня фамилия Бакстон всегда будет означать обман, лицемерие и предательство.

От удара Ровена едва не согнулась пополам.

— И что будет с нами? Расстанемся только потому, что я родилась в семействе Бакстонов?

Джон не ответил, и душа Ровены забила тревогу. Ей хотелось броситься в объятия любимого и умолять его передумать. Зажать уши ладонями и бежать без оглядки, лишь бы не слышать того, что она и так уже поняла.

— Возможно, я никогда не смогу забыть о твоей семье и родословной. Не смогу вычеркнуть из памяти все, что связано с вашей фамилией. Ты любишь своих родных. Неужели ты готова навсегда их бросить? Боже, Ровена, ты же совсем недавно потеряла отца.

Как ты можешь помышлять о том, чтобы отречься от остальных?

Ровене казалось, что от боли в груди открылся кратер.

— Значит, все. Ты даже не собираешься бороться за меня. За наше будущее. Ты готов просто отвернуться и уйти?

— Я люблю тебя. Но мы оба слишком наивны, если думаем, что сможем просто позабыть о семейных распрях.

Ровена повернулась к пилоту. В его глазах стояла боль, но мука, которая терзала ее, была во сто крат сильнее.

— Странно, что ты охотно забыл о моей фамилии, когда заманил меня в постель. — Она застучала кулаками по груди Джона. — И не испытывал неудобств из-за ссоры между нашими семьями?

Джон перехватил ее руки:

— Все было совсем иначе. Ты сама это знаешь.

— Ничего я не знаю! Я думала, что могу быть уверена в наших отношениях, но ошибалась. Надеялась, что мужчина, которому я отдала доказательство своей любви, будет бороться за меня, а ты сложил руки. — Ровена тяжело дышала, ее охватывала паника.

— Я знаю, когда следует остановиться. Так мне удается избежать крушений и выжить в небе. Ты принадлежишь к высшему свету, а я нет. Подумай, твои шляпки стоят больше, чем я зарабатываю за месяц. У меня не хватит средств...

— У меня есть собственное состояние. Я сама могу себя обеспечить.

— Ты предлагаешь мне жить на деньги жены? — возмутился Джон, и Ровена прикрыла глаза.

— Ты недостаточно меня любишь, — мягко произнесла она. — Я надеялась, но ошибалась. Совсем недостаточно.

Она повернулась и зашагала к ангару. Всей душой Ровена надеялась, что Джон окликнет ее, но знала, что надежды напрасны. Трус, горько подумала девушка, жалкий трус.

ГЛАВА ДЕВЯТНАДЦАТАЯ

Стойкость. Для Виктории каждый день становился упражнением в выдержке. Подобно Робинзону Крузо, она вела припрятанный за койкой календарь дней. Каждый день проводила вертикальную черту найденной в часовне шпилькой для волос, а в воскресенье перечеркивала шесть вертикальных черточек одной горизонтальной, отмечая неделю. Дни отмечались вечером, когда глаза Виктории окончательно уставали от чтения.

Поскольку правила позволяли брать только две книги в неделю, Виктория перечитывала их снова и снова, заучивала наизусть длинные главы. Любое произведение Чарльза Диккенса или Джейн Остин становилось праздником, хотя ей нравилось и современное творчество Э. М. Форстера. Два раза в неделю под предлогом медицинского осмотра одинокую камеру навещала Элинор. Сиделка передавала известия от семьи, а затем относила родным весточки от Виктории.

По настойчивому увещеванию и при помощи доброй сиделки Виктория записалась добровольцем в программу обучения заключенных. Дважды в неделю надзирательница отводила ее в общую столовую, где уже ждали старые школьные учебники, карандаши и бумага. Виктория прилежно занималась с тремя ученицами. Те сидели за вынужденные преступления, совершенные на грани отчаяния от голода и крайней нищеты.

Пенелопа промышляла на улице проституцией, Камилла воровала предназначенную на выброс еду из ресторана, где работала, и только Энн умалчивала, за что попала в тюрьму, хотя Виктория не могла себе представить, чтобы такая милая девушка совершила что-то незаконное. Обучение этих женщин грамоте приносило удовлетворение, о котором она даже не мечтала. Теперь Виктория знала, чем хочет заниматься.

— Вокруг столько неграмотных женщин! — поделилась она с Элинор при очередной встрече.

Сиделка согласно кивнула:

— Только в моем районе количество необразованных женщин ужасает. Я делаю, что могу, но медицинские осмотры отнимают почти все время.

— Осмотры? — заинтересовалась Виктория.

Ей казалось, что Элинор почти все время проводит в тюрьме. Когда она успевает заниматься чем-то еще?

— В паре кварталов от моей квартиры стоит заброшенный дом. Там недавно устроили благотворительный приют. Раз в неделю я осматриваю обитателей. Приходится постоянно выпрашивать и занимать лекарства — чуть ли не воровать, — чтобы лечить бедняков.

— А что еще вы там делаете?

— Я? Да больше ничего, разве что иногда захожу к ним, когда приходят ораторы.

— Какие ораторы?

— Ты вряд ли о них слышала. Обычные люди, кто хочет помочь.

Элинор объявила, что девушка полностью здорова, и принялась собирать инструменты.

— Я бы тоже хотела помочь, — предложила Виктория.

— Посмотрим.

Больше сиделка ничего не сказала, и Виктория внутренне согласилась с ней. Если подумать, все ее проблемы лежали в поспешности, в увлечении идеей и доверии незнакомым, по сути, людям. И почему она не обратилась вовремя к старшим, умудренным жизнью друзьям?

Сейчас Виктория ясно видела, что ее поиски независимости более походили на детский бунт, чем на проявление воли взрослой женщины. Она поклялась, что, когда выйдет из тюрьмы, будет вести себя иначе. Если отец замечал несправедливость в мире, то терпеливо работал, чтобы ее исправить. И делал это без широких жестов, а тихо поддерживал деньгами и участием приглянувшиеся ему идеи. Причем, как понимала Виктория, немалую роль в его борьбе за лучшее будущее сыграло и данное дочерям, в том числе Пруденс, образование — оно подготовило девушек к жизни в современном мире.

И почему она оставалась слепа к заслугам отца раньше?

После ухода Элинор Виктория нацарапала на покрытой известкой стене очередную черточку.

— Две недели, — вслух произнесла она. — Еще две недели.

Волнение и тревога охватили девушку. Как встретит ее внешний мир? За прошедшее время она успела позабыть, каково это — включать и выключать свет по собственному желанию.

Виктория уже составила четкий план действий. Ей совершенно не хотелось оставаться в Лондоне. Она поедет в Саммерсет и проведет там остаток весны и лето. Посвятит время общению с любимой няней Айрис и Ровеной. А затем подумает, что делать дальше.

Она передала Киту записку, где рассказывала о планах. Уж он-то ей поможет, и не важно, что скажут родственники.

Кит. Что с ним делать? Неужели он действительно влюблен в нее? Или можно продолжать считать его заботливым лучшим другом?

И, что гораздо важнее, как принять его любовь, если Кит сам заговорит о ней?

Пруденс нанесла на кремовый торт завершающие штрихи. Она готовила праздник к возвращению мужа. В начале недели Сюзи вернулась в Саммерсет, так что торт был испечен под строгим руководством Мюриэль. Выглядело лакомство восхитительно, но с дегустацией придется подождать.

Эндрю уехал на три дня в Глазго, где проводились экзамены. Либо он вернется студентом Королевского ветеринарного колледжа, либо придется ждать пять месяцев, чтобы наверстать пробелы в знаниях и попробовать снова.

Пруденс не представляла, как муж воспримет неудачу. Недавно она познакомилась с молодой парой — те сейчас попивали чай в гостиной в компании Кейти. Так вот, новому знакомому пришлось сдавать экзамен дважды, но он происходил из обеспеченной семьи, и родные оплатили дополнительное обучение. Пруденс подсчитала, что денег у них хватит, но не знала, как Эндрю отнесется к тому, что придется снова жить на средства жены, да еще и после провала.

Она прикрыла глаза и вспомнила прощальный разговор на перроне. Сказанное Эндрю на многое открыло глаза. Пруденс, все еще занятая переживаниями о Ровене и Себастьяне, поцеловала мужа в щеку и пожелала удачи, но Эндрю суховатое прощание не остановило. Он стиснул руки жены в своих и заглянул ей в лицо. В зеленых, словно трава на лугу, глазах мужа сияла любовь столь сильная, что у Пруденс перехватило дыхание.

— Знаю, что наша свадьба получилась поспешной, и при других обстоятельствах я вряд ли бы смог претендовать на твою руку. — Пруденс запротестовала, но Эндрю вскинул палец. — Нет. Дай мне договорить. — Он сделал глубокий вдох. — Мне все равно. Я посвящу остаток своей жизни, чтобы сделать тебя счастливой. Каков бы ни был результат экзаменов, я всегда буду благодарен женщине, которая поверила в меня, в отличие от моей семьи.

Эндрю склонил голову и поцеловал кончики затянутых в перчатки пальцев жены. Сердце Пруденс переполнилось нежностью, вытеснив всю вину. Да, она любила Себастьяна. И в глубине души всегда будет любить его. Но впервые Пруденс убедилась, что сделала правильный выбор, когда отдала свою судьбу в сильные, добрые руки этого человека.

Из Глазго муж прислал телеграмму, что встречать на вокзале не надо, он сам дойдет до дома. Эндрю не написал, как прошли экзамены, и Пруденс ужасно переживала за приготовленный сюрприз. Что скажет при виде гостей муж, если окажется, что его не приняли в колледж? Поймет ли ее жест? Пруденс хотела показать, что верит в него. Но кто знает, вдруг Эндрю обидится, если придется рассказывать о неудаче на глазах у друзей?

Пруденс бросила взгляд на часы на полке за печкой и заспешила к окну. Мистер и миссис Кэш разговаривали с Кейти и потягивали чай. Мистер Кэш оканчивал первый курс обучения в ветеринарном колледже, а его светловолосая жена за небольшое недельное жалованье нянчила детей.

— Чем меньше нам придется сидеть на шее у семьи мужа, тем лучше, — заявила как-то молодая женщина.

Судя по всему, родители мистера Кэша не одобряли выбор сына.

— Вот он! — указала в окно Кейти.

Пруденс проследила взглядом и заметила идущего по улице Эндрю. Тот находился в квартале от дома. Эндрю шел медленно и неуверенно, и сердце Пруденс сжалось от страха. По виду мужа не скажешь, что есть повод для праздника.

Все будет хорошо, твердила Пруденс, хотя в душе проклинала себя за дурацкую идею. Она всего лишь хотела показать Эндрю, что любит его. Что отбросила все сомнения, которые омрачали ее чувства в прошлом. Эндрю — ее избранник. Впереди их ждет счастливая жизнь, они вместе построят семью. Он заслуживает ее сердца целиком, без остатка.

Не в силах справиться с нервами, она сбежала вниз по лестнице и выскочила на улицу. По крайней мере, она успеет предупредить мужа о гостях. Эндрю заметил жену на полдороге. Пруденс пыталась отгадать новости по выражению его лица, но мешала низко надвинутая шляпа. Эндрю медленно покачал головой, и у Пруденс опустились руки. Господи, за что? Почему ты не помог достойному человеку в такой мелочи?

Забыв о посторонних взглядах, Пруденс бросилась к мужу. Эндрю поймал ее в объятия.

— Любимый, мне так жаль. В следующий раз. На следующий год все получится, но я должна тебе признаться. Я кое-что сделала...

Она замолчала, и Эндрю сурово посмотрел на нее сверху вниз:

— Что? Купила вместо кровати пианино? Украла из зоопарка гиппопотама и теперь он живет у нас? Признайся, любовь моя, что ты натворила на сей раз?

Пруденс схватила его за лацканы пиджака и слегка встряхнула:

— Прекрати, я серьезно! — и опустила глаза. — Я была уверена, что ты сдашь экзамены. Поэтому приготовила торт и пригласила друзей.

В последовавшей тишине Эндрю дотронулся пальцем до ее подбородка и приподнял голову, чтобы заглянуть ей в глаза:

— То есть ты устроила для меня праздник, даже не зная, поступил я или нет?

Пруденс кивнула. К собственному удивлению, на глаза навернулись слезы.

— Мне ужасно повезло с женой, но тебе повезло больше, — усмехнулся Эндрю.

— Почему?

— Потому что я сдал экзамены.

Сердце гулко забилось в груди.

— Сдал?

Эндрю кивнул, и Пруденс бросилась в его объятия, а затем повернулась к окнам квартиры и победоносно вскинула сжатый кулак.

А затем этим же кулаком стукнула мужа в грудь:

— Кошмар! Поверить не могу, что ты меня разыграл!

— Только представь, — усмехнулся Эндрю, зеленые глаза искрились смехом. — Через четыре долгих года я стану ветеринаром. Ты сможешь подождать, пока я учусь? И тогда мы наконец заведем собственный дом.

Пруденс кивнула. Сейчас, как никогда, ее посетила уверенность в принятом решении.

— Мой дом там, где ты.

Эндрю с улыбкой взял ее за руку, и они направились к ожидающим гостям.

Ровена сидела в зимнем саду и наблюдала через окно, как Виктория и Кит прогуливаются по розарию. Розы только начинали цвести. Каждый бутон выглядел нежданной драгоценностью в оправе из молодых листьев, в отличие от июньского буйства красок и аромата.

Виктория вернулась домой почти две недели назад. Когда Ровена впервые увидела сестру, она разразилась рыданиями при виде просвечивающих сквозь тонкую, пергаментную кожу косточек. Виктория выглядела так, словно легчайшее дуновение ветерка унесет ее навсегда.

Передвигалась она медленно, будто опасалась поломать хрупкие кости. Даже тетя Шарлотта всплакнула, хотя и постаралась скрыть слезы за носовым платком. Теперь графиня и Стряпуха часами составляли меню, чтобы как можно скорее откормить Викторию. Еще никогда в Саммерсете не подавали столько супов-пюре и шоколадных десертов.

Ровена не могла отделаться от мысли, что не все произошедшие с сестрой перемены лежали на поверхности.

— Как думаешь, он попросит ее руки?

Ровена подпрыгнула от неожиданности. Она и не заметила, как сзади подошел Себастьян.

— Не знаю. — Ровена указала на соседнее кресло. — Думаю, ему лучше обождать. Сестре необходимо время.

— Она изменилась, но надолго ли, вот вопрос.

— Остается только гадать, — пожала плечами Ровена, — что она пережила в тюрьме и как на нее повлияло заключение. Я вижу, что Виктория стала намного тише и серьезнее, чем раньше.

— Она знает о Марте и Лотти?

Ровена сделала глубокий вдох, чтобы сдержать готовые прорваться слезы.

— Мне кажется, что их пренебрежение задело сестру больнее, чем приговор. Они знали, что Виктория в тюрьме, но и пальцем не шевельнули. Просто использовали ее, чтобы собрать денег, и бросили на произвол судьбы. Сестра слишком доверяет людям. Вернее, доверяла.

Некоторое время они сидели в тишине и наблюдали, как Виктория закидывает голову назад и смеется над шутками Кита.

— Знаешь, я тревожилась, когда они подружились. Кит порой бывает на редкость циничным мерзавцем. Боялась, что он обидит сестру.

— Я опасаюсь, что все будет наоборот, — фыркнул Себастьян. — Он настолько очарован ею, что дальше своего носа не видит.

— Виктория всегда говорила, что не собирается замуж, — задумчиво протянула Ровена.

— Если кто и способен заставить ее передумать, так это Кит. Он гений красноречия. — Себастьян накрыл ее ладонь своей, и Ровена удивленно подняла глаза. — А как насчет тебя, Ровена? Что ты собираешься делать?

Она засмеялась, хотя по щекам покатились слезы.

— Неужели все настолько очевидно?

— Разбитое сердце трудно скрыть. — Лорд Биллингсли отвернулся к окну, но Ровена сомневалась, что он видит прекрасный пейзаж. — Я знаю, поверь.

Ровена ласково сжала его руку:

— Мы так и не разорвали помолвку.

— Да, — грустно рассмеялся Себастьян. — Столько всего случилось за последнее время. Так и не удалось выбрать подходящий момент.

— Мне больше некуда торопиться, — кивнула Ровена и горько добавила: — Кажется, Джон так и не смог смириться с тем, что моя фамилия Бакстон.

Она пожала плечами. Глаза снова налились слезами. Несколько недель она проплакала над потерей человека, который даже не соизволил ответить на ее письма, и теперь Ровена решила, что хватит проливать слезы. Значит, Джон любил ее не так сильно, как она его. Бывает. Ей повезло, что их первая близость не привела к зачатию ребенка.

Себастьян молчал, так что Ровена продолжила:

— Мой дядя причинил вред семье Джона. Видимо, это перечеркивает все возможные отношения между нами, хотя я даже обещала отречься от своих родственников.

Она снова пожала плечами и перевела взгляд на сад за окном — Кит и Виктория как раз завернули за живую изгородь из самшита.

Себастьян рассмеялся. Его смех вторил горечи в признании девушки.

— Пруденс не хотела мне доверять из-за моего положения в обществе и достатка. Джон не захотел жениться на тебе из-за твоего положения, достатка и имени. Кто бы мог подумать, что богатство и титул отпугнут от нас любимых людей?

— Ты прав, такое трудно предвидеть.

— Я тоже не спешу объявить помолвку недействительной. Пруденс уже несколько месяцев замужем. Пути назад нет.

— Да, все кончено, — признала Ровена, чувствуя, как от боли разрывается сердце.

— Значит, нет нужды ничего менять?

Вопрос прозвучал спокойно, но что-то в голосе Себастьяна привлекло внимание Ровены. Она повернула голову, чтобы лучше разглядеть его лицо. Себастьян неподвижно смотрел в окно.

— Что ты хочешь сказать?

— Ровена, я думаю, что из нас получится хорошая пара. Мы оба любили и оба обожглись. А после свадьбы мы получим свободу, и семьи перестанут оказывать на нас давление. Разве это не плюс? — Он повернулся к ней. — Сейчас я не могу представить, что испытаю к другой женщине чувства, которые испытывал к Пруденс. И я видел тебя с Джоном. Ты сможешь любить кого-то так, как любила его? — (Ровена, затаив дыхание, покачала головой.) — Так неужели ты хочешь прожить жизнь в одиночестве? — (И снова отрицание.) — Я тоже не хочу. Думаю, мы сумеем построить неплохую жизнь. Подумай, Ровена. Больше я ни о чем не прошу.

Она кивнула. Горло перехватило от неожиданной доброты. Неудивительно, что Пруденс влюбилась в лорда Биллингсли. О чем думала сестра, когда сбежала от человека, так искренне ее любящего? Или же она так и не узнала о безграничности его чувств? Оставалось молиться, чтобы Эндрю сумел сделать счастливой свою жену, поскольку Ровена не сомневалась, что будет счастлива с Себастьяном, если примет его предложение.

— Я подумаю, — ответила она, когда сумела справиться с голосом.

Себастьян сжал ее пальцы. Они долго сидели в тишине, пока сзади не раздались шаги.

— Так и думал, что найду вас здесь, — произнес дядя Конрад. — Не возражаете, если я присяду? —

Граф отодвинул плетеное кресло и оглядел сад. — Филип придумал новый ландшафт для сада, когда ему едва исполнилось шестнадцать. Наш отец не хотел ничего менять, но мать настояла, поскольку ей нравились идеи сына. И разбитый по его плану сад неожиданно стал гораздо красивее старого.

Дядя замолчал. Служанка принесла серебряный поднос с чайником и чашками. Когда она разлила чай и с поклоном удалилась, лорд Саммерсет продолжил:

— Ровена, боюсь, в последние месяцы я забросил свои обязанности по отношению к тебе. — Она попыталась возразить, но граф поднял руку. — Нет, это правда. Меня отвлекали дела и собственное горе. Я знаю, что вы с сестрой считаете меня суровым человеком, отчасти так и есть, но я люблю свою семью и стараюсь всегда поступать так, как велит долг. — Он замолчал.

Ровена сидела, затаив дыхание. Неужели это говорит ее степенный, старомодный дядя? Она повернулась к Себастьяну, но тот недоуменно покачал головой.

— Всю зиму ты чувствовала себя несчастной, и я прекрасно понимаю, какую роль сыграл в твоем отчаянии.

В ушах застучал пульс. Пруденс. Граф говорит о Пруденс. Почему он не хочет назвать ее по имени?

— Но я редко трачу время на то, чтобы сожалеть о содеянном. Гораздо лучше попытаться загладить вину.

О нет. Даже теперь, после помощи Пруденс в поисках Виктории, дядя не мог заставить себя произнести ее имя.

— Я не понимаю, о чем вы говорите, дядя Конрад.

Граф улыбнулся молодым людям:

— Не могу передать, как я счастлив, что вы решили связать свои судьбы. — Лорд Саммерсет кивнул Себастьяну. — Вы с Элейн и так знаете, что ваши матери много лет мечтали о помолвке, но лично я считаю, что Ровена гораздо лучше подходит тебе в жены. Вы оба более вдумчивы, чем моя легкомысленная дочь, и, надеюсь, вы отнесетесь к семейным обязанностям серьезно. С учетом ваших новомодных идей, безусловно.

Ровена заерзала в кресле. Она еще точно не решила, собирается ли принять предложение Себастьяна и сделать помолвку настоящей.

— Надеюсь, брат тоже был бы счастлив. — Граф перевел взгляд в окно, на розарий. — Помню, однажды я сказал тебе, что мы с Филипом постоянно спорили. По любой причине, даже о его методах воспитания детей. Но сейчас я начинаю понимать, что он растил вас не для старого мира. Он учил своих дочерей, как жить в новом. Последнее время я наблюдал, как вы с Викторией мечетесь, пытаясь приспособиться к жизни в окружении, которое вам не подходит.

Глаза Ровены наполнились слезами. Оказывается, дядя понимал гораздо больше, чем она могла вообразить.

— Поэтому я поговорил с твоим женихом, чтобы получить представление о том, какой подарок выбрать к свадьбе. Мне бы хотелось снова увидеть счастливую, жизнерадостную девочку, что гостила у нас каждое лето. Должен сказать, юная леди, ответ Себастьяна поразил меня до глубины души. Тем не менее, ведомый желанием сжиться с духом нового столетия, я последовал его совету.

Ровена нахмурилась и посмотрела на жениха. Тот изо всех сил пытался скрыть улыбку.

— Дядя, вы не обязаны ничего нам дарить, — смущенно выдавила она.

— Оставить без подарка любимую племянницу? Ни за что.

Она с подозрением рассматривала графа. Она никогда не видела, чтобы дядя демонстрировал столько сдерживаемых эмоций. Словно ему не терпелось поделиться грандиозным секретом.

Лорд Саммерсет вынул из кармана пару тонких сигар и протянул одну Себастьяну. Мужчины закурили.

— К тому же уже поздно отказываться. Через месяц в Бруклендский клуб авиаторов привезут новенький биплан «Виккерс», и он будет значиться под твоим именем. При клубе есть школа воздухоплавания, куда принимают женщин. Одной из основательниц была Хильда Хьюлетт. Если помнишь, это первая женщина, получившая лицензию пилота.

Ровена потрясенно прикрыла ладонью рот:

— Как вы узнали? Неужели вы пошли ради меня на такие траты?

Дядя легонько сжал руку девушки:

— После разговора с Себастьяном я позвонил мистеру Дирксу, и тот рассказал, что ты проводишь много времени на аэродроме и мечтаешь получить летную лицензию. Затем мистер Диркс прочел мне десятиминутную лекцию о том, как меняются времена. Не могу сказать, что полностью поддерживаю его лозунг «Приспособься или умри», но, кажется, я начинаю потихоньку проникаться духом перемен. — Дядя довольно усмехнулся мыслям о собственных успехах.

— И все равно не могу поверить, что вы пошли на такое ради меня.

Как же Ровене хотелось принять подарок. Неужели у нее появится собственный аэроплан? Таких счастливцев не больше сотни во всей Британии! Причем до сих пор среди них не было женщин.

К сожалению, дядя не подозревал, что вместе с подарком придется принять предложение Себастьяна сделать помолвку настоящей, а Ровена пока не пришла к решению. Ведь оно будет означать, что все отношения с Джонатоном безвозвратно утеряны.

Она в задумчивости забарабанила пальцами по подлокотнику кресла. Если посмотреть правде в глаза, разве есть надежда? Как можно простить Джона за то, что он так легко сдался и даже не пытался бороться за любимую?

Ровена порывисто повернулась к графу. Ее лицо осветила вспыхнувшая улыбка.

— Дядя, передать не могу, как я благодарна за вашу доброту. Представляю, как сложно было примириться с мыслью, что ваша племянница мечтает стать пилотом.

— Я не настолько старомоден, как ты думаешь. Мистер Диркс умеет убеждать. К тому же я подумал о твоем отце и о том, как бы он гордился тобой.

У Ровены перехватило горло.

— Вы правда так считаете?

— Да. Уверен, что он был бы счастлив.

В душе Ровены бушевал водоворот чувств. Восторг, сожаление, предвкушение и горечь потери волнами сменяли друг друга.

— Спасибо, дядя Конрад.

По щеке скользнула слеза. Ровена подалась вперед и обхватила графа за шею.

Лорд Саммерсет неловко потрепал ее по плечу и отстранился:

— Не плачь, Ровена. Время слез миновало. Посмотри, какая чудесная погода стоит. Пришла весна, мир возрождается заново.

❖ ❖ ❖

Виктория опиралась на руку Кита куда тяжелее, чем того требовала непринужденная прогулка по саду. Но заключение, плохая еда и недостаток свежего воздуха сильно ослабили и без того хрупкий организм девушки. Стряпуха круглый день баловала ее разными деликатесами, а няня Айрис то и дело появлялась в особняке с новыми настойками и травяными чаями. Все вокруг озаботились тем, как бы поскорее ее откормить.

Последние недели после освобождения Виктория много думала о причинах, которые привели ее к краху. Ибо она не отрицала, что совершила гигантскую ошибку. В отличие от других суфражисток, Виктория не гордилась проведенным в тюрьме временем. Она знала, что попала туда исключительно из-за своей наивности. Ибо Марта, Лотти и Мэри видели в ней не серьезную женщину с ценными навыками, а мечтающего проявить себя ребенка, жадного до похвалы и не способного думать своей головой. Дядя Конрад навел справки. К счастью, по его сведениям, Марта и Лотти не преследовали гнусных целей. Они просто боялись оказаться замешанными в скандале с «Венерой», поэтому переехали в Ливерпуль и открыли штаб-квартиру там. Виктория надеялась, что хотя бы собранные ею деньги послужат на благо нуждающихся в них женщин.

Она замедлила шаг, и Кит обеспокоенно наклонил голову. В умных голубых глазах светилось сочувствие.

— Ты устала? Может, вернемся в дом?

— О, прекрати меня нянчить. Ты похож на старую наседку. Лучше доведи меня до скамейки.

Без предупреждения Кит подхватил ее на руки, вскинул на плечо и побежал по дорожке. Длинные ноги быстро несли его вперед, а Виктория со смехом колотила кулачками по спине. Боже, как же она соскучилась по Киту. После выхода из тюрьмы Виктория заметила, что тон их отношений изменился. Теперь она вела себя осторожнее, в надежде, что Кит не скоро наберется смелости, чтобы озвучить чувства, то и дело мелькающие на его лице.

Неужели он не понимает, что признание погубит их дружбу?

Кит усадил ее на скамью и присел рядом. Виктория подставила лицо последним лучам заходящего солнца. В камере она скучала по дневному свету. Она столько всего пропустила.

— Ты уверена, что хорошо себя чувствуешь?

И снова беспокойство.

— Я скажу, если понадобится помощь.

— Я тут думал, — протянул Кит так непринужденно, что Виктория сразу же насторожилась. — Не могу понять, чем тебе не нравится брак. Это традиция, которая просуществовала тысячи лет.

— И протянет еще столько же без моего участия. Честно, неужели ты не слушал, когда я рассказывала, что не хочу замуж?

— Я прекрасно помню, — фыркнул Кит. — Просто не понимаю почему.

Виктория вздохнула. Очевидно, ей придется повторять снова и снова, пока Кит не поймет.

— Мне всего лишь девятнадцать. Я хочу прожить свою жизнь так, как считаю нужным, и не волноваться об одобрении мужа. И почему я должна стремиться к свадьбе, словно это предел мечтаний? Ты явно придерживался невысокого мнения о браке, раз дожил аж до двадцати пяти лет и не удосужился обзавестись супругой. К тому же я все продумала.

— Не сомневаюсь, — сухо согласился Кит. — У тебя всегда есть план.

— Да нет же, слушай. Я говорила с дядей, и он дал мне несколько хороших советов. Я собираюсь переехать в Лондон и начать работать. По-настоящему. Например, учить неимущих женщин читать и писать. В тюрьме... в тюрьме я ощутила призвание.

— Твой дядя ни за что не согласится, — отмахнулся Кит.

— А вот и нет! Он сам предложил. Я хочу провести лето в Саммерсете, набраться сил, а затем переехать к Элинор. Дяде нравится Элинор, к тому же она сиделка, так что за мной будет кому присмотреть.

— Ты обещала, что будешь следить за своим здоровьем! И как ты собираешься выполнять обещание, если хочешь жить и работать в лондонских трущобах?

— Я не собираюсь жить в трущобах. Сниму квартиру в хорошем районе, где-нибудь в Кенсингтоне или рядом с Сент-Джеймсом. Дядя наверняка настоит на машине и шофере, так что мне даже не придется мерзнуть на улице. И перестань дуться.

Кит вздохнул. Виктория видела, что слова рвутся у него с языка, и ощутила прилив благодарности, что на сей раз он решил промолчать.

Виктория улыбнулась. Перед ней раскинулся придуманный отцом прекрасный розовый сад. Виктория процитировала:

> Как коротки дни роз и винного веселья.
> Из призрачного сна
> Наш путь возник, неведомый доселе,
> И скрылся в лоне сна.

— Я всегда считал Доусона одиноким неудачником, — задумчиво протянул Кит.

— Ммм... — Виктория встала и протянула руку. — Пошли, мой драгоценный друг. Мы пойдем между кустами роз и будем смотреть, как они цветут.

БЛАГОДАРНОСТИ

В тяжелые времена мы особенно понимаем, как необходима поддержка близких людей. Болезнь, приключившаяся со мной во время написания цикла про аббатство Саммерсет, подтвердила это. Мне помогали не только потрясающие сотрудники издательского дома, благодаря которым книги вышли в свет, — агент Молли Глик, редактор Лорен Маккенна и Александра Льюис, — но и многие другие люди. В повседневной жизни меня окружала их доброта и забота, как в больших, так и в самых пустяковых проявлениях.

В первую очередь позвольте выразить благодарность своей семье — Алану, Этану и Меган. Они наполняют мою жизнь смыслом.

Затем я бы хотела выразить признательность нашему клану друзей и родственников; они не оставили меня без поддержки и, что намного важнее, не упускали случая рассмешить. Билли, Вики, Джефф, Жасмин, Анита, Дейв — я всех вас люблю!

Отдельное спасибо лучшей подруге Энн Мари и ее мужу Крису — я всегда могу на них рассчитывать.

Также хочется поблагодарить наших удивительных соседей Билла и Дебби; вряд ли я могу представить лучших людей по ту сторону изгороди.

Я безмерно признательна за помощь коллегам-писателям: Эми Пайк Даникик, Эйприл Хенри, Дилайле Марвелл, Джесси Смит и Эмбер Кейзер. Никто не может понять писателя лучше его собратьев по перу.

Я всех вас люблю.

Браун Т. Дж.

Б 87   Аббатство Саммерсет. Книга 2 : Зимний цветок : роман / Т. Дж. Браун ; пер. с англ. И. Колесниковой. — СПб. : Азбука, Азбука-Аттикус, 2015. — 320 с. — (Сто оттенков любви).

ISBN 978-5-389-09682-0

Англия. Эпоха короля Эдуарда. Холодная зима 1914 года.

Ровена Бакстон пытается найти утешение для своего разбитого сердца, загладить ошибки, сделанные в прошлом, и неожиданно связывает свою судьбу с совершенно неподходящим для нее человеком. Ее младшая сестра Виктория презирает сословные предрассудки, терпеть не может светские мероприятия, а мысль о замужестве приводит ее в ярость. Но все ее рассуждения рассыпаются как карточный домик, когда она внезапно встречает любовь. Пруденс Стэйт росла и воспитывалась вместе с сестрами Бакстон, однако, узнав тайну своего рождения, она покинула аббатство Саммерсет и вышла замуж за бедного студента. Теперь она влачит жалкое существование в убогой лондонской квартирке и каждый день думает о том, не совершила ли она ужасную ошибку.

Узы, связывающие этих трех женщин, сильнее, чем узы крови. Они бросают вызов высшему свету в годы, когда над Англией сгущаются тучи грядущей войны.

УДК 821.111(73)
ББК 84(7Сое)-44

Литературно-художественное издание

Т. ДЖ. БРАУН

АББАТСТВО САММЕРСЕТ
Книга 2
ЗИМНИЙ ЦВЕТОК

Ответственный редактор Ольга Рейнгеверц
Редактор Ольга Радько
Художественный редактор Сергей Шикин
Технический редактор Татьяна Раткевич
Компьютерная верстка Екатерины Киселевой
Корректоры Нина Тюрина, Анастасия Келле-Пелле

Главный редактор Александр Жикаренцев

Подписано в печать 11.03.2015. Формат издания 75 × 100 $^1/_{32}$.
Печать офсетная. Тираж 5000 экз. Усл. печ. л. 14,1.
Заказ № 8283.

Знак информационной продукции
(Федеральный закон № 436-ФЗ от 29.12.2010 г.):

16+

ООО «Издательская Группа „Азбука-Аттикус"» —
обладатель товарного знака АЗБУКА®
119334, г. Москва, 5-й Донской проезд, д. 15, стр. 4
Филиал ООО «Издательская Группа „Азбука-Аттикус"»
в Санкт-Петербурге
191123, г. Санкт-Петербург, Воскресенская наб., д. 12, лит. А
ЧП «Издательство „Махаон-Украина"»
04073, г. Киев, Московский пр., д. 6 (2-й этаж)
Отпечатано в ОАО «Можайский полиграфический комбинат»
143200, г. Можайск, ул. Мира, д. 93
www.oaompk.ru, www.оаомпк.рф
Тел.: (495) 745-84-28, (49638) 20-685

HMOL1770701R

ПО ВОПРОСАМ ПРИОБРЕТЕНИЯ КНИГ ОБРАЩАЙТЕСЬ

В Москве:
ООО «Издательская Группа
„Азбука-Аттикус“»
Тел.: (495) 933-76-01,
факс: (495) 933-76-19
E-mail: sales@atticus-group.ru
info@azbooka-m.ru

В Санкт-Петербурге:
Филиал ООО «Издательская Группа
„Азбука-Аттикус“» в г. Санкт-Петербурге
Тел.: (812) 327-04-55
факс: (812) 327-01-60
E-mail: trade@azbooka.spb.ru
atticus@azbooka.spb.ru

В Киеве:
ЧП «Издательство „Махаон-Украина“»
тел./факс: (044) 490-99-01
E-mail: sale@machaon.kiev.ua

Информация о новинках и планах,
а также условия сотрудничества
на сайтах

www.azbooka.ru
www.atticus-group.ru